Caroline Tillman

Dangerous PLAY

Tome 1

© 2024 dépôt légal. ©Caroline Tillman, Editions Encre de Lune.
Tous droits réservés.

Le Code de la propriété intellectuelle interdit les copies ou reproductions destinées à une utilisation collective. Toute représentation ou reproduction intégrale ou partielle faite par quelques procédés que ce soit, sans le consentement de l'auteur ou de ses ayants droit, est illicite et constitue une contrefaçon, aux termes des articles L.335-2 et suivants du Code de la propriété intellectuelle.

Crédit photo : ©canva.com

ISBN broché : 9782494619920
Editions Encre de Lune, 21, rue Gimbert, 35580 Guignen
Courriel : editionsencredelune@gmail.com
Site Internet : www.https://editionsencredelun.wixsite.com/website-1

Cet ouvrage est une fiction. Toute ressemblance avec des personnes ou des institutions existantes ou ayant existé serait totalement fortuite.

Dédicace

Prologue

♪ My Dear - *Better dance*

Paris, 16ème arrondissement

Comme chaque matin, il entama son rituel en s'asseyant devant l'îlot central de son appartement pour déguster sa première gorgée de café noir et en évaluer la température. Il attrapa ensuite sa tablette tactile pour ouvrir l'application du journal auquel il était abonné et qui le menait directement à la page qui l'intéressait.

Perdue au milieu des annonces diverses, une rubrique bien souvent oubliée attira son attention :

« L'entraîneur de l'équipe féminine de football d'Atlanta serait sur le point de prendre sa retraite. Le club n'a pour le moment ni démenti ni confirmé l'information et le président Victor Vargas n'a pas souhaité répondre à nos appels... »

D'abord surpris, il se demanda s'il ne s'agissait pas de manœuvres des publicistes pour appâter les lecteurs comme lui en quête d'infos croustillantes. Néanmoins, dans le doute, il saisit son téléphone portable et composa un numéro tout en calculant le décalage horaire. Tant pis, songea-t-il, dans le pire des cas il laisserait un message vocal à son vieil ami.

À la troisième sonnerie, il répondit néanmoins, même tard dans la nuit.

— Alors comme ça, Moore prend sa retraite ? J'ai peut-être une proposition intéressante à vous faire...

Chapitre 1

♪ Ellie Goulding - *Anything Could Happen*

— Si c'est une blague, Phil, elle n'est vraiment pas drôle !

Philip Moore fixait sa protégée en train de faire les cent pas dans son bureau. Elle y avait débarqué telle une furie, sans même frapper, pour lui demander des comptes. En colère, la jeune femme serrait les poings sur ses hanches. Les jointures de ses mains étaient blanches, signe qu'elle n'allait pas le laisser s'en tirer facilement.

— Assieds-toi, Tyna, lui somma-t-il, nous devons en parler.

— Je pensais vraiment que tu m'en toucherais un mot de vive voix, le jour où ça arriverait ! Au lieu de ça, je l'apprends de la bouche de Francesca qui l'a soi-disant lu dans la presse ! Imagine ma colère et ma déception !

Elle reporta son regard sur l'homme qu'elle chérissait comme un père et qui l'avait menée là où elle se trouvait aujourd'hui. Sans lui, elle ne serait personne. Sans lui, elle ne survivrait pas une minute dans ce monde impitoyable. Et voilà qu'il l'abandonnait délibérément.

— Je n'étais sûr de rien avant mon entrevue avec Victor. C'est lui qui m'a suggéré que le bon moment était venu, et il n'a pas tort.

La mâchoire crispée, Tyna décida que sa prochaine visite serait pour le président du club auprès de qui elle brûlait d'extirper plus d'informations. S'il renvoyait le coach juste avant le début de la saison, il avait forcément quelqu'un d'autre à leur fourguer.

Sauf qu'elle n'était pas prête. Ces huit dernières années, Phil l'avait entraînée dans toutes les équipes et clubs parmi lesquels ils avaient évolués, jusqu'à arriver au sommet deux ans plus tôt. Il avait fait d'elle une championne, Queen T., capitaine de l'équipe d'Atlanta et meilleure buteuse du championnat deux années de suite. S'il s'en allait, elle avait peur de ne pas réussir à continuer sur sa lancée.

— Tu ne peux pas me faire ça ! gémit-elle en posant les poings sur son bureau. Mon contrat n'est pas encore à son terme et la sélection en équipe nationale me tend quasiment les bras, j'ai donc besoin de toi plus que jamais !

— Tu t'en sortiras très bien, la rassura Phil, j'ai totalement confiance en toi. Je crains plutôt pour la santé de mon remplaçant, vois-tu. Toi, tout ce que tu as à faire, c'est jouer et t'amuser comme tu l'as toujours fait.

— Enfoiré ! Lâcheur ! jura-t-elle. Tu es trop jeune pour prendre ta retraite.

Phil sourit alors qu'elle posait enfin ses fesses sur le coin du bureau. Il remarqua l'expression pleine de malice dans ses yeux d'ambre, comprenant qu'elle ne lui en voudrait pas longtemps.

— Victor me propose une prime confortable de fin de carrière. Tu sais comme je rêve de faire cette croisière aux Bahamas ! C'est le bon moment, répéta Phil. J'y ai bien réfléchi.

Tyna souffla, incapable d'être en colère plus longtemps contre lui. Après tout, il avait une carrière admirablement bien remplie derrière lui, il avait droit à du repos, à présent. Depuis le temps qu'il parlait de profiter de la vie !

— Je ne serai jamais bien loin, je compte rester à Atlanta.

— Il y a intérêt !

— Il faut bien quelqu'un pour te surveiller un peu. Queen T. est tellement imprévisible !

— Pfff tu peux parler ! Je n'en ai pas fini avec toi !

Elle jeta un œil à sa montre et se leva souplement.

— Tu n'as pas une séance photo aujourd'hui ? questionna-t-il.

— Hummmm si, pour un catalogue de maillots de bains. Je n'ai que cinq minutes de retard, j'ai encore le temps.

— Tyna Queen ! gronda Phil. Bouge ton cul de là et va bosser, sinon j'appelle Gaby pour annuler tes contrats ! Tu seras alors obligée de me remettre tes cartes de crédit.

— Oh la la, mais quel rabat-joie ! Vivement que tu te casses de ce fauteuil !

Elle lui adressa un clin d'œil avant de quitter la pièce en claquant la porte derrière elle. Phil se détendit enfin dans son fauteuil, car leur discussion s'était plutôt bien passée, en définitive. Il s'était attendu au pire. Tyna avait un foutu caractère. Du haut de ses vingt-trois ans, elle terrorisait la moitié des gens qui la croisaient et mettaient à genoux les autres.

En tant que tuteur, il avait veillé sur elle pendant des années, mais il était temps qu'elle vole de ses propres ailes. Il espérait simplement que son remplaçant serait à la hauteur avec les filles. Pas évident d'être à la fois le père, le coach et la nounou des vingt-deux joueuses de l'équipe, surtout quand l'une d'elles était impulsive, avait un problème avec toute figure d'autorité et prenait un malin plaisir à malmener quiconque la contrariait.

Non, ce ne serait pas simple. Alors il se mit à prier, en implorant le Seigneur de se montrer indulgent. Pas avec Tyna, elle n'avait pas besoin de lui, mais avec le pauvre type qui se trouvait dans l'avion et traversait l'Atlantique à l'heure qu'il était.

***

Quand il débarqua de l'avion, il chargea le chauffeur de récupérer ses bagages tandis qu'il tentait de se frayer un chemin parmi les passagers qui lambinaient devant lui. Certains lui adressaient des œillades curieuses, pas sûrs de l'avoir vraiment reconnu, d'autres chuchotaient à son passage en manquant de discrétion et d'autres encore le prenaient en photo avec leur smartphone. Il espérait afficher son meilleur profil malgré les heures de vol qu'il venait de subir pour rejoindre Atlanta depuis Paris.

Se planta soudain devant lui une sublime créature, toute en jambes et divinement bronzée. Timide, elle lui sourit en replaçant ses longs cheveux dans son dos et lui présenta un bout de papier arraché à la va-vite et un stylo rose à paillettes. Vingt ans à tout casser, le genre qui lui donnait envie de s'enfermer une heure dans une chambre d'hôtel plutôt que de s'entraîner. Il fut tenté de lui donner son numéro de téléphone dédié aux poupées dans son genre, mais se rappela qu'il était attendu.

— Je peux avoir un autographe ? s'enquit-elle d'une voix haut perchée.

Finalement, il n'était pas certain de supporter cette voix aiguë, même dans un exercice aussi sympa que le sexe. Ou à la rigueur, avec une main maintenue sur sa bouche pendant qu'il la besognait.

Pendant qu'il griffonnait sa signature sur le bout de papier, il contempla ses cuisses que dévoilait sa jupe trop courte. Elle les pressait l'une contre l'autre, et il doutait que ce soit parce qu'elle avait envie d'aller aux toilettes. Il la regarda dans les yeux : elle était excitée de le voir, elle avait envie de sexe. En avisant sa montre, il décida qu'il avait bien cinq minutes pour combler la demoiselle. C'était si subtilement réclamé !

Quinze minutes plus tard, il se retira de la minette après une dernière claque sur ses fesses rebondies. Ce n'était pas la meilleure baise de sa vie, mais ça détendait. Dans la cabine où ils étaient un peu à l'étroit, il la regarda remonter son string sur ses jambes pendant qu'il défaisait le préservatif et le jetait dans la cuvette.

Elle se tourna alors vers lui, un sourire gêné aux lèvres.

— Tu veux mon numéro ? lui demanda-t-elle, pleine d'espoir.

— Franchement ? Sans façon. Bye, poupée !

Il la laissa et sortit de la cabine en remontant sa braguette. Il se lava les mains rapidement et quitta les toilettes de l'aéroport pour se mettre en quête de la voiture que son nouvel employeur avait mis à sa disposition à son arrivée. Le chauffeur était déjà au volant, ses bagages dans le coffre. Il faisait un temps magnifique, il s'était vidé les couilles, quoi de mieux pour entamer cette nouvelle étape de sa carrière ?

***

Tyna Queen n'était pas mannequin, elle ne manquait pas d'occasion de le rappeler au photographe qui perdait patience en lui criant de sourire.

— Tu n'as qu'à me payer pour ton putain de sourire ! N'oublie pas que je shoote dans les balles, je n'hésiterai pas à tirer dans les tiennes si tu continues à me soûler comme ça !

— Tyna, ma chérie, roucoula Gaby à quelques mètres d'elle. Fais un effort, je t'en supplie. Deux sourires, dix minutes et je te libère, d'accord ?

Elle grogna, négocia, mais fut obligée de reconnaître que la marque la payait généreusement grâce à lui, son agent. Alors elle plaqua un sourire sur ses lèvres, posa et se trémoussa comme on le lui demandait. Elle aurait aimé hurler que le ventilateur renvoyait un air trop froid, que le gloss à la framboise qu'on lui avait badigeonné lui piquait les lèvres, mais elle n'en fit rien. Elle crierait sur Gaby plus tard.

Quand elle quitta le plateau, ce dernier était au téléphone, probablement en train de négocier un autre contrat avec la marque et un cachet honorable. Ce n'était pas avec ce qu'elle gagnait en tant que joueuse professionnelle qu'elle pouvait se payer toutes les belles choses qu'elle possédait ou les traites de sa maison. Il lui fallait décrocher des contrats et des sponsors. Fort heureusement, la nature l'avait bien gâtée, songea-t-elle en croisant son regard dans le miroir de sa loge. Avec sa peau cuivrée, ses cheveux dorés et ses lèvres pleines, elle pouvait aussi bien jouer la mannequin que l'actrice dans des spots publicitaires, même si elle détestait ça.

— Tu as été sublime, ma chérie, je viens de voir les photos ! s'exclama Gaby. Ils envisagent de te renouveler pour une pub.

— Oh, pas mal. Combien ?

— Dix mille.

— Pardon ? Ils se foutent de moi, j'ai eu cinquante mille pour le parfum le mois dernier !

— C'est pas du parfum, là, mon cœur en sucre. C'est un maillot de bain, et la marque se lance tout juste dans ce domaine.

— Alors trouve-moi autre chose !

Alors que Gaby ouvrait la bouche pour répliquer, elle leva la main pour lui signifier qu'elle en restait là. Il quitta la loge sans rien dire en vissant à nouveau son téléphone sur son oreille. Elle savait qu'il allait demander une hausse du cachet, elle aurait donc ce qu'elle désirait, comme toujours.

Elle était Queen T., la reine des stades, il ne pouvait pas en être autrement. Depuis que Phil l'avait sortie de son trou, elle obtenait tout ce qu'elle voulait et ce n'était pas près de changer. Elle avait la ferme intention de battre son propre record cette saison, de faire gagner le championnat à l'équipe encore une fois et qu'importe qui serait le nouveau coach, elle lui en mettrait plein la vue.

En arrivant à la résidence du club où vivait l'équipe pendant la saison, elle se retrouva derrière une berline aux vitres teintées lui barrant le passage. Elle klaxonna une fois, puis deux. Le type coiffé d'une casquette de chauffeur avait baissé sa vitre et attendait visiblement qu'on lui ouvre la barrière. Génial, un visiteur qui n'y connaissait rien !

Elle descendit de sa voiture et se plaça devant l'interphone. Elle appuya sur le bouton, le vigile ne tardant pas à se faire entendre.

— C'est Tyna, on a de la visite apparemment ! Grosse bagnole avec chauffeur. Ça te dit quelque chose ?

— Oui, ma beauté, laisse-les passer sans discuter, OK ?
— Pas de problème, tu me connais !
— Justement...

Un grésillement se fit entendre puis la barrière se souleva. Le chauffeur lui fit un signe de tête et avança la voiture dans l'allée goudronnée menant à l'entrée du bâtiment principal. Elle chemina derrière eux jusqu'à sa place de parking attitrée, curieuse de découvrir qui se déplaçait en plein mois de juillet. La plupart des filles étaient en vacances dans leurs familles ou sur les plages, il ne restait que Francesca et elle en attendant leur retour. Sa collègue recevait peut-être son casse-croûte du moment.

Ou peut-être pas, jugea-t-elle lorsqu'une silhouette masculine sortit du véhicule. De dos, il était magnifique. Il portait un bermuda mettant en valeur des mollets musclés et des fesses galbées dans le tissu clair. Quant à son dos, c'était un régal pour les yeux. Elle devinait chaque ligne sous le polo, laissait vagabonder son regard sur celle de ses épaules et de son cou où se perdaient les mèches décolorées de sa chevelure toute en vagues.

Sa bouche asséchée aurait voulu lui dire de se retourner pour pouvoir admirer les courbes du devant. Quand il se tourna légèrement, elle tiqua en apercevant son profil dont la ligne de la mâchoire ne lui était pas inconnue. Ses joues étaient à peine dissimulées derrière une barbe de deux ou trois jours qu'on pouvait faire passer pour une mode agréable à défaut de lui en vouloir pour négligence. Quant à son nez légèrement bosselé sur le dessus, il était surmonté d'une paire de lunettes de soleil derrière lesquelles elle apercevait des cils d'une longueur absolument arrogante.

Quand il finit par se montrer enfin en lui souriant, elle tressaillit. L'homme qu'elle reluquait sans vergogne depuis son arrivée retira ses lunettes pour les accrocher dans l'échancrure de son col en lui adressant un signe de tête. Putain de bordel de merde ! songea-t-elle. C'était Nash DeWitt ! Que pouvait-il bien faire ici ?

— Salut ! dit-il à son intention. Tu sais où je peux trouver Victor Vargas ?

— Dans son bureau, j'imagine, si vous avez rendez-vous avec lui.

Il hocha la tête et replaça ses lunettes au bout de son nez, sans cesser de la dévisager par-dessus.

— Quoi ? lui demanda-t-elle, agacée.

— Tu me montres le chemin ?

— Les visites guidées ne font pas partie de mon job, refusa-t-elle en croisant les bras sous sa poitrine.

Comme il ne la lâchait pas des yeux et semblait insister, elle soupira et monta les marches du perron qui menait au hall d'entrée. Il n'y avait quasiment pas de personnel aujourd'hui, elle devait bien admettre être la seule à pouvoir le guider dans le labyrinthe du club.

Il la suivait d'un peu trop près, elle pouvait sentir son regard sur ses fesses qu'elle se força à bouger plus souplement qu'à son habitude. C'était plutôt agréable d'être matée par ce type, même s'il les reluquait sûrement toutes depuis qu'il était sorti du vagin de sa mère.

Après quelques mètres dans le bâtiment, elle se présenta au bureau du patron, président du club depuis trois ans. Victor semblait froid au premier abord, mais quand on le connaissait bien, il n'était rien d'autre qu'un nounours un peu brusque qui ne mâchait pas ses mots. Tyna et lui s'entendaient bien, la plupart du temps. Sauf quand il s'agissait de la sermonner sur son attitude.

Elle frappa à la porte et la poussa sans attendre de réponse. Victor était assis à sa table de travail, dans son costume impeccable malgré la chaleur. Si la pièce était climatisée, il n'en demeurait pas moins que la température frôlait les trente-cinq à l'extérieur et que la chaleur s'infiltrait partout. Il était plutôt résistant, ce mexicain.

— Tyna ! Que me vaut le plaisir de ta visite ?

— Vous avez de la compagnie, lui annonça-t-elle. J'ai trouvé une ancienne star du foot en pleine décadence devant la résidence.

Victor fronça les sourcils et se tordit le cou pour discerner qui se cachait derrière elle dans le couloir. Il dut apercevoir son visage, car le sien s'illumina et amorça un sourire trop rare. Il se leva, la bousculant presque pour aller saluer le nouvel arrivant d'une franche accolade.

— Nash DeWitt ! Sois le bienvenu !

Victor était donc ami avec ce type, de mieux en mieux ! Elle les observa se renifler le cul comme deux chiens qui ne s'étaient pas vus depuis longtemps, se demandant si elle devait s'émouvoir de ce spectacle ou en être écœurée.

— Tyna, je te présente Nash DeWitt, nous nous connaissons depuis longtemps !

— Je ne m'en serais pas doutée, murmura-t-elle entre ses dents.

— Nash, voici Tyna Queen, tu as dû entendre parler d'elle.

— Non, désolé !

Un peu vexée, Tyna fut tentée de rebrousser chemin, mais un petit grain de complot dans le regard des deux hommes la poussait à rester. Elle n'était pas naïve au point d'ignorer qu'il se tramait quelque chose. Nash DeWitt avait-il retourné sa veste pour devenir l'amant secret de Victor ? Elle faillit mourir de rire tellement c'était ridicule. La semaine passée, il était encore affiché au bras d'une pin-up en couverture de Flash People. Sa réputation le précédait depuis de longues années, à moins que ce ne soit qu'une couverture de plus visant à exacerber le fantasme humain qu'il représentait pour la plupart des femmes.

— Tyna, enchaîna Victor, puisque tu es là, laisse-moi te présenter le nouveau coach de l'équipe. Nash est jeune et motivé, il apportera du sang neuf à votre jeu ! Je suis sûr que vous vous entendrez à merveille !

Les épaules de la jeune femme s'affaissèrent. Qui croyait-il persuader avec ces mots-là ? Collaborer avec un minet en pré-retraite en quête de nouvelles gloires ? Très peu pour elle ! Ce type avait dû sucer bien des queues ou s'en prendre une ou deux dans la corolle pour en arriver là ! Elle ne pouvait pas saquer ceux qui accédaient au pouvoir par cette méthode, pas de chance pour lui !

Nash lui tendit la main, sans doute pour sceller leur future entente, mais c'était mal la connaître. Elle haussa le menton avant de lui lancer :

— Vous ne tiendrez pas une semaine !

Elle sortit ensuite précipitamment et claqua la porte derrière elle.

Chapitre 2

♪ The Script - *Man On A Wire*

Nash contempla la porte quelques secondes dans le silence embarrassé instauré par son vieil ami. Il ignorait encore s'il était impressionné par le tempérament de cette furie ou contrarié par cette façon de l'accueillir.

— Ne fais pas attention à Tyna, elle a la fâcheuse tendance d'oublier les bonnes manières. Elle s'y fera, et toi aussi. C'est notre meilleur élément, actuellement.

Nash se tourna vers Victor et lui sourit pour le rassurer. Il ne craignait pas les pseudo vedettes capricieuses, il avait quasiment inventé le concept. Alors cette petite pouvait faire ce que bon lui semblait, il savait déjà qu'il la materait. C'était d'ailleurs un défi qu'il se ferait un plaisir de relever. Après tout, elle avait une plastique agréable à regarder. Très agréable, même.

Il regrettait d'ailleurs de ne pas avoir pris le temps de la détailler encore plus. Il s'était seulement attardé sur ses longues jambes musclées révélées par un mini short en jean, le genre à le rendre fou au point de les imaginer autour de ses reins. Il n'avait pas pu ignorer non plus ses hanches et ses fesses généreuses, au point de susciter le pire des questionnements dans son esprit : string, tanga ou simple culotte ? Dentelle ou coton ?

Il se secoua la tête alors que Victor poursuivait.

— Il ne faut pas lui en vouloir, continua le président du club, Philip a été son mentor depuis qu'elle est entrée dans le circuit, elle est comme sa fille.

— Pas de problème, assura Nash, je saurai faire face. J'imagine qu'elle ne sera pas la seule à être réticente. J'ai déjà planché là-dessus.

— Merveilleux ! Bon, assieds-toi maintenant, nous devons parler affaires.

Ils échangèrent pendant de longues minutes au sujet des obligations qui lui incombaient désormais et des conditions du contrat. Une fois la paperasse signée et un petit verre englouti pour célébrer l'événement, Victor lui fit faire le tour du propriétaire et l'accompagna notamment sur le terrain.

Les pieds dans le gazon, Nash se sentit dans son élément. Les retrouvailles étaient pleines d'émotions après ces longs mois sans pouvoir fouler l'herbe taillée. Il aurait aimé chausser ses crampons et courir, mais son genou sensible lui rappela qu'il n'était pas encore prêt. Même s'il aurait préféré mille fois obtenir un poste minable dans une équipe pourrie, il avait là une chance de ne pas quitter son univers. Il avait frappé à la bonne porte et créé l'opportunité de s'offrir une nouvelle carrière, ce qui n'était pas si mal à l'âge qu'il avait.

Victor plaça sa main sur son épaule.

— Je sais que ça doit te manquer, mais je suis sûr que tu seras parfaitement à l'aise de l'autre côté de la barrière.

— J'en suis convaincu aussi, affirma Nash. Je me suis porté candidat pour une bonne raison, je vais faire de ces filles les meilleures, tu peux en être certain.

— Je l'espère. La saison dernière a été éprouvante, nous devons d'ailleurs la victoire à Tyna. Elle est excellente, elle a une frappe légendaire, mais ça ne me suffit pas. Elle est trop imprévisible et trop caractérielle, je veux pouvoir compter sur les vingt-et-une autres également. Et quand ce sera chose faite, je la virerai.

Le président lui donna une dernière tape sur l'épaule et s'éloigna de quelques pas. Nash fut surpris des termes de son nouveau patron mais opina pour lui faire comprendre qu'il avait bien saisi ce qu'on attendait de lui, toutefois la tâche ne s'annonçait pas aussi simple qu'il l'espérait. Son instinct lui disait que cette fille allait lui poser plus de problèmes qu'il n'y paraissait. Et pas seulement parce que son sexe se tendait au souvenir de son fessier...

***

Tyna arpentait les couloirs du bâtiment abritant les chambres des joueuses, déstabilisée au point de ne plus trouver la sienne. Sa déconcentration ne lui plaisait pas, elle maîtrisait toujours les situations, mais voilà que Phil décidait de tirer sa révérence et que la vedette se pointait pour faire son show. Elle grogna et donna un coup de pied dans le mur le plus proche en oubliant qu'elle portait des sandales ouvertes. Elle claudiqua vers sa chambre, les orteils meurtris, jusqu'à être interrompue par la voix la plus désagréable qui soit.

— Eh, Queen ! Viens par-là !

Francesca était donc dans sa chambre. Bon, au moins elle pourrait passer le temps avec un peu de compagnie, même si cette nana était la pire des garces. Prêtée par un club concurrent en milieu de saison précédente, Victor avait finalement décidé de l'acheter pour deux millions de dollars afin de la garder de façon permanente dans les effectifs. Il avait introduit le cheval de Troie dans la masse sans même s'en rendre compte. Non seulement elle était à elle seule une source de problèmes intarissable, mais elle menait la vie dure aux autres filles. Heureusement, Tyna était immunisée contre son venin.

— Tu me veux quoi ? demanda-t-elle à la Brésilienne en ouvrant en grand la porte de sa chambre.

— Eh, vas-y mollo ! Tu sais comme tes sautes d'humeur m'excitent !

Tyna croisa les bras sous sa poitrine avant de se raviser lorsque sa camarade la lorgna en se léchant la lèvre supérieure. Depuis son arrivée, Francesca n'avait pas caché être lesbienne, contrairement à d'autres filles qui tentaient de dissimuler leurs penchants. Bien qu'elle n'y voie aucun inconvénient, Tyna n'appréciait pas pour autant les manières trop rentre-dedans de la jeune femme.

— Bonne balade ?
— En quoi ça t'intéresse ?
— C'est juste pour faire la conversation, c'est pas comme si on avait croisé beaucoup de monde ces derniers temps.

Ce n'était pas faux, mais heureusement les filles revenaient dès le lendemain, avec un lot de nouvelles têtes. Tyna se voyait attribuer une nouvelle camarade de chambre après un mois de tranquillité et cela ne lui plaisait pas du tout. Elle avait plusieurs fois demandé à rester seule ou à loger de façon permanente chez elle, mais ses requêtes avaient été rejetées chaque fois alors qu'elle possédait une maison dans le Nord de la ville.

— Tu devrais sortir, lui conseilla Tyna. Ou tu vas devenir encore plus maboule.
— J'attends ton invitation, tu me proposes un truc ?
— Tu peux toujours courir ! Je ne mange pas de minous, au cas où tu l'aurais oublié.
— Parce que tu n'y as jamais goûté. Je saurai attendre, et un jour, non seulement tu prendras le meilleur pied de ta vie sous ma langue, mais tu voudras me rendre la pareille !

Tyna éclata de rire sous le regard vexé de la Brésilienne. Ce n'était pas près d'arriver, mais elle pouvait admettre qu'elle ne manquait pas d'imagination.

— C'est ça, rigole ! Je vois bien dans tes yeux que ta culotte se mouille de curiosité.
— La seule curiosité qu'il y a dans ma culotte, c'est de trouver le prochain mec avait lequel je m'éclaterai au pieu. Si tu avais une

queue, on aurait pu s'amuser. Mais tu ne peux pas rivaliser avec mes friandises préférées.

Elle quitta la chambre de Francesca afin de rejoindre la sienne. Elle y avait laissé un sacré bazar, aussi devait-elle y mettre un peu d'ordre avant l'arrivée de la nouvelle. Une Française, apparemment très douée, qui pourrait bien s'avérer une rivale à sa hauteur, d'après les rumeurs. Elle n'était pas étonnée que Victor les place dans le même panier, mais la Française allait devoir faire ses preuves sur son nouveau sol, alors qu'ici, Tyna était chez elle. Ce club était sa maison, encore plus que la villa flambant neuve qu'elle avait achetée des mois plus tôt.

Elle était en sécurité en ce lieu, elle s'y était épanouie au fil des années sans jamais ressentir le besoin de le quitter. Même si les autres habitantes étaient parfois boudeuses, râleuses voire grossières, elles représentaient ce qui se rapprochait le plus d'une famille pour elle. Elle ne l'avait pas choisie, mais elle l'apprivoisait et vivait avec, quoi qu'elle en dise.

Quand elle eût fini de plier ses derniers vêtements dans son placard, elle rabattit sa couette propre sur son lit, près de la fenêtre. Les vingt mètres carrés de la pièce lui paraîtraient bien petits dès qu'elle devrait les partager à nouveau. Elle avait trop pris ses aises. Dans bien des domaines.

Elle quitta ensuite la chambre, repassant devant celle de Francesca qui n'avait pas refermé sa porte. Elle l'entendait pousser des petits gémissements alors qu'elle se rapprochait. La jeune femme était allongée sur son lit, seins nus, sa main fourrée sans pudeur dans son short, et se faisait du bien.

Tyna continua son chemin comme si elle n'avait rien vu, pourtant elle ne pouvait nier être insensible à cette vision. Si l'idée de la rejoindre ou de l'accompagner ne lui venait pas à l'esprit, elle se rendit quand même compte qu'elle n'avait pas eu d'homme dans son lit depuis trop longtemps. Elle allait devoir remédier à cela très vite, car dans le cas contraire, elle craignait de devenir totalement givrée.

En parlant d'homme, elle vit Nash DeWitt contempler l'ensemble de la propriété alors qu'elle sortait des dortoirs. Cela n'arrangea pas l'état de sa culotte de le trouver si sexy. Bien sûr elle l'avait toujours jugé à son goût, elle qui avait suivi sa carrière depuis ses débuts. Et même si elle ne lui avouerait jamais – même sous la torture – avoir eu des posters de lui accrochés aux murs de sa chambre, elle n'ignorait pas qu'il dégageait un certain magnétisme. Il attirait toutes les femmes comme des guêpes sur de la confiture, elle ne faisait donc malheureusement pas exception.

Elle allait devoir faire avec en gardant en tête qu'elle détestait ce type. L'image qu'il s'était façonnée, son nouveau rôle dans le club et même son odeur trop tentante l'exécraient.

Il se retourna quand elle mit les pieds dans les graviers. Avec ses Ray Ban sur le nez, elle ne pouvait distinguer ce que ses prunelles regardaient. Elle avait bien envie de les imaginer parcourant les courbes proéminentes de ses seins moulés dans son débardeur un peu juste, mais cela aurait été trop présomptueux. Elle tenta de l'ignorer, passant à quelques centimètres de lui sans cesser de chalouper outrageusement ses hanches.

— À demain, Tyna Queen !

Elle serra les dents pour éviter de l'envoyer se faire foutre avec des mots qu'elle regretterait et leva simplement le majeur bien haut dans sa direction jusqu'au moment où elle atteignit sa voiture, y grimpa et alluma la radio.

Elle n'avait pas envie de rentrer chez elle, mais encore moins de rester dans le même périmètre que ce type qui souriait bêtement. À moins que ce ne soit le reflet du soleil qui bousculait son imagination.

**

Les mains dans les poches de son bermuda, Nash ne bougea pas tant que la beauté acerbe n'eût quitté les lieux. Incontestablement, elle ne manquait pas d'attrait. Il aimait les femmes de caractère, cela tombait bien.

Même si Victor projetait de se débarrasser d'elle, il avait bien droit d'espérer passer un peu de bon temps avec elle avant son départ prochain.

De toute façon, il savait déjà qu'il ne la sortirait pas de sa tête tant qu'il n'aurait pas promené sa queue dans les replis de sa fleur toute moite, ni même dans le sillon de son petit cul ferme. Alors autant régler vite ce souci et passer à autre chose le plus rapidement possible. Tyna Queen serait dans son lit avant qu'elle ne quitte le club, il tenait le pari.

C'est en souriant qu'il retourna dans le bâtiment qui abritait son appartement, en attendant de trouver mieux. En tant que coach, il avait le privilège de pouvoir habiter en dehors du club, contrairement aux filles soumises à des règles strictes comme un couvre-feu.

Il hésitait entre louer une bicoque, habiter à l'hôtel ou même carrément acheter une maison. L'immobilier était toujours un investissement rentable, même s'il avait les moyens de rester à l'hôtel pour le restant de sa vie sans se soucier de prendre une femme de ménage ou de faire les courses.

L'appartement mis à sa disposition ne valait pas celui qu'il possédait à Paris et qui lui manquait déjà. Son jardin sur le toit, son jacuzzi et son écran géant seraient sans doute les plus difficiles à remplacer, mais ce club avait tout de même un atout de taille : il lui permettait de toucher au ballon.

Il décrocha son téléphone après avoir mentalement fait le calcul de l'heure qu'il était à Paris et composa le numéro de sa liste qui

l'intéressait. Au bout de deux sonneries, sa voix douce réchauffa son cœur.
 — Salut, ma princesse...

Chapitre 3

♪ The Veronicas - *Someone Wake Me Up*

Tyna adorait sa maison, une bâtisse moderne d'architecte qu'elle payait grâce à ses contrats publicitaires. Elle ressemblait trait pour trait à celle d'une carte postale gardée dans un tiroir, quelque part, comme pour se rappeler l'endroit d'où elle venait. Elle avait parcouru du chemin depuis le jour où Phil avait assisté par hasard au match de rue de son quartier. Elle se défendait bien, déjà à l'époque, seule face à tous ces garçons débordant de fierté qui pensaient pouvoir l'écraser. Elle en avait épaté plus d'un sans jamais se vanter, juste en se dirigeant vers la cage improvisée, la balle au pied, avec le défi de la placer droit devant elle dans le filet sale et troué. Et ce jusqu'à l'été de ses quatorze ans.

Dès lors, sa vie avait pris un virage à cent quatre-vingts degrés. Son père de cœur avait tout orchestré pour l'emmener avec lui, sûr d'en faire une championne. Ils avaient réussi une ascension fulgurante en très peu de temps et elle se sentait toujours fière de ce qu'elle avait accompli. Mais alors pourquoi cette maison lui rappelait-elle le vide de son âme plutôt que la réussite ?

La chambre qu'elle occupait était la plus petite de la maison, celle que l'on réserve habituellement à un employé qui loge sur place. Mais à part une femme de ménage qui venait deux fois par semaine, Tyna ne recevait jamais personne ni n'avait pris de « domestique » pour lui tenir compagnie.

Les nuits étaient bien souvent difficiles, même dans cette pièce bien meublée. Elle dormait avec une petite lampe branchée sur une prise, dans un coin, telle une enfant ayant besoin d'être rassurée.

Peu de temps après s'être endormie, elle s'éveilla en sursaut lorsqu'elle entendit frapper à sa porte. Assise sur son lit, armée d'une lampe torche, elle repoussa son drap et le quitta ensuite sur la pointe des pieds, le palpitant dans l'estomac. Elle tourna prudemment la poignée et ouvrit brusquement en brandissant la lampe, prête à s'en servir.

Mais le couloir était vide, constata-t-elle en y passant la lampe et en refermant la porte. En s'y adossant, elle comprit qu'elle n'arriverait jamais à se débarrasser de l'emprise de cette peur.

Il était près de minuit quand elle se remit au lit, les battements de son cœur résonnant toujours à ses oreilles. Pour se calmer, elle décida d'appeler celui qui venait toujours à son secours, bien qu'elle se refuse le plus souvent à lui expliquer ce qui la tourmentait.

— Désolée d'appeler si tard, Kyle, c'est Tyna. Phil dort déjà ?
— Je te l'appelle, il est dans son bureau. Ça va toi ?

Elle acquiesça en tentant de rendre sa voix plus assurée et discuta avec le compagnon de Phil quelques secondes. Quand il lui passa le combiné, elle fut soulagée alors qu'elle ne savait même pas quoi lui dire.

— Tyna ? s'étonna Philip. Est-ce que tout va bien ?
— Pas vraiment, répondit-elle, un peu énervée. Tu sais qui est le nouveau coach ?

Phil se racla la gorge, visiblement agacé d'être dérangé en pleine nuit par la petite colère qu'elle exprimait.

— Oui, Victor m'en a touché deux mots en fin de journée. C'est plutôt une bonne chose, ce type était un excellent joueur.
— Il n'a pas une once de pédagogie ! Comment pourrait-il être un bon entraîneur ? On nage en plein délire !

— Écoute, je sais que ça te contrarie, mais la décision appartient à Victor et s'il le juge apte à tenir ce rôle, c'est qu'il doit l'être. Il va falloir t'y faire, Nash DeWitt est ton nouveau coach. Et je compte sur toi pour être irréprochable. Je ne tiens pas à ce que ton image déjà malmenée en pâtisse sous prétexte que tu détestes ce type !

Tyna serra les dents, consciente qu'elle était ridicule.

— Tu ferais mieux d'aller te coucher, on se voit demain au club.

Elle émit un son d'acquiescement et raccrocha. Elle était loin d'être apaisée, mais c'était tout de même moins déstabilisant d'éprouver de la colère que de la frayeur, aussi reposa-t-elle sa tête sur son oreiller et finit-elle par retrouver le sommeil.

***

Tyna entra sur la propriété du club avant onze heures le lendemain matin. À son arrivée, un bus se vidait de ses passagers qui récupéraient leurs bagages dans la soute. Elle reconnut quelques filles tandis que d'autres lui étaient totalement étrangères.

Elle avait déjà eu beaucoup de mal à tisser des liens avec les anciennes, elle craignait de devoir recommencer avec les nouvelles. Pour une solitaire comme elle, vivre en communauté était bien difficile. Et à y réfléchir, vivre seule aussi représentait un défi de tous les instants.

Cette saison s'annonçait particulièrement délicate. Entre l'arrivée de leur pseudo coach et ces joueuses inconnues, elle était prête à parier que son sommeil aurait d'autres raisons d'être agité.

Dans la cour, au milieu des silhouettes élancées de ses camarades, se tenait Nash, les mains dans les poches d'un bermuda blanc. Il ressemblait plus à un tennisman qu'à un entraîneur pour midinettes en tenues de sport.

Sa première réaction fut de l'éviter et de le contourner puisqu'il ne l'avait pas aperçue, mais elle ne pouvait empêcher ses yeux de fixer son physique avantageux. Après tout, elle n'avait pas admiré de lignes aussi bien dessinées depuis une éternité. Avait-elle remarqué la veille à quel point ses avant-bras étaient musclés ? Comment sa mâchoire lui donnait à la fois envie de la boxer et de mordre dedans ?

Elle se força à détourner les yeux, surprise d'être encore sous le coup de ses fantasmes adolescents. Alors qu'elle repositionnait son sac de voyage sur son épaule, il se tourna vers elle comme s'il avait senti sa présence. Il lui sourit, néanmoins l'expression était teintée d'une exaspération non dissimulée. Très bien. Si lui non plus ne pouvait pas la supporter, cela serait plus facile.

Elle passa devant lui sans lui adresser un mot, accentuant le basculement de ses fesses dans un mouvement qu'elle voulait provocant.

— Bonjour à toi aussi, rayon de soleil !

Elle s'arrêta net pour le fusiller du regard.

— Arrête de sourire, tu vas me faire fondre ! Et j'aurai du mal à m'en remettre...

Partagée entre l'envie d'écraser sa belle gueule de son poing ou ses couilles avec sa semelle compensée, elle força un rictus dédaigneux sur son visage et rejoignit le bâtiment abritant le dortoir.

Ce type l'exaspérait et elle doutait que cela puisse changer. Faire un effort, comme le lui recommandait Phil, semblait insurmontable. Il avait peut-être changé, tenta-t-elle de se rassurer. Pourtant, elle en doutait sérieusement. À le voir prendre possession des lieux comme un petit chef, elle lisait toujours en lui l'image du type qui s'approprie ce dont il a envie, sans se soucier de l'avis général.

Plus elle le regardait, plus elle était envahie de répugnance. Ce qu'elle ressentait en sa présence n'avait décidément pas changé depuis leur première rencontre. Une rencontre qu'il semblait avoir oubliée, ce qui n'était pas si étonnant étant donné le nombre de nanas qu'il avait vu défiler dans sa vie. Non pas qu'elle figure sur son tableau de chasse, mais ils avaient tout de même été présentés par Phil quelques années plus tôt. Elle avait certes changé un peu depuis, mais elle n'était pas si différente.

Sa chambre était investie par une nouvelle fille, comme on le lui avait annoncé. Elle avait déjà déballé sa valise, à en juger par les amas de vêtements et autres accessoires qui affaissaient le matelas du lit. Cachée derrière la porte de l'armoire qui lui était réservée, Tyna n'apercevait que le bout de ses orteils peints en jaune fluo. La couleur contrastait parfaitement bien avec le chocolat de sa peau. Et elle devait particulièrement aimer les détails flashy puisque les tresses minuscules de ses cheveux étaient agrémentées de perles de couleurs tout aussi criardes.

— Tu dois être Tyna ! s'écria sa coéquipière.

Elle quitta le fourre-tout de leurs fringues pour venir l'embrasser sur les deux joues avec enthousiasme. Un peu sur la réserve, Tyna se rappela alors qu'elle était française. Là-bas, les gens s'embrassaient bien trop facilement, même quand ils étaient encore de parfaits étrangers.

— Enchantée ! continua-t-elle. Moi c'est Fatoumata, mais tout le monde m'appelle Fatou, et je préfère. Je maudis mes parents de m'avoir donné un prénom aussi long et aussi cliché. À croire qu'ils me condamnaient déjà à ma naissance ! Heureusement j'ai réussi à trouver un bon filon.

Tyna avait le tournis. Cette fille était un vrai moulin à paroles ! Néanmoins, elle avait l'air vraiment joyeuse et sociable, comme nana.

— Ça fait longtemps que tu es dans ce club ? lui demanda Fatou.
— Deux ans. Je viens de resigner pour deux.
— Pas mal ! Et c'est quoi ton palmarès ?
— Oh, pas grand-chose pour l'instant. Et toi ?

Fatou s'assit sur son lit en tailleur, s'installant comme si elle avait énormément de choses à raconter. C'était aussi bien, Tyna n'était pas d'humeur à étaler ses performances ou sa vie pour le moment.

— Avec mon ancienne équipe nous avons remporté le dernier championnat de France et j'ai été sélectionnée plusieurs fois en équipe nationale. Nous sommes allées jusqu'en demie finale à la coupe d'Europe l'an dernier.

Ah... voilà pourquoi son visage lui était familier. Elle avait dû la voir à la télévision.

— Et toi ? Pas de sélection en équipe nationale ?

Tyna soupira en tentant de masquer sa déception. Ils avaient fait des pieds et des mains avec Phil pour qu'elle intègre le circuit national, mais sa situation rendait les choses très difficiles. La prochaine coupe du monde aurait lieu l'année suivante, alors peut-être aurait-elle sa chance, si elle surmontait tous les déboires administratifs.

— Pas pour le moment. Un jour peut-être.

— Je te le souhaite, c'est une sacrée expérience. En tout cas, je ne regrette pas d'être venue ! Si j'avais su que Nash allait débarquer, j'aurais signé plus vite.

Tyna tiqua et arqua un sourcil vers sa camarade. Son ton et la familiarité qu'elle décelait dans sa voix éveillèrent sa curiosité.

— Tu le connais bien ? interrogea Tyna en essayant de paraître totalement détachée.

— Bien sûr ! Il a entraîné mon équipe de championnat pendant trois mois lorsque notre coach s'est tiré. Tu vas voir, il est génial !

Serrant les dents, Tyna se rendit compte que la nouvelle ne serait sans doute jamais une alliée. Si elle vénérait ce type jusqu'à son trou de balle, c'était perdu d'avance. Mais qu'est-ce qu'elles lui trouvaient toutes ?

Fatou n'attendit pas de réponse, se leva et se remit à l'ouvrage. Tyna en profita pour déballer sans mot dire les quelques affaires qu'elle avait apportées.

— Au fait, l'interrompit Fatou quelques minutes plus tard, elles sont comment les filles ici ?

— Euh... Eh bien... marmonna Tyna, elles sont plutôt cool. On s'entend toutes assez bien.

— Non, je veux dire : plutôt timides ou délurées ? Quelques lesbiennes dans le lot ? Toi, par exemple ? T'es vraiment bien foutue !

— Ah non, désolée, je suis hétéro à cent pour cent !

Elle ponctua sa réponse d'un petit rire, songeant que Fatou ferait certainement le bonheur de Francesca. Elle finirait peut-être par lui foutre la paix quand elle aurait la chatte de la nouvelle dans la bouche. Et cela permettrait à sa grande gueule de prendre des vacances.

— Mais il y a quelques lesbiennes dans l'équipe, tu trouveras sans doute ton bonheur.

Fatou lui adressa un clin d'œil de remerciement tandis que Tyna quittait la chambre pour gagner la salle à manger. Un cocktail était censé démarrer pour fêter le début de la saison et accueillir leur nouveau coach. Elle croisa Francesca dans le couloir, adossée au chambranle de sa porte, les bras croisés. Elle était étonnamment élégante dans une combinaison noire au décolleté plongeant.

— Tu ne te changes pas ? s'enquit la Brésilienne en désignant ses vêtements.

— Pour quoi faire ? Cocktail, c'est juste un enrobage. Ils ne vont pas nous servir de caviar !

— Je dis ça comme ça... Après tout, je préfère voir ton petit cul moulé dans un short.

Tyna ne releva pas et continua son chemin jusqu'à l'extérieur. Une fois seule, elle trouva un coin d'ombre où s'asseoir et souffla longuement pour relâcher la pression.

Elle ne souhaitait rien d'autre que reprendre l'entraînement, courir, taper dans le ballon... Les festivités, se montrer, ce n'était pas dans cette situation qu'elle se sentait la plus à l'aise.

— Tu boudes ? entendit-elle dans son dos.

En tournant la tête, elle croisa le regard de Nash qui avait descendu ses lunettes de soleil sur son nez.

— Et si c'était le cas ?

Sans même y avoir été invité, il s'assit près d'elle, un peu trop proche à son goût. Comme si la journée n'était pas suffisamment chaude, voilà qu'elle percevait la température de son corps et sa chaleur flâner sur sa peau.

— Ton attitude de gamine pourrie gâtée ne me fera pas fuir. Et je ne te ferai pas de cadeau non plus.

— Vous finirez par déguerpir, assura la jeune femme. Je ferai tout ce qu'il faut pour prouver à Victor qu'il a fait le mauvais choix. Comme si une belle gueule pouvait être à la hauteur pour nous coacher !

Il se racla la gorge bruyamment et sourit largement d'un air moqueur.

— Tu ne m'apprécies pas beaucoup, constata Nash, mais j'en ai rien à foutre. Je suis là pour que vous soyez toutes au niveau.

— À quoi ça servira ? Grâce à moi nous avons remporté le championnat deux années de suite. Si on procède de la même manière, c'est plié.

Tyna voulait en finir avec cette conversation qui ne mènerait à rien d'autre qu'à envenimer sa mauvaise humeur. Elle aurait souhaité lui faire ravaler sa fierté.

— Ton ego est plus gros que ton cul et tes seins réunis, tu en as conscience ?

Elle ouvrit la bouche mais ne trouva rien à répliquer. Elle l'observa juste qui se relevait en grimaçant.

— Si tu veux pouvoir toucher le ballon en dehors des entraînements, tu as intérêt à te montrer plus docile.

— C'est une menace ?

— Plutôt un conseil. Fais ce que je te demande, sois à l'heure et nous bosserons dans de bonnes conditions.

Il s'éloigna d'un pas rapide, comme s'il craignait de revenir et de le regretter. En le contemplant de dos, Tyna ne put s'empêcher d'apprécier sa démarche souple, mais elle remarqua bientôt qu'il faisait tout pour dissimuler qu'il boîtait.

Chapitre 4

♪ Gwen Stefani - *4 In The Morning*

Nash était habitué aux interviews et savait généralement charmer son auditoire rien qu'avec un sourire. C'est pourquoi il ne fit qu'une bouchée de la petite journaliste minaudant avec ses longs cils bruns. Une jupe courte un peu serrée mettait en valeur ses longues jambes de trentenaire sexy et un chemisier transparent laissait entrevoir une dentelle affriolante qu'elle portait exprès pour l'occasion. Son regard brillant en disait long sur ses intentions, il était même certain qu'elle avait dû harceler son supérieur pour être de la partie. Aucune femme ne lui résistait, c'était ainsi, il n'y pouvait rien. Même les plus difficiles au premier abord finissaient par succomber.

Après une série de questions indiscrètes auxquelles il ne répondit pas vraiment, il lui servit son baratin habituel visant à lui écarter les cuisses le plus rapidement possible. Ce fut même trop facile, ce qui lui laissa un goût amer dès lors qu'il déchargea. Même la vue de sa nuque et de son petit cul potelé ne l'excita pas plus que cela, il éprouvait simplement l'envie de se débarrasser de cette chose encombrante. Il se retira pour remonter précipitamment sa braguette.

— Hmmmmm, pas mal, Nash ! le félicita la jeune journaliste en se retournant vers lui. Si je peux vous appeler Nash. Je comprends maintenant la légende. Même à la verticale, vous ne manquez pas d'énergie !

Ils étaient dans le gymnase, dans la petite salle où était rangé le matériel servant à l'entraînement : ballons, plots, maillots, jambières...

Les ballons neufs faisaient flotter une odeur de cuir rassurante alors qu'il sentait la pression prendre possession de ses entrailles. Même si son ego lui dictait qu'il était parfait pour le job, une part de lui avait peur de décevoir son vieil ami, et surtout de se décevoir lui-même encore une fois. Après tout, sa blessure irréversible était entièrement sa faute...

— Eh oh ! Vous êtes encore là ? questionna la jeune femme en faisant glisser sa jupe sur ses cuisses.

— Ouais, ouais...

— Euh... OK, bon... j'y vais alors...

Que cherchait donc cette nana ? Elle était suffisamment expérimentée pour comprendre qu'elle devait dégager, non ?

Il ne répondit pas, au lieu de quoi il se dirigea vers les ballons et se saisit de l'un d'entre eux. Après cette petite distraction, il avait juste besoin de faire quelques pas sur le terrain avec le ballon au pied.

La porte s'ouvrit soudain à la volée, il se retourna en pensant que sa compagne de jeu avait finalement décidé de quitter les lieux, mais son regard rencontra celui de Tyna entrant dans la salle avec conviction.

Lorsqu'elle les surprit et comprit ce qui venait de se passer, elle croisa les bras sous sa poitrine. La journaliste en profita pour se faufiler à l'extérieur et les laisser seuls.

— Je ne sais pas pourquoi, mais cela ne m'étonne pas du tout ! On doit s'attendre à vous trouver dans cette position souvent, j'imagine ? Vous comptez essayer de culbuter toutes les hétéros de votre équipe ?

— La ferme !

***

Tyna sursauta à la violence du ton employé. Elle le regarda tenant le ballon, le faire rebondir sur le sol et l'emmener sous son bras. Lui laissant quelques secondes d'avance, elle décida de lui emboîter le pas pour le suivre. Quand elle fut à l'extérieur, elle le vit posté devant une cage, les pieds placés sur le point de penalty. Son regard était vide, comme s'il avait chassé de son esprit la moindre pensée susceptible de le déconcentrer.

Bordel, il attendait quoi ? Avait-il oublié comment taper dans un ballon ? Le voyant hésiter, les poings serrés près de ses cuisses, Tyna se demanda si cela avait un rapport avec le fait qu'il boîtait. Bien sûr elle avait entendu parler de la blessure en milieu de saison dernière qui avait mis un terme définitif à sa carrière de joueur, mais il était censé en être totalement remis. D'après les journaux, bien entendu. Non pas qu'elle suive de près ses exploits, elle avait lu cela quelque part par hasard...

— Vous comptez shooter bientôt ? lui lança-t-elle du bord du terrain. J'aimerais bien m'exercer un peu.

— Il y a un autre but en face, non ?

Très juste, elle était au courant, toutefois c'était sa façon à elle de le secouer, même si c'était plutôt maladroit. Aussi sauta-t-elle la barrière en laissant son propre ballon au sol et s'élança-t-elle à sa rencontre. Du pied, elle poussa le ballon qu'il avait laissé tomber à quelques mètres de lui.

— Putain, qu'est-ce que tu fous ?

— Je suis là pour m'entraîner, il paraît que vous êtes le coach. Je pensais faire quelques tirs, mais puisque vous ne pouvez pas vous empêcher d'être partout où je vais, je suis prête à faire quelques passes avec vous. À moins que vous ne soyez trop rouillé...

Tyna entama ensuite un tour de terrain avec le ballon au pied sous les yeux de son nouveau coach qui n'esquissait aucun mouvement. Du moins jusqu'au moment où elle quitta son champ de vision. Là, il exécuta une rotation répétée pour la suivre des yeux. Elle crut y voir une lueur amusée, pourtant elle ne releva pas et continua de s'échauffer les muscles.

Lorsqu'elle se jugea capable de poursuivre sa séance, elle se replaça devant Nash, les poings sur les hanches.

— Essayez de m'attraper.

***

L'attraper... Bon sang, elle avait de ces idées !

Dans son appartement, Nash resta longtemps sous l'eau froide, se remémorant les événements de sa soirée. Si sa présentation s'était bien passée, il avait merdé sur la suite. Il craignait que la jolie journaliste en dise trop dans son article sur leur rapprochement. Si cela se savait alors qu'il venait tout juste de prendre son poste, Victor allait lui voler dans les plumes. Il n'avait même pas encore commencé !

Il ne pouvait en effet pas considérer les exercices de Tyna ce soir-là comme un entraînement à part entière, d'autant qu'elle avait passé son temps à le défier. Il avait passé près d'une heure avec elle sur ce foutu terrain, à la regarder courir, slalomer, esquiver ses tentatives d'interception. L'attraper, il avait peu de chance d'y arriver sur le plan professionnel. Elle était redoutablement rapide et rusée, elle anticipait le moindre de ses mouvements et comme il n'était plus aussi rapide qu'auparavant, il avait échoué.

Néanmoins, l'attraper sur le plan personnel devenait peu à peu un mantra. Il la connaissait depuis genre dix minutes mais il rêvait déjà de tester son endurance à l'horizontal. Ou à la verticale, si elle aimait les petits jeux et les acrobaties.

Elle allait le rendre fou. Il se repassait les images de ses cheveux laissés en liberté ondulant au gré de ses mouvements sur ses épaules et caressant ses seins. Il avait également admiré ses jambes à peine couvertes, longues et délicieusement charnues. Elles seraient forcément parfaites autour de ses reins douloureux.

Il sortit de la salle de bains dans le plus simple appareil afin de piocher dans sa valise de quoi s'habiller. Il sursauta en découvrant une vieille amie à moitié allongée sur son lit, usant de la télécommande.

— J'ai commandé mon dîner de ce soir, je me suis dit que je le partagerai avec toi, lui apprit Fatou en lui lançant un T-shirt. On n'a rien bouffé à ce cocktail ! On se demande comment font les Américains pour être aussi gros quand on voit ce qu'ils servent à leurs réceptions. Paris me manque déjà !

— Tu vas t'y faire, t'es pas là pour bouffer.

— Malheureusement... Alors, c'était bien ?

— Quoi donc ?

— Ta petite séance perso avec la Reine des Stades.

— Tu le sors d'où, ce surnom ?

— Tu ne réponds pas à ma question...

Très juste, il n'en avait d'ailleurs pas l'intention. Il adorait Fatou, mais elle n'était pas capable de tenir sa langue. S'il lui avouait qu'il avait apprécié l'entêtement de la joueuse à vouloir lui donner une raison de se lever le matin, elle ne manquerait pas de lui rire au nez ou de réutiliser cette information un jour ou l'autre, à ses dépens.

— Au fait, tu es entrée comment ?

Il vit son sourire malicieux se dessiner sur son visage, comprenant qu'elle avait certainement fait quelque chose d'illégal : user de ses charmes pour obtenir un double de clé ou pire, crocheter la serrure.

— Les bonnes vieilles méthodes sont toujours les plus efficaces, confirma la jeune femme. N'oublie pas d'où je viens. Revois tes bases, Nash. Et si je peux me permettre un conseil d'amie : ne t'approche pas trop de Tyna Queen.

— Qu'est-ce qui te fait croire que je le veuille ?

— Tes yeux à la seconde où j'ai parlé d'elle. Elle te fascine. Et crois-moi, elle a cet effet sur beaucoup de monde, bien qu'elle joue les inaccessibles. Mais moi, je ne la sens pas. Tu savais qu'on ignorait tout d'elle ou presque ?

— Et alors ? Certains préfèrent rester discrets.

Il en savait quelque chose. Même si la presse ne manquait rien de ses histoires sentimentales ou de ses déboires sportifs et que cela l'agaçait la plupart du temps, il avait ses raisons de s'exposer. Il avait toujours pensé qu'il était préférable de faire diversion. Tant qu'ils avaient du croustillant à écrire dans leurs torchons, ils n'allaient pas chercher plus loin.

— Discrète à ce point ? J'ai du mal à y croire. Je suis certaine qu'elle cache quelque chose.

— On a tous des secrets, Fatou. Ne fourre pas ton nez dans les affaires de Tyna si tôt après ton arrivée. Atlanta est son territoire.

— Plus pour longtemps, si j'ai bien compris...

Comme d'habitude, elle avait le nez fin. À moins qu'il ne soit totalement transparent ou qu'elle ait réussi à extirper des informations à Victor, ce qui serait bien son genre.

La jeune française ne laissait personne indifférent. On la détestait ou on l'estimait d'emblée, aucun entre deux n'étant possible, tout simplement parce qu'elle ne le permettait pas. Directe avec tout le monde, Fatou ne laissait planer aucun doute sur sa personnalité haute en couleurs. Et parce qu'elle n'avait aucun penchant pour les hommes, elle avait été son premier coup de foudre amical à son arrivée dans la capitale française.

Elle sauta hors du lit quand son estomac émit un gargouillement sonore. Elle trépignait encore lorsqu'elle extirpa les barquettes de nourriture d'un sachet en papier kraft. Elle les ouvrit, un large sourire aux lèvres.

— Le dîner est servi !

Nash crut tourner de l'œil en apercevant ce qu'elle leur avait commandé : deux douzaines d'escargots au beurre persillé.

***

Tyna visionnait un enregistrement du dernier match joué par l'équipe de Philadelphie, leur premier adversaire de la saison, quand Fatoumata passa la porte de leur chambre. Elle lui adressa un sourire trop large pour être vrai, si bien qu'elle eut tôt fait de comprendre qu'elle était bien éméchée.

Si elles avaient été amies, Tyna l'aurait probablement prévenue qu'elle serait virée dans le cas où elle serait surprise dans cet état. Mais puisqu'elle n'avait aucun ami et qu'elle ne cherchait pas du tout à s'en faire, elle fit comme si de rien n'était et enfonça ses écouteurs dans ses oreilles pour continuer de regarder le match.

Cette activité lui permettait de se détendre avant de dormir, car il n'était pas question de faire une crise en pleine nuit en présence de sa nouvelle camarade de chambre. De plus, cela ne lui faisait pas de mal de revoir un peu les tactiques de leur adversaire et d'analyser leurs déplacements sur le terrain.

Bien concentrée, elle sursauta lorsqu'un vêtement en boule atterrit sur l'écran de sa tablette et elle arracha ses écouteurs.

— Non mais ça va pas ?

— Oh, du calme ! Je te parlais mais tu ne m'entendais pas.

— Et ça ne te vient pas à l'esprit que je puisse ne pas vouloir t'écouter ?

Fatou soupira et s'assit sur son lit en retirant son jean.

— T'as vraiment un putain de mauvais caractère, Queen T. ! Pas étonnant que tu sois si seule.

— Qui te dit que...

— J'ai parlé aux filles de l'équipe pendant le cocktail, la coupa la jeune femme. Contrairement à toi. Je t'ai vue disparaître au bout de dix minutes.

Rouge de confusion, Tyna allait répliquer, mais elle dut admettre que Fatou était perspicace. Peut-être même un peu trop.

— Tu ne me demandes pas ce que j'ai fait ce soir ? s'étonna-t-elle.

— Je n'aime pas qu'on me pose de questions, alors n'attends pas de moi que je le fasse.

— OK, j'étais avec Nash. Je t'avais dit que je le connaissais bien.

Tyna acquiesça, les yeux sur son écran. Elle écoutait distraitement Fatou sans vraiment comprendre où elle voulait en venir. Cependant, elle était tellement bavarde qu'elle allait forcément l'éclairer rapidement.

— J'ai couché avec lui, ça ne te dérange pas ?

Quand les mots de sa camarade furent enregistrés et interprétés par son cerveau, sa tête se tourna derechef vers elle. Fatou souriait béatement.

— Je croyais que tu étais lesbienne ? s'écria Tyna.

— Je le suis, mais je savais que tu réagirais au quart de tour. J'ai ton attention, ça y est ?

Fatoumata s'approcha de son lit et s'accroupit à côté d'elle. Elle ne semblait pas mal à l'aise de rester à moitié à poil alors qu'elles ne se connaissaient pas du tout. Espérait-elle faire naître une attirance à la vue de son corps parfait ?

— Il est tard, Fatou, on en reparle demain ? Parce que je n'ai pas franchement envie de savoir là maintenant ce que tu pouvais bien foutre avec le coach. Tu pourrais te le taper pour être dans ses petits papiers que ça ne me ferait ni chaud ni froid !

— C'est un ami, lui apprit-elle. Je voulais juste te le dire. Tu n'as pas l'air de l'apprécier mais c'est un type bien. On s'en rend compte quand on apprend à le connaître.

Tyna n'était pas sûre de savoir ce qu'elle voulait lui faire comprendre. Cherchait-elle à le défendre après l'inimitié qu'elle n'avait pas su cacher plus tôt dans la journée ? Possible.

— Je préfère réserver mon jugement, rétorqua-t-elle.
— Tu te méfies de tout le monde, pas vrai ?

Cette fois, elle choisit de ne pas répondre et reporta son attention sur sa tablette. Fatoumata n'insista pas et finit par passer une brassière et un short en matière stretch avant de se glisser dans ses draps. Après lui avoir souhaité une bonne nuit, elle éteignit sa lampe et la laissa enfin tranquille.

Mais Tyna n'avait plus le cœur à regarder le match, elle cherchait un moyen d'empêcher Fatou de fouiner. Car pour la première fois dans l'histoire de sa carrière, l'une de ses camarades représentait un réel danger. Et si elle creusait autant qu'elle semblait le vouloir, elle allait déterrer le cadavre que Phil et elle cachaient depuis des années.

Au sens propre du terme...

Chapitre 5

♪ Ryan Star - *Losing Your Memory*

Après un dimanche solitaire, Tyna entama sa première semaine d'entraînement officiel avec le sourire. Même si la perspective de passer de longues heures en compagnie de Nash lui donnait des boutons pires que ceux causés par la variole, elle s'assit à la table du petit-déjeuner en se réjouissant par avance de se trouver bientôt sur le terrain.

Rien ne lui plaisait plus que de fouler l'herbe bien verte et bien coupée avec des crampons tout neufs, aussi engloutit-elle ses œufs et son jambon à vitesse grand V et gagna-t-elle le gymnase avec son sac à dos.

Elle arrivait toujours très en avance, appréciant de s'y changer seule et de puiser suffisamment de concentration pour aller au bout de cet entraînement sans étriper personne. Il ne fallait pas la chercher, c'était certain.

Elle fut d'autant plus surprise et même contrariée de voir Fatou et Francesca assises sur le banc devant leurs casiers. Elles discutaient joyeusement en s'habillant. Jamais sa rivale sur le terrain n'était arrivée si tôt un matin. Il lui fallait une véritable motivation pour quitter son lit avant huit heures. À en juger par leurs échanges souriants, elles s'étaient rapprochées durant le week-end. Avec un peu de chance, Francesca lui foutrait enfin la paix, néanmoins cela n'arrangeait pas son envie de calme avant les entraînements. Mais c'était peut-être juste pour cette première journée, histoire de faire bonne impression.

Elle laissa lourdement tomber son sac sur sa partie du banc. Son casier se trouvait sur la même rangée que les leurs, comme par hasard. En levant la tête, son regard se posa sur son nouveau maillot. Rouge et noir, orné de quelques bandes dorées très fines, il était surplombé de l'écusson de l'équipe. Elle le portait fièrement près du cœur depuis des années et n'avait pas l'intention de perdre ce privilège.

Nash pouvait très bien lui rendre la tâche difficile, elle était déterminée à s'accrocher et à lui prouver qu'elle était indispensable à cette équipe. Elle travaillerait plus dur, s'il le fallait. Elle était capable de s'entraîner sans relâche jusqu'à épuisement. Elle l'avait déjà fait.

— Bonjour, ma belle, la salua Francesca de sa voix doucereuse. Déjà là ?

— Tu sais bien que j'arrive tous les jours à cette heure, lui rappela-t-elle en ouvrant son sac.

— Ah, toi aussi tu as besoin de te concentrer avant les entraînements ? s'étonna Fatou.

— Oui, mais je doute d'y arriver vu le niveau sonore de vos piaillements.

Tandis qu'elle rassemblait sa tenue, elle les entendit chuchoter. À coup sûr, elles bavaient sur son dos, mais cela lui était égal. Elle enfonça ses écouteurs sans fil dans ses oreilles, accrocha son smartphone à la ceinture de son short et s'enferma ensuite dans une cabine de douche.

Elle se déshabilla, enfilant ensuite son short et une brassière confortable lui permettant de courir sans avoir mal aux seins. Elle saisit ensuite son maillot, le retourna pour le passer par la tête mais arrêta net son mouvement en apercevant le numéro plaqué au dos.

— Putain, mais c'est quoi ce bordel ?

Elle sortit en trombe de la cabine, le maillot serré dans ses mains comme une loque, laissant ses affaires en plan.

— Qu'est-ce qui t'arrive ? lui demanda Francesca. Tu as trouvé un cafard dans ta douche ?
— T'es dégueulasse ! gémit Fatou. J'espère ne jamais en trouver ou bien je quitte ce pays de merde !
— C'est arrivé à une des filles, pourtant ! avoua la Brésilienne. Il était gros comme une balle de tennis !
— Tu viens pas de Marseille toi, par hasard ?
— C'est quoi Marseille ?
— Eh oh ! les interrompit Tyna. C'était pas un cafard, OK ? Quelqu'un a fait changer mon numéro de joueuse !

Francesca releva brusquement la tête et avisa le maillot. Elle parut avoir peur en plus d'être contrariée, comme si elle redoutait la colère que Tyna pourrait laisser éclater. Il était de notoriété publique qu'elle s'emportait facilement et pour peu de chose. Mais elle savait que la jeune femme tenait par-dessus tout à ce numéro, son grigri.

Telle une tornade, Tyna sortit du vestiaire et se retrouva dans le bureau du coach où elle entra sans frapper. Elle le chercha des yeux et tomba directement sur son corps ruisselant, uniquement dissimulé par une serviette nouée autour de ses hanches.

Elle oublia instantanément ce pour quoi elle était venue, son regard capturé par le dessin de ses muscles. Dire qu'il était bien foutu était un mauvais cliché, il était sublime sous toutes les coutures visibles. Il semblait sculpté dans du granit à la manière des statues gréco-romaines et sa puissance transparaissait sans mal.

Pour la première fois de sa vie, elle se surprit à perdre l'usage total de la parole. Nash se tourna vers elle quand il s'aperçut qu'il n'était plus seul, haussant un sourcil.

— Qu'est-ce que tu fais là ?
Elle continuait de l'observer, sentant son propre corps frissonner.
— Je...
Il porta sa main à la serviette. Un instant, elle crut qu'il aurait le culot de la faire tomber à ses pieds. À cette idée, une vague de

panique la gagna, éclipsée une seconde plus tard par les remous de l'excitation. Il était aussi pénible que sexy, elle ne pouvait pas le nier.

— Je voulais vous parler, lui dit-elle en tentant de se maîtriser.

— Je t'écoute. Ça te dérange si je m'habille en même temps ? Je ne suis pas en avance.

Bien que la perspective de voir son corps luisant entièrement nu soit séduisante, elle réfléchit à quoi répondre pour ne pas se trahir.

— Je préfère repasser plus tard, dit-elle, cinglante.

Elle se retournait pour quitter la pièce lorsqu'il referma sa poigne sur son avant-bras, la forçant ainsi à lui faire face à nouveau. Elle le fusilla du regard parce qu'il ne daignait pas la libérer.

— Lâchez-moi ! lui ordonna-t-elle.

— Ou sinon ?

Il affichait un sourire qui le rendait encore plus beau et plus exaspérant qu'à l'accoutumée. Et dire qu'elle avait fantasmé sur ce type ! Aujourd'hui, elle le méprisait pour avoir brisé ses rêves de jeune fille. Elle l'avait autrefois imaginé brillant, adorable et incroyablement talentueux. Au lieu de quoi, il s'était avéré être le parfait connard.

— Sinon je porte plainte pour harcèlement ! Et votre carrière s'arrête là.

— Tu oublies un détail, *chérie*.

Elle leva un sourcil en guise d'interrogation, se demandant ce qu'il allait bien pouvoir dire pour esquiver sa menace.

— On voit dans tes yeux que tu mouilles ta culotte.

Elle allait lui asséner une gifle quand il l'arrêta dans son élan avec son autre bras. Dans le mouvement, sa serviette tomba à leurs pieds. Surprise, Tyna baissa le regard par réflexe et ne put s'empêcher de garder ses yeux une seconde de trop sur son anatomie dévoilée. Elle n'était pas femme à rougir, en temps normal. Mais elle devait reconnaître que la vision de son corps entièrement nu fit naître des envies qu'elle ne soupçonnait pas. Comment pourrait-il en être autrement ? Il était parfait. Parfait absolument partout.

Pourtant, elle était déterminée à ne surtout pas céder à cette tentation. Elle le fixa après avoir repris ses esprits. Leurs visages étaient trop proches, il la tenait fermement dans ses poings, ce qui fit enfler le malaise étroitement mêlé au désir. Elle hésitait entre lui cracher dessus et combler la distance entre leurs bouches. Merde ! Cela ne lui ressemblait tellement pas ! Elle devait trouver autre chose sur laquelle concentrer son attention...

Puis elle se souvint pour quelle raison elle était entrée et serra plus encore son maillot avant de se dégager brutalement. Il tangua, étonné par la force dont elle avait fait preuve pour se libérer.

— Rhabillez-vous ! tonna la jeune femme en se retournant.

Elle essayait de calmer les battements de son cœur en inspirant longuement tandis qu'elle tendait l'oreille. Il ne bougeait pas. Pire que tout, elle le sentait se rapprocher. Bientôt il colla son corps encore humide contre le sien. Leurs deux peaux frissonnèrent au premier contact, lui arrachant un petit gémissement.

— De quoi tu as peur, Tyna ?

Sa voix fit tomber ses dernières résistances. Et quand son souffle chaud caressa la parcelle de peau entre son lobe et sa nuque, elle crut sentir ses genoux se dérober. Heureusement, il passa son bras autour de sa taille pour la soutenir.

— Je vois bien que je te fais de l'effet...

Son arrogance devenait même sexy. Comment ne pas être tentée alors que ce type pouvait facilement vider un couvent ?

— Ton cœur bat contre ma paume...

Oh oui, il avait même pris un rythme effréné au point de couper sa respiration l'espace d'un instant, l'empêchant de retrouver sa raison dissimulée dans un coin de son cerveau embrumé par l'odeur de son gel douche.

Avant qu'elle ait pu prendre sa décision, il tourna sa tête brusquement vers elle et écrasa sa bouche sur la sienne. Elle sentit sa chaleur se diffusant sur son visage, son cou et se loger au creux de son ventre. Cette sensation l'obligea à fermer les yeux pour mieux éprouver la caresse de ses lèvres. Elles étaient bien plus tendres qu'elle ne l'aurait cru. Elles donnaient ce baiser plus qu'elles n'en exigeaient un en retour. Il n'en fallut pas plus pour la faire fondre, mais quand sa tête se rappela à qui appartenaient ces lèvres, elle paniqua au point de sortir les crocs, au sens littéral du terme. Elle le mordit si fort qu'il fit un bond en arrière en criant.

— Mais qu'est-ce qui te prend ?

Pour cacher son malaise, elle mit son poing sur sa hanche et afficha sa mine caractéristique des mauvais jours.

— Non mais ça ne va pas ? s'indigna-t-elle. De quel droit vous osez poser la main sur moi ? C'est votre truc, nous déposséder de ce qu'on a ? Ma dignité, mon numéro fétiche, et quoi d'autre encore ?

— Putain, tu m'as mordu à sang ! se plaignit-il. T'es vraiment cinglée !

Elle l'était sans doute plus pour l'avoir rejeté que pour autre chose. Non mais sérieusement, qui refuserait de coucher avec lui ? Nul besoin d'être dotée d'une vue de super-héros pour se rendre compte qu'il était taillé pour le sexe. Activité pour laquelle un corps pareil était forcément doué.

Elle se secoua en songeant que c'était justement une bonne raison de ne pas succomber à son charme. Certes il avait une belle gueule, mais il n'avait que ça pour lui.

— Je ne veux pas savoir comment, mais vous avez intérêt à réparer cette erreur, dit-elle pendant qu'il raccrochait sa serviette autour de ses hanches. Mon numéro est le quatorze et le restera jusqu'au jour où je ne pourrai plus tenir debout, c'est bien compris ?

Les yeux pourtant écarquillés, il s'obstina à faire non de la tête.

— C'est le numéro de Fatou, expliqua-t-il. Elle a fait mettre cette clause dans son contrat, Victor était d'accord avec ça. Si tu as des revendications à ce sujet, c'est avec lui que tu dois négocier.

Elle serra les poings, sa colère changeant immédiatement de camp.

— Très bien, j'irai le voir. Mais pas question que je porte ce torchon ce matin.

— Fais ce que tu veux, lâcha-t-il. On commence dans quinze minutes. Une seule seconde de retard et tu ne mets même pas un crampon sur le terrain.

Il était dur, ils avaient au moins ça en commun. Elle se détourna et détendit les traits de son visage jusqu'à s'autoriser à sourire. C'était plus fort qu'elle, il avait fait naître des sentiments ambivalents dans sa tête et dans son corps.

Avant de tourner la poignée, elle lui fit face à nouveau et lança le maillot à ses pieds.

— Remise du Soulier d'or à Zurich il y a six ans, lui dit-elle. Vous étiez accompagné d'une jeune femme qui s'arrêtait tous les cinq mètres pour gerber dans des pots de fleurs, tellement elle était bourrée ! Vous ne vous rappelez vraiment de rien ?

Elle vit un éclair de lucidité faire son chemin dans ses prunelles, puis sa bouche former un O d'étonnement.

— C'est bien ce que je pensais. À tout de suite, *coach* !

Chapitre 6

♪ Hillsong United - *Touch The Sky*

Cette fille l'exaspérait. C'était physique, dès qu'elle apparaissait dans son champ de vision, il avait envie de l'étriper... Ou pire, de lui sauter dessus et de fourrer sa queue dans l'une de ses cavités chaudes et humides.

Il secoua la tête, déconcentré. L'heure était au boulot. Et bien qu'il camperait sur sa position de la détester pour ce qu'elle était, cette garce était foutrement douée. Son jeu de jambes parfait le faisait bander dans son short.

Incroyable comme cette nana pouvait être arrogante, y compris dans son jeu. Elle ne faisait quasiment pas de passe, préférant batailler avec l'adversaire jusqu'au bout et mener le ballon directement dans la cage. Il retint un applaudissement quand sa frappe atterrit en pleine lucarne.

Il vit Fatou serrer les dents tandis que Tyna lui adressait une révérence grotesque après leur duel. Et dire que...

— On change de groupe ! cria-t-il à l'intention des joueuses.

Il se remémora cette soirée quelques années plus tôt au cours de laquelle sa carrière de joueur était à son apogée. Recevoir le Soulier d'or représentait la consécration, l'une des plus hautes distinctions qu'on pouvait obtenir. Il avait été le meilleur buteur du championnat d'Allemagne et accessoirement de toute l'Europe six ans plus tôt. Il l'avait eu, ce trophée. Après des mois d'entraînement intensif et sans jamais se relâcher. Le premier d'une longue série, avant que tout ça ne se termine de la façon la plus brutale mais aussi la plus stupide qui soit.

Lors de cette soirée prestigieuse, il avait reçu une récompense légendaire dont rêvait chaque joueur, mais il avait aussi pris un coup de massue qu'il avait gardé secret depuis ce jour-là.

Bien sûr il avait remarqué la protégée de Philip Moore, très belle mais encore jeune à l'époque. Cette joueuse, prometteuse d'après les conversations qui allaient bon train, n'avait que la peau sur les os et ne lâchait pas son mentor d'une semelle. Difficile pour quiconque de l'approcher, même s'il se souvenait de bribes de leur fin de soirée commune.

Elle avait changé, il ne l'avait pas reconnue avant qu'elle ne parle de cette fameuse rencontre. Elle l'avait repoussé et envoyé sur les roses, il préférait généralement oublier ce genre d'interludes frustrants. Quel âge avait-elle, à ce moment-là ? Dix-sept ans à tout casser. Elle avait bien grandi, la petite. Elle s'était même forgé une solide réputation d'emmerdeuse, apprenant sans doute à ne plus se laisser marcher sur les pieds.

— Qu'est-ce que tu mates ? nargua Fatou qui approchait à sa hauteur.

— Le jeu de la deuxième série, éluda-t-il. Tu en penses quoi ?

— Certaines manquent de rigueur et de précision.

Il acquiesça et nota quelques noms sur son bloc-notes.

— La Queen est coriace, pesta son amie.

Il ne put retenir un sourire. Il savait qu'elle enrageait et qu'il lui faudrait un peu de temps pour se remettre de sa défaite écrasante.

— C'était le premier entraînement, tu te rattraperas !

— Y'a intérêt, elle ne se sent déjà plus pisser, grogna Fatou.

Pour confirmer ses dires, il esquissa un regard vers Tyna. À l'écart des autres, elle avait revêtu son blouson de survêtement et écoutait de la musique en étudiant ses camarades. Il pouvait voir ses lèvres bouger. Elle chantait ? Ou bien elle encourageait silencieusement les autres filles ?

Ainsi positionnée, attentive au jeu, il n'arrivait pas à gober le rôle de la fille arrogante et tenace. Dans ses yeux dansait le vague à l'âme. Chaque fois qu'on s'approchait trop d'elle, elle sursautait ou se décalait d'un mètre, comme si on la gênait ou qu'elle avait peur d'être trop proche de quelqu'un.

Fatou semblait avoir raison. Elle cachait quelque chose, et c'était sûrement très moche.

***

Le premier entraînement commençait bien ! Les nouvelles n'étaient clairement pas au niveau. Il faudrait probablement des semaines – voire des mois – afin qu'elles améliorent leurs performances. Quant à être sélectionnées et jouer en compétition nationale comme la CONCACAF[1], ce serait carrément du suicide.

Elle n'était pas la coach de l'équipe, elle n'avait donc pas son mot à dire, et pourtant elle en mourait envie. Ils avaient perdu une partie de l'équipe titulaire de la saison précédente, ça n'arrangeait pas leurs affaires et leurs adversaires en profiteraient pour montrer tout leur savoir-faire dès le premier match.

Sa nouvelle colocataire s'en sortait plutôt bien, néanmoins. Elle admit que c'était une bonne recrue, elle savait attaquer et dribbler quand il le fallait. Même si elle ne faisait pas le poids face à elle, elle avait quelque chose. Ils n'avaient peut-être pas eu tout faux dans leur recrutement. Restait à voir ce que ça donnait au cœur d'un match avec la tension et les supporters hurlant dans tout le stade...

Après la deuxième session d'entraînement collectif, elle retira son blouson quand Nash les appela à sa rencontre. Elle avait hâte de

---

[1] Confédération de football d'Amérique du Nord, d'Amérique centrale et des Caraïbes : a pour rôle de gérer et développer le football à l'échelon continental, sous l'égide de la Fédération Internationale de Football Amateur (FIFA).

reprendre les exercices. Un peu de footing et un mini-match ne constituaient qu'une faible partie de son quotidien.

— Pour la suite j'invite les noms suivants à se rendre au gymnase pour un entraînement autonome ou à la muscu, au choix, leur indiqua-t-il. Les autres resteront avec moi pour un accompagnement personnalisé et individuel.

C'était nouveau, ça ! pensa Tyna avec une pointe d'ironie. Elle était certaine de ne pas avoir droit à ce « privilège », elle était trop douée pour avoir besoin de ça.

— Queen, Traore, Gonzales, Chang et Johnson, allez-y, c'est fini pour aujourd'hui pour vous.

— Et si on refuse ? tenta Tyna.

Elle vit le coin de sa bouche tressauter, signe de son agacement.

— Dans ce cas, tu m'aides à coacher les poussins ?

Ce n'était pas exactement comme ça qu'elle voyait cette nouvelle saison. Ce type antipathique faisait tout pour la rendre cinglée. De rage, elle fourra son blouson dans son sac et se dirigea vers le gymnase à grandes foulées. Une fois à l'intérieur, elle déposa ses affaires dans le vestiaire et prit le chemin de la salle du matériel. En repassant devant l'entrée, elle vit les autres filles congédiées qui s'apprêtaient à la rejoindre. Que devait-elle faire ? Les inviter à se joindre à elle ? Les ignorer ?

La deuxième solution semblait la meilleure. Pour une fille solitaire comme elle, se retrouver en communauté était aux antipodes du nirvana, surtout parce qu'elle ne savait jamais à qui se fier. Elle n'avait jamais eu d'ami, ce terme lui était étranger et elle ne savait même pas si elle saurait en être une. Prendre des risques dans sa carrière, dans son jeu, elle l'envisageait souvent. Mais pas avec le genre humain. La plupart des gens l'avaient déçue, y compris ceux dont elle se croyait proche. Phil ne faisait pas exception à cette règle. Il avait été sa seule famille pendant des années, ce qui ne l'avait pas empêché de lui mentir. Elle n'avait pourtant jamais ressenti de sentiments aussi forts pour quiconque. Pas même pour sa propre « famille ».

Les quatre fantastiques la dévisageaient tandis qu'elle ressortait avec un ballon neuf et cinq dossards. Elle les leur tendit, attendant leur réponse silencieuse. Fatou fut la première à s'en saisir et à se délester de son sac.

***

L'après-midi touchait à sa fin. Tyna se dandinait d'un pied sur l'autre en attendant son passage devant la caméra. Une célèbre marque de cosmétiques l'avait sollicitée pour une publicité et souhaitait réaliser un clip pour une opération marketing de grande envergure. Elle serait d'abord diffusée dans tout Atlanta, puis à l'échelle nationale, avant d'être finalement exportée en Europe quelques mois plus tard. Et cela lui fichait une trouille monstre.

C'était une chose de poser pour un magazine ou de se retrouver le visage collé dans une boutique de maillots de bain, être placardée presque partout ne la rassurait pas. Elle aurait aimé en parler à Phil mais il ne décrochait pas. Et si on la reconnaissait ? Elle était certaine que Nash avait fait le rapprochement bien qu'il ne lui en ait pas parlé pour le moment. Cela dit, elle avait été bête de le provoquer. Encore une fois, elle avait perdu une bonne occasion de fermer sa gueule.

— Comment ça va, mon chaton ? lui demanda Gaby en venant à sa rencontre.

Il semblait tendu dans son costume gris à trois mille dollars. Avait-il peur de s'en prendre encore plein la figure ? Elle y allait parfois un peu fort, elle l'admettait. Mais c'était plus facile d'exploser que de contenir sa colère. Et elle en connaissait un rayon dans ce domaine.

— On fait aller, répondit-elle. Tu m'as dit que ça durait combien de temps ?

— Une heure si tu te tiens tranquille.

Elle esquissa un sourire. Vu qu'elle avait d'autres chats à fouetter, elle tâcherait de ne pas s'éterniser.

— Tu as l'air nerveux, Gaby, tu transpires comme un bœuf, c'est dégueulasse !

Il s'éclaircit la gorge et fit mine de détendre le col de sa chemise. Il s'épongea le front avec un mouchoir en tissu. Bon dieu, le studio avait la clim !

— Tiens, tiens, entendit-elle soudain. Tyna Queen en ces lieux ?

Elle se retourna pour voir Nash DeWitt s'approcher négligemment. Elle comprit pourquoi son agent se sentait mal. Il avait sans doute aperçu ce bellâtre en petite tenue quelques minutes plus tôt. Il s'imaginait quoi ? Qu'elle allait lui en vouloir ? Il appréciait les jolies courbes masculines, elle ne pouvait qu'approuver l'objet de son désir du moment.

— J'espère que tu n'es pas là pour un dentifrice... la nargua-t-il. Le sourire, c'est pas ton truc, pas vrai ? Quoi que... Tu sais montrer les dents.

Il lui adressa un clin d'œil et se tourna vers son agent avant qu'elle ait le temps de répondre.

— Gaby, le salua Nash. Dis-moi, c'est normal que mes couilles soient à l'étroit dans ce boxer ?

Elle eut envie de rire et de lui répliquer un truc bien cinglant quand cet échange lui mit soudain la puce à l'oreille.

— Gaby ? l'interpella-t-elle. Ne me dis pas que tu es l'agent de cette enflure ???

Comme elle serrait les poings, il se recula d'un pas en levant les mains en l'air.

— Du calme, mon petit cupcake, tu sais bien que je ne maîtrise pas la répartition des clients de l'agence !

— Mais tu es MON agent, appelle-les pour décliner ou je m'en chargerai ! Je double ton cachet, s'il le faut !

Nash émit un sifflement moqueur.

— Eh bien, mon vieux, ça rigole pas avec elle !

Tyna voulut le fusiller du regard mais il était déjà trop tard, il s'était éclipsé vers le plateau de tournage. Elle l'observa mettre tout le monde dans sa poche au premier regard, avec son sourire factice et ses yeux trop brillants pour être honnêtes. Et pourtant, il était toujours aussi attirant. Les années lui avaient taillé un corps musclé mais pas trop, svelte sans être maigre, et elle avait eu un vague aperçu de ce que cachait son boxer pour affirmer qu'il était appétissant... partout.

Se secouant la tête, elle se raisonna en se répétant qu'il était l'ennemi public numéro un. Ce type avait quand même eu l'intention de lui faire du mal, un jour. Et même si cela remontait à des années, sa réputation parlait pour lui. De ce côté-là, il restait indubitablement le même.

Elle finit par être appelée pour le tournage, se plaça sur l'estrade et attendit que l'attention se porte sur elle. Derrière elle, les panneaux du décor étaient d'une couleur verdâtre laissant supposer qu'ils rajouteraient des images vidéo au montage. Elle se remémora les pauses qu'elle devait prendre pour le clip et avisa le ballon laissé de côté. Elle s'en saisit. Immédiatement, son stress dégringola en chute libre et elle commença à exécuter quelques figures pour se distraire. Elle était tellement absorbée qu'elle ne remarqua pas tout de suite qu'on la regardait. Du moins... *Lui* ne manquait rien de la scène et ne détachait pas son regard du sien...

Chapitre 7

♪ Matthew West - *Broken Girl*

Ses yeux la déshabillaient et transperçaient son corps, telles des milliers de petites aiguilles chauffées à blanc. Le souvenir de la souffrance lui donna instantanément la nausée. Fébrile, elle descendit de l'estrade, laissant tomber le ballon qui résonna dans un bruit mat. Elle courut se réfugier dans sa loge non sans bousculer l'équipe de tournage au passage. Tyna entendait vaguement son prénom en écho à son propre cœur qui martelait l'intérieur de son crâne. Elle devait fuir, et vite !

S'il l'avait retrouvée après tout ce temps, elle ne donnait pas cher de sa peau. Il incarnait tout ce qu'elle avait tenté d'oublier au cours des années passées aux Etats-Unis avec Phil : la misère, la douleur, la mort... Mais il était là, quelque part parmi tous ces gens qui ne soupçonnaient rien de son passé tragique, qui voyaient en elle une diva caractérielle au lieu de la petite fille apeurée qu'elle cachait sous ce masque.

La bile menaçait de franchir ses lèvres tremblantes tandis qu'elle ramassait ses affaires et se rhabillait. Son sac sur l'épaule, elle s'apprêtait à quitter la pièce quand elle distingua un bruit métallique provenant de la serrure. Son corps se couvrit d'un filet de sueur qui n'avait rien à voir avec la chaleur ambiante. La pièce n'ayant aucune fenêtre, elle était piégée entre ces murs sans possibilité de s'échapper.

La porte s'ouvrit et le visage de Nash apparut. Sans le vouloir, elle soupira de soulagement et relâcha ses épaules. Pour la première fois depuis son arrivée à Atlanta, elle était heureuse de le voir. Sa présence familière la rassurait.

— Est-ce que tout va bien ? s'enquit-il. Tout le monde se demande où tu es pas...

Il s'interrompit, probablement parce qu'il comprenait qu'elle était sur le point de leur fausser compagnie.

— Un problème ?

— Juste un ras-le-bol de tout ça, je me casse !

Elle tenta de le pousser à l'extérieur de la loge mais il fit bloc et l'empêcha d'en sortir en portant sa main à sa hanche. Ce geste pourtant anodin lui brûla la peau. L'angoisse qu'elle ressentait à l'idée d'avoir été démasquée et le désir se disputaient son corps.

— Tu trembles, constata-t-il. Dis-moi ce qui se passe. Je sais que ce n'est pas seulement moi qui te fais de l'effet...

— Lâche-moi ! lui ordonna Tyna en se dégageant. Tu me fais peur !

Ses yeux fouillaient les siens, elle se sentait nue devant lui et vulnérable. Plus encore que si elle se trouvait devant *lui*... Malgré les larmes qui lui brouillaient la vue, elle pinça les lèvres puis tenta une nouvelle esquive. Peine perdue, Nash était aussi têtu qu'elle.

— Moi ? ricana-t-il. On dirait plutôt que tu as vu un revenant ! Depuis quand la Reine des Stades a-t-elle peur ? Et de moi, en plus !

— Je... je crois... balbutia-t-elle.

Elle baissa le regard, honteuse de ne plus savoir quoi lui répondre. À cet instant, elle avait irrémédiablement besoin de tendresse. De bras l'encerclant et l'aidant à faire passer le malaise. Depuis quand n'en avait-elle pas reçue ? Elle n'était même pas sûre d'en avoir eue un jour...

— Je dois appeler Phil, dit-elle pour clore le sujet. Je vais rentrer, je ne me sens pas très bien.

— Je te raccompagne.

— Non merci, je vais me débrouiller, déclina la jeune femme, butée, en secouant la tête.
— Ce n'était pas une question. Je m'habille et je reviens...
Alors qu'il esquissait un mouvement, elle se surprit à le retenir par la main. Il glissa son regard sur leurs doigts qui s'étaient naturellement trouvés, étonné par ce contact inattendu.
— Ne me laisse pas... murmura Tyna dans un souffle presque inaudible.
Sa voix se brisa. Elle s'accrocha de toutes ses forces à Nash. Ce dernier voyait bien qu'elle était sur le point de craquer. Cela ne lui ressemblait pas. Bordel ! Qu'avait-elle vu dans ce studio qui la terrorisait à ce point ? Machinalement, il caressa le dessus de sa main avec son pouce. Déjà, les battements de son cœur ralentissaient. Il se sentait sur le point de flancher, de la prendre dans ses bras...
C'est ce moment que choisit Gaby pour les intercepter.
— Mais enfin, qu'est-ce que vous faites ? Vous voulez ma mort, ma parole ! Allez, en scène, on vous attend !
— Gaby... commença Nash. Désolé, ce sera sans nous. Je ramène Tyna, elle ne se sent pas bien.
— Comment ça ? Tu semblais en pleine forme tout à l'heure, mon petit canard !
— Je suis désolée, Gaby...
Comme il affichait une mine interloquée – ce n'était pas dans ses habitudes de s'excuser –, elle crut bon de s'expliquer :
— J'ai dû manger un truc pas frais au déjeuner, j'ai la tête qui tourne et mal au bide. Tu fais ramener ma voiture ?
Il acquiesça, pas dupe pour un sou. Mais avant de s'en aller, il leur demanda de garder leurs téléphones à disposition. Il comptait bien leur donner de nouvelles dates pour leurs prestations.
Quand il se fut éclipsé, Nash l'entraîna jusqu'à sa propre loge et verrouilla derrière eux. Trop secouée, elle n'y prêta pas attention et se carra dans un sofa moelleux, son sac sur les genoux. Pendant qu'il

se changeait derrière un pseudo paravent tapissé d'articles de presse dont il était le sujet, elle alluma son téléphone pour visionner un match.

— Qu'est-ce que tu fais ? l'interrogea Nash.
— Je regarde le dernier match de Philadelphie.
— Tu ne t'arrêtes jamais ?
— Pour quoi faire ? Ça me détend et j'arrête de penser...

Nash l'observait concentrée et percevait dans ses traits chacune de ses remarques silencieuses. Elle paraissait fragile à cet instant, bien loin de tout ce qu'il avait entendu à son sujet.

Il s'était comporté comme le dernier des crétins avec elle. Pas étonnant qu'elle lui en veuille à mort. Même s'ils n'étaient que des gamins à l'époque, rien ne justifiait qu'il ait failli lui prendre son innocence...

— De quoi as-tu peur, Tyna ?

Elle lâcha son smartphone pour le regarder dans les yeux.

— J'ai cru voir... un truc, avoua-t-elle, honteuse. Laisse tomber. Bon, tu as fini ? Il te faut plus de temps qu'une nana, putain !

Il la retrouvait bien là. Il souriait en enfilant son short...

***

— Tu es sûre que tu ne veux pas que je reste ? lui demanda Nash quand ils furent arrivés devant chez Phil. Comment tu vas rentrer ?

— Je demanderai à Phil de me raccompagner ou bien je prendrai un taxi.

Il prit de force le téléphone qu'elle triturait entre ses mains.

— Eh ! s'indigna-t-elle. Mais qu'est-ce que tu fais ?
— Je te donne mon numéro.
— Ah, et pourquoi j'en aurais besoin ?
— Si tu cherches un chauffeur ou si tu as envie de t'engueuler avec quelqu'un, ça peut être utile.

Elle faillit sourire mais ne lui offrit pas ce plaisir.

— OK... Je vais le mettre dans la liste intitulée « Ordures ».

— Un jour, il faudra qu'on reparle de « ça »... Mais pas maintenant. Bonne soirée, Tyna.

Il fixait sa bouche comme s'il s'apprêtait à la dévorer. Dire qu'elle n'y avait jamais songé était un affreux mensonge, déjà adolescente elle s'imaginait ployer sous ses baisers. Mais là, tout de suite, cela aurait été une erreur. Il avait beau avoir été particulièrement serviable aujourd'hui, elle ne devait pas oublier qui il était : un connard prétentieux qui endossait le rôle de coach pour la saison.

Elle ouvrit brusquement la portière de sa voiture de location avant de faire une connerie. Il eut l'air surpris mais s'abstint de tout commentaire. Elle lui adressa un petit signe avant de conclure :

— À demain, coach !

Il démarra seulement quand elle eut franchi la grille de la cour devant la maison.

Phil et Kyle l'accueillirent à bras ouverts, comme toujours. Elle était un peu la fille qu'ils n'avaient jamais eue. Elle les considérait elle aussi comme sa famille et les chérissait comme telle. Même si elle avait déjà près de quinze ans quand Phil l'avait ramenée, il lui avait donné autant d'amour que d'éducation. Et ça, elle ne l'oublierait jamais.

Elle dîna avec eux en sirotant un vin californien qui lui monta à la tête et l'aida à se détendre. C'était bon de se retrouver là sans penser à rien d'autre qu'au bonheur d'une famille unie. Mais cette félicité était menacée. Le passé semblait resurgir de nulle part et elle ignorait si elle devait ou non en parler avec Phil. Il était trop impliqué pour qu'elle se taise, mais en même temps, il avait droit à du repos. Il avait veillé sur elle toutes ces années, pourquoi ne prendrait-elle pas soin désormais de le tenir éloigné de tout ça ?

— Tu veux que je te ramène, Tyna ? lui demanda Phil en apportant le dessert.

Elle acquiesça tout en lorgnant sur le *carrot cake*. Le glaçage dégoulinant lui mit l'eau à la bouche, mais était-ce bien raisonnable ? Elle venait de reprendre l'entraînement après un été bien rempli, alors si elle se laissait tenter, elle risquait de mettre en péril son poids de forme. Oh et puis après tout, elle ne prendrait qu'une toute petite part.

Kyle approcha une assiette où il déposa un morceau pondéré, comme s'il avait compris son dilemme. Elle le savoura doucement, léchant sa cuillère à chaque bouchée.

— Kyle, tu t'es encore surpassé ! C'est quoi ton secret pour que ton *carrot cake* soit aussi moelleux ?

Il lui sourit, heureux du compliment. Philip lui prit la main, apparemment ravi du plaisir qu'elle prenait à déguster leur repas.

— J'imbibe toujours les couches de gâteau d'un sirop légèrement sucré. Ça lui donne ce petit goût caramélisé et sa texture légère.

Elle ne comprenait pas tout, – la pâtisserie n'était pas son rayon – mais elle appréciait qu'il lui livre aussi facilement son secret.

Après le repas, Philip sortit sa voiture pour la ramener au club. Il devait sûrement vouloir discuter puisqu'il n'enclencha pas l'autoradio. Pourtant, il n'ouvrit pas la bouche, sans doute parce qu'il attendait qu'elle prenne la parole. Mais comme elle ne se décidait pas…

— Gabriel m'a appelé, lâcha-t-il. Est-ce que tout va bien ?

— De quoi il se mêle, celui-là ?

Au feu tricolore, Phil s'arrêta au rouge et tourna la tête vers elle, l'air mécontent.

— Je te rappelle qu'il se démène pour toi sans jamais grincer des dents, il mérite un peu plus de respect. Je te connais suffisamment pour savoir que tu lui mènes la vie dure !

— Pfff ! désapprouva-t-elle en croisant ses bras. Il n'a qu'à se mêler de ce qui le regarde, je ne lui ai pas demandé de jouer les nounous. Qu'il se contente de négocier de bons contrats et d'encaisser sa part !

Phil souffla bruyamment tandis qu'il remettait en marche la voiture.

— Ton sale caractère et toi n'aurez bientôt plus de contrats si tu continues comme ça. Tu pourras dire adieu à ta maison et à tous ces beaux vêtements que tu aimes tant.

Le véhicule redémarra au feu suivant sans qu'elle n'esquisse la moindre réponse.

— Tyna, continua Phil, je sais que tu as largement de quoi en vouloir au monde entier, moi y compris. Mais ton comportement va finir par détruire tout ce que nous avons construit. Je ne te demande pas de changer qui tu es, juste de faire des efforts pour t'éviter les ennuis.

Elle croisa les bras, pas vraiment fière d'elle et de son attitude d'enfant pourrie gâtée. Seul Phil savait véritablement ce qu'il en était. Mais il était parfois plus facile de se complaire dans ce rôle que d'affronter les fantômes de son passé peu reluisant.

— Promets-moi au moins d'y réfléchir, insista son mentor. Pense à ta réputation. À ta carrière en pleine effervescence.

Au fond d'elle, Tyna concédait volontiers qu'il avait raison, aussi posa-t-elle sa main sur son avant-bras en signe d'acceptation.

— Tu es la voix de la sagesse, comme toujours !

Alors qu'il se garait devant la résidence du club, Tyna retira sa ceinture et vint l'embrasser sur la joue, sourire aux lèvres.

— On se revoit quand ?

— Passe quand tu veux, tu seras toujours la bienvenue, tu le sais bien !

Elle acquiesça, ravie que les choses ne changent pas malgré son départ précipité. Certes il lui manquait sur le terrain, mais au moins dans leur vie quotidienne, il restait le « père » qui l'avait élevée ces dernières années.

Elle referma la portière et le regarda partir avec un pincement au cœur. Elle préféra chasser sa mélancolie tout au fond, là où elle ne viendrait pas perturber son équilibre psychique. Dans quelques jours, le premier match de la saison aurait lieu et elle devait rester concentrée sur son objectif : marquer un maximum de buts et en mettre plein la vue aux supporters.

Elle marchait doucement dans le couloir du dortoir mais percevait les bruits émanant des chambres : télévision, musique en sourdine, et même une console de jeux. Des filles se défiaient régulièrement à *FIFA* pour continuer d'évoluer dans l'ambiance, même en dehors du terrain.

Avant de parvenir à sa chambre, elle distingua une haute silhouette dans la pénombre. Elle se rapprochait à pas lents. Et plus elle arrivait vers elle, plus la température de son sang dégringolait.

Elle perdait la raison. Il était *mort* ! Depuis des années ! Alors pourquoi son esprit divaguait ? C'était ridicule et carrément anxiogène.

Heureusement, elle comprit vite que sa peur avait pris le dessus sur ses capacités de discernement quand elle devina que Nash se cachait sous les traits de l'ombre mystérieuse. Elle déglutit difficilement lorsque son corps commença à récupérer quelques degrés au souvenir confus de leur échange du matin. Merde, mais pourquoi songer à ça maintenant ? Peut-être parce qu'il faisait sombre et que personne ne saurait ce qu'ils fabriquaient s'ils recommençaient…

Elle se gifla mentalement et se racla la gorge, comme pour se rappeler qu'il était gênant de penser à son entraîneur nu à des heures indues.

— Qu'est-ce que tu fous là ? l'attaqua-t-elle pour dissimuler son trouble.

— Et toi ? Tu rentres seulement ?

— La soirée s'est un peu éternisée, se justifia-t-elle, mais j'ai passé la grille avant le couvre-feu !

— Ne traîne pas et va te reposer. Une longue journée t'attend demain !

Et pour cause, elle avait rendez-vous avec Victor avant le petit-déjeuner, seul créneau qu'il lui avait proposé pour leur entrevue.

— Bonne nuit, coach !

— Bonne nuit, *Agustina*, susurra-t-il en passant près de son oreille avant de s'en aller.

Il était parti tellement vite qu'il avait dû ignorer le frisson qui l'avait parcourue en entendant ce prénom. Plus personne ne l'appelait ainsi depuis qu'elle avait intégré le circuit professionnel. Elle préférait le reléguer au rang des mauvais souvenirs plutôt que de garder en mémoire tout ce qu'il signifiait autrefois.

D'ailleurs, elle avait déjà oublié ce petit intermède en ouvrant la porte de sa chambre. Plongée dans le noir, Fatou devait déjà dormir. Elle entra sur la pointe des pieds mais un long gémissement la fit sursauter au point d'allumer les lampes.

Ce qu'elle découvrit la surprit autant que les deux jeunes femmes qui s'adonnaient à un rituel d'accouplement revisité.

Ébahies d'avoir été découvertes dans une position peu orthodoxe, Francesca et Fatou se couvrirent comme elles le purent pour échapper au regard de la nouvelle arrivante.

— Bordel, mais vous vous foutez de moi !?

— Du calme, voyons ! fanfaronna Fatou. Il n'y a pas mort d'homme ! Je croyais que tu ne rentrerais pas ce soir.

— T'as pas lu le règlement ? On a un couvre-feu !

Elle ramassa des fringues qui jonchaient le sol et leur lança brusquement.

— Francesca, tu dégages !

— Oh ça va, faut pas t'énerver ! T'as vraiment besoin d'un coup de bite pour te détendre, ma vieille ! Mais si tu veux… la prochaine fois, on t'invitera !

Tyna prit sur elle pour ne pas répliquer et aller se réfugier dans la salle de bains privative, plutôt que de les imaginer se défaire de… c'était quoi au juste, cette chose violette incroyablement longue ? Un double gode ?

Elle se secoua et passa sous la douche où elle se frictionna le corps en entier. À l'aide de son gant de crin, elle frotta encore et encore, pendant de longues minutes, jusqu'à ce qu'elle se sente propre. Non pas qu'elle ait trouvé leur scène choquante ou repoussante, mais parce qu'elle avait besoin d'évacuer les tensions accumulées de la journée. À commencer par celle d'avoir cru l'apercevoir lors de la séance photo.

Quand elle émergea enfin de la salle de bains, Fatou était seule sur son lit, dans un bas de survêtement gris trop grand pour elle, et un débardeur blanc à même la peau.

— Désolée, s'excusa-t-elle.

Tyna ne s'attendait pas à ce qu'elle lui demande pardon, aussi lui adressa-t-elle un signe de tête pour lui faire comprendre que c'était oublié. Après tout, si Fatou comblait les appétits démesurés de Francesca, elle était au moins débarrassée d'un de ses problèmes. Alors c'était plutôt à elle de la remercier.

Néanmoins, elle se contenta de se glisser dans son lit et d'éteindre sa lampe de chevet. Épuisée, elle s'endormit rapidement, mais ne put cependant pas l'empêcher d'apparaître dans ses songes les plus sombres...

Chapitre 8

♪ Leonor Andrade – *Strong For Too Long*

— Mais qu'est-ce que je vous ai fait, merde ?
— Baisse d'un ton, veux-tu ? N'oublie pas à qui tu parles.

Victor restait imperturbable derrière son bureau et refusait d'accéder à sa requête malgré tous ses efforts pour recouvrer son numéro de joueuse.

— Je vous en prie, Victor, implora-t-elle en s'asseyant finalement pour se mettre au même niveau que lui. Ce numéro... il compte vraiment pour moi !

— Il compte également pour ta coéquipière, plus que tu ne le crois. Choisis autre chose, Tyna, celui que tu voudras.

Elle secoua la tête de droite à gauche, désespérée. Elle ne l'était pas au point de se traîner à ses pieds – elle avait des principes –, mais ce n'était pas loin.

— Je suis la meilleure joueuse que vous ayez eue depuis que vous êtes à la tête du club, pas vrai ?

Il lui concéda ce fait mais cela ne changeait rien pour lui. Fatou avait négocié ce numéro dans son contrat, il n'était plus possible de revenir en arrière.

— Crois bien que j'en suis désolé, affirma-t-il.

— Vous auriez au moins pu avoir la délicatesse de me prévenir ! s'exclama Tyna. Ce n'est pas comme si nous étions des étrangers l'un pour l'autre ! Qu'est-ce qui vous a pris de me faire un coup pareil ?

— *Business is business*, récita-t-il comme si cela justifiait tout. Tyna... Tu es une joueuse de talent, mais il ne suffit pas pour faire partie d'une équipe. Ton jeu de jambes et tes performances ne font plus de toi notre premier choix pour le rôle de capitaine, cette saison.

Il lui aurait donné une gifle que l'effet aurait été le même. Bon sang, mais il avait engagé une caméra cachée ou quoi ? C'était une blague d'un très mauvais goût !

— Vous rigolez ? Elle n'a pas encore fait ses preuves sur un terrain que vous lui donnez déjà le poste ? On nage en plein délire, là !

— Pour une fois dans ta vie, tu ferais bien de tenir ta langue. Sinon je peux t'assurer que ta carrière s'arrête là.

Complètement chamboulée, Tyna aurait voulu répliquer, ou tout au moins se défendre. Mais devant l'inflexibilité inattendue du président, elle choisit de garder ses lèvres scellées et de quitter son bureau.

Ce n'est qu'une fois dehors qu'elle laissa sa rage se déverser en hurlant de toutes ses forces. Sa gorge tremblait tellement qu'elle crut se briser les cordes vocales. Heureusement, à cette heure-ci, tout le monde prenait son petit-déjeuner bien loin de cette partie du club, ou alors on prétendrait que le bruit avait été porté par le vent...

La jeune femme rejoignit les autres sans appétit. Victor lui avait ôté toute envie de manger et toute énergie de se défouler le ballon au pied. Néanmoins, elle savait que son corps avait besoin de bonnes calories et de son carburant pour bien fonctionner. Depuis le temps qu'elle évoluait dans le milieu aux côtés de Philip, elle avait appris les valeurs nutritives de la nourriture et surtout les bons choix à faire pour garder la forme.

Malgré son cerveau qui réfléchissait aux solutions envisagées pour recouvrer sa place, elle remplit son assiette d'œufs brouillés et d'un demi-pamplemousse rose. Elle s'installa comme d'habitude près des baies vitrées donnant sur le jardin de la propriété. Les stores étaient déjà à moitié baissés tant le soleil rayonnait. Cela dit, elle put admirer les parterres de fleurs et les insectes se faisant dorer la pilule pendant qu'elle entamait son petit-déjeuner. Elle allait attaquer son pamplemousse quand elle fut interrompue par une jeune joueuse.

— Bonjour, dit-elle avec un accent français à couper au couteau. Je peux m'asseoir ici ?

Surprise qu'on l'approche, Tyna leva un sourcil suspicieux. La jeune joueuse venait d'arriver dans l'équipe, elle semblait avoir à peu près son âge et affichait un sourire timide sur son visage presque angélique. Coiffée d'une queue de cheval blond platine, ses racines étaient d'un brun foncé mais ne lui donnait aucun air négligé. Peut-être était-ce même fait exprès. Ses yeux quant à eux étaient noisette avec une couronne vert clair autour de leur pupille. Elle était vraiment très.

— Oui, répondit-elle finalement.

Mais ce fut le seul mot qu'elle lui adressa. Elle continua de manger en silence comme elle le faisait chaque jour, néanmoins elle attendit que sa coéquipière ait terminé avant de se lever, ce qui n'échappa pas au reste de l'assemblée. Il était de notoriété publique que Tyna faisait uniquement attention à elle-même et qu'elle avait parfois des manières laissant à désirer...

— Je m'appelle Marie, se présenta la jeune joueuse tandis qu'elles se mettaient en route vers le terrain, leurs sacs sur l'épaule.

— Tyna, répondit l'intéressée.

— Oui, je sais qui tu es.

La jeune femme dévisagea l'intruse, de plus en plus mal à l'aise par sa présence. Elle se demandait ce qu'elle lui voulait, car elle n'était pas réputée pour son amabilité ou sa chaleur humaine.

— Tu as fait gagner le championnat à l'équipe l'année dernière, énuméra Marie. Je joue en défense, je ne sais pas si tu as vu.

Tyna acquiesça, se souvenant des paroles de l'entraîneur et de leur séance de la veille.

— Qu'est-ce qui te plaît dans ton rôle ? l'interrogea-t-elle, curieuse.

— L'anticipation. J'aime penser que mon job te permet de marquer plus de buts si je le fais bien.

Pour la première fois depuis longtemps, la jeune femme sourit à l'une de ses coéquipières. En voilà une qui savait comment lui parler et surtout de quoi. Peut-être avait-elle une chance d'entreprendre une relation amicale avec quelqu'un cette saison. À défaut des autres passées, accrochée aux basques de Phil.

Elles entrèrent dans le vestiaire en discutant des tactiques de leur prochain adversaire. Tyna passa son maillot rouge et vert vierge de flocage mais ne s'en souciait déjà plus. Passer ces dernières minutes avec une camarade lui avait rappelé à quel point elle se sentait seule la plupart du temps.

— Tiens, on dirait que Tyna s'est finalement trouvé un toutou, se moqua Francesca en se changeant.

Fatou pouffa sans renchérir. Les deux comparses, de connivence, avaient décidé de prendre en grippe le reste du groupe. Francesca venait de renverser le sac d'une des filles lorsque le coach entra en ouvrant la porte à la volée.

— Trêve de bavardages, mesdemoiselles ! La dernière sur le terrain fera cinq tours de plus que les autres, alors on se dépêche !

Bien qu'habituée à faire énormément d'exercices, Tyna ne tenait pas à arriver la dernière. Après avoir lacé ses chaussures, elle quitta le vestiaire et suivit le coach à l'extérieur.

— Ça va mieux ? la questionna-t-il en coulant son regard vers elle.

— De quoi vous parlez ? s'enquit-elle, sur la défensive.

— De ta crise de panique d'hier.

— Ah, ça... Non mais en fait j'en avais juste marre de cette séance photos débile !

Sans lui laisser le temps de répondre, elle trottina jusqu'au milieu du terrain où elle commença de s'échauffer en attendant les autres filles.

***

Nash souffla de toutes ses forces dans son sifflet, irrité. Putain, à croire qu'il entraînait des gosses de maternelle ! Il s'empressa d'aller au-devant d'Alison, la jeune joueuse qui venait de prendre un ballon en pleine tête. Allongée au sol, elle se tenait le front en poussant des gémissements plaintifs.

Il eut un mouvement de recul en arrivant à sa hauteur. Son œil et sa joue étaient sévèrement tuméfiées. À quelques millimètres près, son arcade explosait.

— Bordel, Georgia, tu ne sais pas maîtriser ta force ? hurla-t-il sur la responsable de l'accident. Je t'ai demandé une passe, pas d'éborgner tes coéquipières !

Il jeta un regard circulaire autour de lui avant d'interpeller Tyna qui jouait avec un ballon :

— Tyna, va jusqu'à l'infirmerie et explique à Sarah de quoi il retourne.

— J'y vais ! protesta Fatou.

— Je ne t'ai rien demandé ! Tyna, file et ramène Sarah avec toi.

— OK !

Il la vit s'élancer au pas de course vers la résidence tandis que son amie française le fusillait de ses yeux noirs. Il se détourna, jugeant préférable de l'éviter pour le moment.

— Reste allongée, Alison, intima-t-il à la blessée, on va d'abord s'assurer que tu as juste une belle bosse avant que tu te remettes debout.

Précautionneux, il n'avait aucune envie d'ajouter une faute professionnelle ou un homicide involontaire à la liste de ses méfaits. Aussi préférait-il s'assurer que tout allait bien pour la jeune femme.

— Reprenez vos exercices, les filles ! Gardez les groupes formés.

Fatou le laissa à contrecœur pour réintégrer son groupe avec lequel elle enchaînait les dribbles. Un autre groupe s'exerçait à la tête, d'autres aux changements de direction. Peu à peu, Alison se détendait et conversait en gardant toute sa cohérence. Quand Tyna revint accompagnée de Sarah et du médecin spécialisé du club, il les laissa s'occuper d'elle et la ramener à l'intérieur, sur un brancard. Le kiné et l'un des préparateurs sportifs la portèrent le temps de s'assurer qu'elle était hors de danger.

— Ça ira pour elle ? s'inquiéta Tyna entre deux exercices.

— Oui, ça devrait. Allez, on reprend ! On échange les groupes. Les rouges, enchaînements de la tête. Les jaunes, je veux voir de beaux dribbles. Les verts, c'est le moment de me montrer que vous méritez d'être titulaires lors du prochain match...

Tyna acquiesça et se replaça sur le terrain face à ses équipières. Sa première passe fut pour Fatou qui l'ignora délibérément. Au lieu de quoi elle préféra fanfaronner à côté de Francesca.

***

— Mais bordel, tu m'as fait quoi, Nash ? Elle t'a déjà retourné le cerveau ou quoi ?

Intérieurement, il souriait. De triomphe. Il affichait néanmoins un air grave et renfrogné tandis que son amie déblatérait sa rage sur lui.

— Je croyais qu'on était une équipe ! Tu m'as lâchée, là ! Et pour quoi, au juste ? Une paire de nibards. Venant de toi, je ne sais pas à quoi je m'attendais, cela dit.

Elle était furieuse et il y avait de quoi. S'il avait une bonne raison de l'avoir écartée ouvertement, il appréciait cependant de la voir aussi remontée après lui. C'en était même jouissif.

Il la connaissait bien depuis qu'il avait été coach remplaçant la saison précédente. Et tout de suite, il avait su qu'elle serait une amie. La baiser l'avait traversé une seconde mais il avait très vite compris qu'elle n'était pas intéressée par ce qu'il cachait dans son short, à la façon dont elle lorgnait discrètement sur ses coéquipières. Cela ne l'empêchait pas d'apprécier son franc-parler et sa compagnie.

— Fatou, crut-il bon d'intervenir, j'ai simplement besoin qu'elle me fasse confiance en tant que coach, OK ?

— Oh... et je peux savoir pourquoi ?

Il secoua la tête sans pour autant ménager son sourire. Il tourna son siège vers la baie vitrée donnant sur le parc. C'était vraiment une journée magnifique. De celles qu'on passe à lézarder au soleil, ou en famille.

— Donc je dois juste... attendre ? C'est bien ça ?

— C'est exact. Victor a tout prévu pour faire de toi sa star, alors laisse-nous gérer ça. Reste à l'écart de Tyna, s'il te plaît, au risque d'éveiller ses soupçons. Pour le moment, il tient à la garder pour amorcer le début de saison sous les meilleurs auspices.

Fatou se laissa tomber sur le fauteuil devant le bureau de son ami. Elle saisit la photo encadrée qui trônait dessus et sentit l'émotion s'emparer de son cœur.

— Elle te manque ? questionna-t-elle en reposant le cadre.

Il lui fit face pour regarder la photographie à son tour. Croiser ce visage souriant lui redonnait un peu de joie de vivre, même si ce ne serait jamais suffisant.

— Plus que tout ce que tu peux imaginer.

***

La séance photo de rattrapage ne s'éternisa pas, heureusement ! Gaby s'était arrangé avec l'équipe pour faciliter les échanges entre elle et le photographe qui ne se comprenaient pas. Elle changea trois fois de maillot, prit la pose sans se plaindre et elle était ressortie avant d'avoir envie de les fracasser un à un.

— Tu étais parfaite, ma beauté !

— Merci, Gaby. Tu as été au top, toi aussi.

Surpris par ce compliment qui ne lui ressemblait pas, il la dévisagea en attendant la chute ou l'ironie. Mais elle semblait sincère.

— Je t'assure ! lança-t-elle. Sans toi j'y serais encore !
— Tu es malade, mon petit sucre ?

Elle ricana en le prenant par le bras pendant qu'elle rejoignait sa voiture.

— Si tu as autre chose pour moi, n'hésite pas. J'ai quelques travaux à faire à la maison, ça me dépannerait.
— Tyna… Tu devrais ralentir sur les dépenses ! Dans quelques années c'en sera fini pour toi. Mets de l'argent de côté avant de te retrouver sans le sou.
— Tu t'inquiètes trop ! Au pire, tu me rancarderas sur des scénarios minables ou des télénovelas.

Il pouffa, avant de rebondir, plein d'humour.

— Je pourrais aussi m'ouvrir à l'industrie du porno ! Il paraît que ça paie bien.

La jeune femme l'embrassa sur la joue avant de grimper dans son bolide.

Éreintée par sa longue journée, elle n'avait qu'une envie : rentrer, se délasser dans le jacuzzi et ingurgiter des litres de glace à la pistache.

Elle gara sa voiture sur sa place de parking réservée à son arrivée au club, pestant contre celui ou celle qui avait dépassé des lignes et la contraignit à se contorsionner pour sortir.

À cette heure-là, les lieux fourmillaient alors que le dîner serait bientôt servi. La plupart des filles se détendait dans la salle du foyer, devant la télévision ou tout simplement en lisant.

Préférant s'en tenir à son petit programme, Tyna emprunta le couloir menant à sa chambre pour se changer. Elle tendit l'oreille avant d'appuyer sur la poignée, peu désireuse de retrouver sa camarade de chambre dans une position fortuite. Tout semblait calme.

Mais quand elle poussa la porte, elle eut envie de l'étriper, plus encore que la veille...

Chapitre 9

♪ Sia - *Unstoppable*

— Je peux savoir ce que tu fous dans mon armoire ?
Fatou sursauta, ne s'attendant sûrement pas à ce qu'elle débarque. Penaude, elle bafouilla.
— Je... Écoute...
— Sors de là si tu ne veux pas finir en saucisson !
La Française recula, paumes visibles, et alla s'asseoir sur son lit.
— Je voulais t'emprunter des écouteurs, j'ai pété les miens.
Pas dupe, Tyna souffla et lui lança une petite boîte contenant une paire sans fil.
— La prochaine fois tu me demandes ! J'aime pas qu'on touche à mes affaires. Et mets-toi bien dans le crâne que si j'avais un truc à cacher, ça resterait pas ici.
Fatou dut reconnaître qu'elle marquait un point. Mais sa curiosité était telle qu'elle était passée outre cette éventualité. Sa camarade l'intriguait. Elle était d'une beauté presque irréelle, dotée de caractéristiques physiques étonnants. Issus d'un métissage peut-être ? Elle avait un léger accent bien que son anglais soit parfait. Mexicain ? Sud-américain ? Elle allait devoir creuser plus loin et surtout plus discrètement.
Quand Tyna réapparut dans un bikini jaune fluo, elle crut que son cœur allait s'arrêter. Elle la regarda marcher dans la chambre, ses cheveux flottant tout autour d'elle comme un halo lumineux.
— Tu vas où ? s'enquit Fatou pour faire la conversation.
— Faire quelques brasses. Tu veux venir ?
— Putain, tu t'arrêtes jamais !?

— Non, j'aime trop bouger.

En l'occurrence, elle avait surtout besoin de détendre ses muscles mis à rude épreuve durant les entraînements. Elle repoussait sans cesse ses limites pour garder le rythme et prouver qu'elle avait sa place dans l'équipe. Car elle savait que la menace du nouvel entraîneur était à prendre au sérieux. Il était là pour gagner. Il n'allait pas se contenter de remporter une ou deux victoires durant le championnat. Il visait la coupe, tout comme elle.

Puisqu'ils avaient un but commun, elle était décidée à lui laisser sa chance. Il semblait lui faire confiance et apprécier son travail sur le terrain, alors pourquoi n'en ferait-elle pas autant ? Il instaurait une routine rassurante pour chacune et ses exercices étaient cohérents avec les tactiques de jeu. Cela lui faisait mal de l'admettre, mais il paraissait savoir où il allait avec elles.

Le club avait désormais toutes les cartes en main pour se hisser au sommet. À commencer par un centre de remise en forme performant. Si les kinés et médecins du sport avaient quitté les lieux, les joueuses et le staff avaient tout de même accès aux bassins et autres joyeusetés jusqu'à l'extinction des feux.

Elle se dirigea vers le jacuzzi dont elle entendait déjà ronfler le moteur. En passant les arches, elle sentit également l'odeur du chlore lui chatouiller les narines, camouflant presque une note plus masculine qu'elle reconnut avant même de tomber sur lui.

Les yeux fermés et les bras reposant sur les bords, il semblait dormir au milieu des bulles colorées. Dieu qu'il était beau ! Ses cheveux mouillés légèrement ondulés, ses longs cils perlant sur ses joues, sa mâchoire carrée et ses muscles bandés prouvaient à quel point son charme était indéniable. La cohorte de minettes accrochée à ses basques ne dirait jamais le contraire.

— Le spectacle te plaît ? scanda-t-il brusquement.
— Tu m'as fait peur, bordel !

Il se redressa dans l'eau pour la regarder droit dans les yeux. À quelques pas du jacuzzi, Tyna comprit qu'elle n'était en sécurité nulle part quand il était dans les parages. Il prenait un malin plaisir à la malmener, y compris en dehors du terrain.

— Bon... euh...

Voilà qu'elle bégayait ! Ça n'allait vraiment pas bien ! Elle se secoua pour reprendre d'une voix plus assurée :

— Je viendrai plus tard, finalement.

— C'est moi qui te fais fuir ?

D'un mouvement souple, il traversa le petit bassin pour se poser devant elle, beaucoup trop près. Il était décidément trop beau pour être honnête. Et le souvenir de ses photos et autres posters placardés dans sa chambre d'adolescente ne l'aidait pas à garder les pieds sur terre. Quand elle le voyait ainsi, presque nu et dégoulinant, il réveillait en elle un instinct charnel trop difficile à contrôler.

— Tu dois avoir envie d'être tranquille, je ne veux pas te déranger.

— Il y a de la place pour deux. Suffisamment pour ne pas se toucher.

Il reprit sa place, comme pour lui faire comprendre qu'elle pouvait venir sans crainte.

— Sauf si c'est ce que tu désires...

Ou peut-être pas.

Elle déglutit et laissa finalement sa serviette sur le rebord, suffisamment près de là où elle voulait s'installer au cas où elle devrait sortir dans la précipitation. Avec lui, elle n'était sûre de rien. Et son œil de prédateur ne lui inspirait pas confiance.

Elle entra lentement dans l'eau en s'efforçant d'ignorer son regard perçant. Délicieusement chaude, elle expira d'aise au moment où ses épaules se retrouvèrent immergées. Les clapotis la berçaient en même temps qu'elle laissait son esprit divaguer. Elle ferma les yeux pour éviter de rencontrer ceux de Nash, bien trop proche d'elle. Malgré la distance, elle avait l'impression de sentir la chaleur émanant de son corps, même sous l'eau brûlante. Et alors qu'elle imaginait sa main saisir la sienne et venir la caresser, elle sursauta à l'idée d'aller trop loin dans son fantasme.

— Tout va bien ? s'inquiéta le jeune homme.

— Oui... souffle-t-elle en portant sa main à ses lèvres. J'ai dû somnoler une minute.

— Un songe intéressant ? s'enquit-il, une lueur mutine au fond des yeux.

— Un cauchemar, claqua-t-elle. Comme chaque fois que tu t'immisces d'un peu trop près dans ma c... vie.

Il sourit, triomphant. L'espace d'une seconde, elle crut qu'il était sur le point d'éclater de rire.

— Crois-moi, si je venais m'immiscer dans ta culotte, tu le saurais.

— Tu es...

— Odieux ?

— J'allais dire « dégueulasse » mais c'est l'idée. Je me demande comment elles arrivent à tomber dans le panneau. Moi, tu me fais juste pitié !

Elle allait se lever lorsqu'il bondit sur elle pour l'en empêcher. Sa main chaude sur son épaule dénudée contrasta si violemment avec sa fraîcheur qu'elle émit malgré elle un petit gémissement.

— Pourtant j'aurais juré que tu avais aimé ça...

— Quoi donc ? s'étonna-t-elle en fixant sa bouche.

— Mon baiser, susurra Nash en passant furtivement sa langue sur sa lèvre. N'ose pas me dire que ce n'était pas bon, je ne te croirais pas. Et je meurs d'envie de recommencer pour te la boucler, une fois de plus.

Au lieu de se défendre ou de lui foutre une gifle, elle resta immobile dans l'eau bouillonnante, contre lui. Son cerveau semblait réfléchir au ralenti, uniquement concentré sur les effluves virils qui s'échappaient de l'eau et vrillaient ses pensées rationnelles. Bordel, la température de son corps augmentait dangereusement !

Il posa sa main à la base de sa nuque et rassembla délicatement ses cheveux dans son poing. Ce geste doux qu'elle n'aurait jamais imaginé venant de sa part fit céder ses dernières barrières. Elle se rua sur sa bouche et s'assit à califourchon sur lui en pressant ses seins contre son torse. Elle mêla sa langue à la sienne pour un ballet érotique furieux mais il l'arrêta en tirant légèrement sur ses cheveux. Au lieu de poursuivre leur baiser, il pencha sa tête en arrière pour embrasser sa gorge, puis la lécher. Sa peau se retrouva couverte de frissons alors qu'elle n'avait jamais eu aussi chaud de sa vie. Cet homme la rendait folle. Elle le détestait, lui, mais aussi tout ce qu'il représentait. Et pourtant, elle le laissait la toucher.

Ses caresses n'avaient rien à voir avec ce qu'elle s'était imaginé. Elles étaient fiévreuses, intenses, et elles lui mettaient la tête à l'envers.

Encore plus lorsqu'il descendit sa bouche jusqu'au renflement d'un sein. D'un doigt il écarta le haut de son bikini et pinça ensuite son mamelon entre son pouce et son index.

— Putain... souffla-t-il contre sa peau. T'es tellement... belle...

Surprise par cette gentillesse qui ne lui ressemblait pas et cette délicieuse caresse, elle hoqueta de plaisir. À mille lieues de freiner ses ardeurs, elle fourragea ses cheveux et le pressa contre elle, toujours plus près. Ses jambes commencèrent à trembler lorsque la langue de Nash s'enroula autour de son téton durci. C'était presque douloureux. Mais le plaisir s'intensifia jusqu'à s'insinuer dans ses veines. Elle sentit bientôt pulser son entrejambe, au même rythme que le sexe de Nash contre l'intérieur de sa cuisse.

— Tu veux qu'on arrête ? murmura-t-il contre son oreille.

Il espérait qu'elle dirait non, mais il ne ressentait pas l'envie de la brusquer. Et ce sentiment lui était totalement étranger. D'habitude, il prenait ce qu'on lui offrait sans effort et sans ménagement. Là, c'était différent. Tyna lui donnait au centuple sans même s'en rendre compte. Sa respiration, son odeur, les petits bruits qu'elle émettait, et même les tressaillements de son corps, tout ça remuait quelque chose d'inconnu en lui. Et ce n'était pas seulement parce qu'il bandait comme jamais dans son short de bain.

Elle secoua la tête et reprit sa bouche avec force. Du bout de la langue, elle se fraya un chemin entre ses lèvres et agaça la sienne jusqu'à le faire gémir. Putain, ce que c'était bon ! Elle était divinement diabolique. Il resserra son étreinte et se déplaça légèrement dans le bassin, jusqu'à l'endroit qui l'intéressait. Et il vit qu'elle avait compris lorsqu'elle le sentit.

— Mais qu'est-ce...

— Qu'est-ce que ça te fait ? chuchota-t-il contre sa bouche.

Il maintenait son bras autour de ses reins pour la garder exactement là où elle devait être. Et d'après son regard, l'excitation était à son comble.

— Tu aimes jouer ? lui demanda-t-il.

Au lieu de répondre, elle s'empourpra encore plus. Le feu qui s'était emparé d'elle lorsqu'il l'avait positionnée ainsi la dévorait. Jamais elle n'avait ressenti un tel chambardement dans son intimité. Le jet du jacuzzi frottait contre le tissu de son bikini, c'était ferme et grisant à la fois. Elle savait que son clitoris lui apportait beaucoup de plaisir, mais cela dépassait son imagination. Elle était loin de l'orgasme, néanmoins la pression se faisait plus forte à mesure que les secondes passaient. Elle bougea ses hanches mais cela ne servit qu'à l'exciter davantage.

Il l'assit soudain sur ses cuisses, ce qui lui fit écarter les jambes encore plus. La pression du jet s'en trouva exacerbée à la jonction de son intimité. Elle s'accrocha aux épaules de Nash, pas certaine de tenir le coup. Puis elle couvrit à nouveau sa bouche pour lui donner un baiser ardent. Quand il remonta ses mains sur ses seins, elle profita de sa liberté retrouvée pour balancer ses hanches d'avant en arrière contre le jet puissant. En une minute à peine, caressée et embrassée là où son corps le réclamait, elle sombra. La vague de chaleur l'enveloppa des pieds à la tête où elle éclata furieusement. Quelqu'un poussa un cri à l'instant même elle se brisait, au plus profond de son intimité.

Elle retomba ensuite, molle et satisfaite, sur ses genoux. Il colla son front contre le sien, ses yeux irradiant d'excitation. Mais elle se sentait soudain affreusement gênée. Bordel, elle venait de prendre son pied entre les bras de son entraîneur ! Cette prise de conscience la fit reculer à l'autre extrémité du bassin, et elle était plutôt mécontente d'elle-même.

— Tout va bien ? l'interrogea-t-il en faisant mine de s'approcher.
— Reste où tu es ! le somma-t-elle.
— Qu'est-ce qui te prend ? Tu n'as pas aimé ?
— Ça on s'en fout. Tu es mon coach, je te rappelle. Alors ôte tes sales pattes !

La minute d'avant elle fondait littéralement dans ses bras, et voilà qu'elle voulait à nouveau l'écharper. Cette fille soufflait le chaud et le froid, elle était décidément très difficile à suivre.

— Écoute, Tyna...
— Qu'est-ce que t'as pas compris ? C'était une erreur, OK ? Tu es plutôt agréable à regarder et je n'avais pas... fait ça... depuis très très longtemps. J'ai été faible et ça ne se reproduira jamais. JA-MAIS.

Il croisa ses bras dans l'eau, éclaboussant la jeune femme au passage. Elle se leva et sortit du bassin pour récupérer sa serviette. Tout en commençant à s'éponger, elle psalmodiait des mots incompréhensibles. Il crut reconnaître « mierda » et « cabrón » perdus au milieu des autres. Elle était adorable.

Il se racla la gorge, le menton posé sur le rebord du jacuzzi.
— Je te parie tout ce que tu veux que tu en redemanderas.

Piquée au vif, elle redressa la tête, les joues rouges de colère et d'excitation.

— Je t'interdis de me toucher à nouveau.

— Ou sinon quoi ?

— Ou bien je révèle à tous les journaux que tu as essayé de me violer.

— Tu délires ! À voir ta tête après l'orgasme, personne n'y croira.

Cette fois, un éclair de fureur traversa ses prunelles.

— Ils me croiront, ne t'en fais pas pour ça. Je me souviens de tout avec exactitude. Cette soirée à Zurich est gravée dans ma mémoire !

Chapitre 10

♪ Imagine Dragons – *It's Time*

Le bus du club roulait en direction de Philadelphie où allait avoir lieu la première rencontre de la saison. À l'avant, Nash regardait ses plans de match sur tablette pendant que le reste du staff et les joueuses restaient silencieux. En fond, il percevait quelques notes de musique émanant de casques ou quelques conversation feutrées, mais dans l'ensemble, chacun profitait des derniers instants de calme.

Tyna s'était installée tout au fond du véhicule, le plus loin possible de lui. Depuis leur intermède dans le jacuzzi, elle l'évitait comme s'il avait la peste. Il n'avait pas cherché à lui parler, préférant la laisser respirer jusqu'au moment où il jugerait bon d'avoir une conversation avec elle.

Malheureusement, il ne gardait que peu de souvenirs de cette fameuse soirée à Zurich. Alors qu'il était censé être au sommet de sa gloire, récompensé par ses exploits en championnat, une tuile lui était tombé dessus. De taille. Après avoir bu comme un trou, il avait passé la soirée en bonne compagnie. Et apparemment, Tyna avait subi de sa part un mauvais comportement qu'il n'était pas en capacité de réfuter.

Il désirait cependant clarifier les choses, s'excuser si c'était encore possible. Loin de lui l'idée de passer pour un violeur. Il pouvait se comporter comme un connard certes, toutefois ses conquêtes étaient toutes consentantes. Il avait une sœur plus jeune que lui, il mesurait l'impact qu'une telle abomination pouvait avoir, aussi avait-il toujours respecté le choix des femmes.

Mais savoir qu'il avait pu commettre l'irréparable sur une jeune fille le rendait malade. À l'époque, elle avait tout juste dix-sept ans. Elle était peut-être même vierge. Et il avait apparemment tenté d'aller trop loin…

Arrivés à leur hôtel, les joueuses et le staff furent accueillis par le directeur et son équipe. Chacun emporta son sac avec lui lorsque les chambres furent attribuées.

— Et pas question de jouer aux chaises musicales ! les prévint le coach. Installez-vous, on se retrouve dans un quart d'heure dans la salle de réunion du rez-de-chaussée.

Au premier étage, les chambres étaient réparties entre elles, comme au club. Fatou entra la première dans la chambre qui leur avait été attribuée.

— Pas mal ! fit-elle en jetant un regard circulaire à la pièce.

Un lit chacune, un espace bureau et une salle de bains composaient leur chambre. Un confort suffisant pour le peu de temps qu'elles y passeraient.

Tyna était une habituée des lieux. Le club séjournait dans les mêmes hôtels chaque année lors des déplacements extérieurs. Et même s'il leur arrivait de rentrer juste après un match, la distance entre les équipes retardait parfois le retour.

Elle laissa sa camarade s'installer sur le lit qu'elle préférait, pas d'humeur à négocier ou se frotter à elle.

— Je descends, l'avertit la jeune femme après avoir déposé son sac sur le lit vacant.

La porte claqua derrière elle. Elle inspira longuement et expira lentement avant de regagner l'étage du dessous au pas de course. La pression commençait à se faire sentir. Dans une heure, ils seraient au stade. La nouvelle saison débuterait véritablement et elle n'avait pas intérêt à se louper.

Dans le hall de l'hôtel, l'un des préparateurs était en conversation avec l'entraîneur. L'assistant, assis sur un sofa vermillon, parlait au téléphone assez fort pour comprendre qu'il en avait gros sur la patate.

Elle prit un gobelet en carton au-dessus de la fontaine à eau et se servit, plus pour s'occuper les mains que pour étancher sa soif. Marie fit alors son apparition, sourire aux lèvres.

— Mazette, c'est un super hôtel ! s'exclama la blondinette.
— Il est sympa, confirma Tyna. Mais ce n'est pas le meilleur.
— Je ne suis pas difficile tant qu'ils servent un bon petit-déj' !
— Pas trop stressée ?
— Un peu. Je suis habituée à être sur le banc en début de match, mais j'aimerais bien montrer ce que je sais faire.

Tyna la comprenait mieux que personne. Au tout début de sa carrière, elle avait écrasé plus de bancs de touche que n'importe qui. D'abord parce que les joueuses expérimentées affichant un beau palmarès étaient prioritaires, mais aussi parce que son métissage sud-américain avait rebuté quelques sélectionneurs. Heureusement que Phil était intervenu en sa faveur pour qu'on la laisse prouver sa valeur et ses motivations, sinon elle serait probablement encore en train de récurer ces bancs avec ses fesses.

Quelques minutes plus tard, Nash dévoila la liste des titulaires pour ce premier match à venir. Tyna soupira de soulagement quand il la nomina, rassurée qu'il mette de côté leur différend pour le bien de l'équipe.

— On applique comme prévu le 4-4-2 à plat travaillé à l'entraînement. Je vous rappelle que Philadelphie nous a talonnés durant toute la saison précédente, donc on défend au maximum. Tyna et Fatou, vous êtes les deux attaquantes du système. À vous de jouer pour percer leur ligne et nous assurer les points.

Tyna acquiesça d'un signe de tête. Sa camarade souriait en mâchonnant un chewing-gum, les bras croisés sur sa poitrine. Elle paraissait étonnamment détendue alors qu'elle était une boule de stress prête à éclater. Elle ne rêvait que du moment où elle entrerait dans le stade.

Pendant que tout le monde quittait la salle, Nash l'interpella.

— Tyna, reste une minute, s'il te plaît.

Devant les autres, elle s'appliquait à garder une attitude correcte, aussi stoppa-t-elle son pas. Mais quand ils furent seuls, elle aboya sur lui.

— Accouche, on a un match à gagner !

— Change de ton ou je te laisse sur le banc, la menaça-t-il. Je n'ai pas l'intention de parler de ce qu'il s'est passé, OK ? Je voulais juste... te remettre quelque chose.

Sur le fauteuil à côté de lui, il saisit un maillot aux couleurs du club et lui tendit. Elle le déplia devant elle pour découvrir qu'il avait fait floquer son nouveau maillot avec le numéro sept.

Ce n'était pas le quatorze, qui lui rappelait l'âge qu'elle avait quand elle avait commencé sa deuxième vie. Mais il était quand même important pour elle. Et ça, peu de personnes le savaient. À part...

— Phil m'a aidé à choisir, lui apprit-il. Il était disponible alors...

— Merci, dit-elle dans un souffle, les yeux embués.

Elle replia le tissu et le serra machinalement contre sa poitrine. Ce serait le premier match auquel elle participerait sans avoir son père de cœur à ses côtés, mais il serait là par la pensée. Un sept juillet neuf ans plus tôt, cet homme si adorable avait chamboulé sa vie en devenant son tuteur légal – à double titre. S'occuper d'une adolescente n'était pas chose aisée, mais il avait relevé le défi avec brio.

Elle allait se retourner lorsqu'il l'arrêta dans son élan.

— Tu as oublié ça !

Surprise, elle lorgna le brassard dans sa main d'un œil étonné, comme s'il allait la brûler si elle le prenait.

— Je croyais que vous vouliez me retirer ce rôle ?

— Victor s'est rangé à mon avis, le temps de vous observer et de voir si quelqu'un d'autre peut l'endosser. Donc pour le moment, tu restes capitaine. Allez, va rejoindre les autres à l'extérieur, le bus nous attend.

Elle ne se fit pas prier pour y grimper et reprendre ainsi son rituel de concentration, un vieux tube des années 90 dans ses écouteurs.

À mesure qu'ils se rapprochaient du stade, Tyna puisait en elle toute la force qu'elle y trouvait pour l'utiliser dans son jeu. Sa motivation résidait dans son amour du ballon bien sûr, mais aussi dans son ambition. Et elle était prête.

***

Retrouver l'ambiance d'un stade plein de supporters était grisant. L'équipe se nourrissait des encouragements et des gestes d'amour qu'ils leur prodiguaient au fil des mois. Certains faisaient même tous les déplacements à travers le pays pour les voir jouer. Et c'était un sentiment hors du commun d'être adulé à ce point.

Échauffées et habillées, les filles se tenaient en rang aux côtés des joueuses de l'équipe de Philadelphie. Discipline oblige, aucun mot n'était échangé jusqu'à leur entrée sur le terrain. L'entraîneur et ses assistants étaient déjà installés au bord de la pelouse, prêts à suivre la rencontre au plus près de leurs « filles ».

Tyna déglutit. En tête de cortège, le regard droit devant elle, elle attendait le signe de l'arbitre à côté de la capitaine de l'équipe adverse.

Quand on les annonça enfin, elles s'avancèrent jusqu'au milieu du terrain. Tyna resta à côté de l'arbitre, à l'opposé de l'autre capitaine qui tira au sort laquelle des équipes donnerait le coup d'envoi. Par chance, Atlanta débuterait ainsi sa saison.

Au premier coup de sifflet, Tyna frappa dans le ballon neuf et fit sa première passe à Fatou. Elle ne prit conscience de son erreur qu'après vingt minutes de jeu, laps de temps durant lequel elle ne toucha quasiment pas la balle. Sa rivale avait décidé de se la jouer perso et de s'accaparer tous les ballons, au risque de les perdre. Trop souvent, d'ailleurs. Elle ne connaissait pas les filles de Philadelphie comme Tyna, et elle n'était visiblement pas préparée à ce qu'on lui pique le ballon.

— Passe la balle ! lui cria Tyna qui était démarquée et prête à cadrer.

Entêtée, Fatou essaya de percer la défense adverse mais se heurta à deux joueuses expérimentées, fermement décidées à lui barrer la route.

Quand l'une d'elles dégagea sa frappe de l'autre côté du terrain, Tyna courut vers sa coéquipière.

— Tu le fais exprès ou quoi ?

Fatou se contenta de hausser les épaules et de s'éloigner, allant au plus près du ballon. Tyna choisit de rester de son côté, observant toute opportunité de le récupérer et de frapper à bon escient. Quelques minutes plus tard, l'occasion se présenta. Georgia réussit à contrer l'attaquante adverse et dégagea la balle dans sa direction, suffisamment loin pour qu'elle puisse la récupérer.

Saisissant ce moment comme d'une chance de marquer, elle courut vers le filet le plus vite possible, consciente que la défense la talonnait. Toutefois, elle fut surprise de retrouver Fatou dans son sillage, à deux doigts de lui ravir le ballon.

— Mais qu'est-ce que tu fous ? lui demanda Tyna. On est dans le même camp, je te rappelle !

Sourde à ses remontrances, la jeune femme tenta un tacle qui la fit vaciller dangereusement. Parvenant à maintenir son équilibre, Tyna sauta par-dessus sa jambe et continua son chemin droit vers le but. Lorsqu'elle jugea le moment opportun, elle cadra et tira.

Au ralenti, elle regarda la balle s'enfoncer à pleine vitesse dans le filet et sauta de joie quand l'arbitre le valida. Quelques-unes des filles la rejoignirent pour la féliciter, puis le jeu reprit jusqu'au coup de sifflet indiquant la mi-temps.

Fatou traînait des pieds pour regagner le vestiaire. Tyna savait que le moment était mal choisi pour lui parler, surtout en présence des journalistes. Mais une fois à l'abri des regards et des micros, elle comptait bien lui demander des comptes.

Le coach la héla quand elle franchit la bordure du terrain.

— Reste, tu vas répondre à deux-trois questions de la journaliste d'ESPNews.

— Sans façon, j'ai besoin de ma pause comme les autres !

Il serra les dents pour éviter de lui crier dessus, bien qu'il en meure d'envie. Au lieu de ça, il s'approcha d'elle en conservant un sourire factice et murmura à son oreille :

— Crois bien que si j'avais eu le choix, j'aurais nommé une joueuse plus aimable. Mais puisque tu as ouvert le score, c'est à toi qu'ils veulent parler.

Tyna se dégagea doucement et retrouva l'équipe journalistique à quelques pas de là. Elle tenta de garder un air confiant, se rappelant que l'image était primordiale dans ce milieu et qu'elle n'avait pas le droit au faux pas. Elle répondit donc à deux questions en tâchant de choisir ses mots et finit par retrouver ses coéquipières et le staff dans le vestiaire. Elle s'assit sur le banc devant son casier, but le contenu de sa bouteille et écouta d'une oreille distraite les recommandations de l'entraîneur-adjoint.

— Georgia, bravo pour ta passe décisive, mais essaie d'être encore plus précise dans tes mouvements. La première mi-temps a été serrée mais on s'y attendait, Philadephie ne vous laissera aucun répit. On a un but d'avance, faut garder cet avantage, compris ?

— Oui ! répondirent les joueuses de concert.

— Pensez à bien vous hydrater, ajouta Nash tandis que son assistant quittait le vestiaire. Il fait encore chaud.

Habituée aux températures extrêmes, Tyna ne fit pas grand cas de son conseil. Elle était plus préoccupée par sa camarade de chambre qui éclatait de rire après lui avoir jeté une œillade moqueuse.

— T'as un problème ? lui lança-t-elle en se levant pour lui faire face.

— Tyna... intervint Nash. Laisse tomber.

— Pas tant qu'elle ne m'aura pas dit ce qu'elle fabrique. Vous avez tous vu, non ? Elle était à deux doigts de me foutre à terre.

— T'es vivante, non ? renchérit Fatou. Alors de quoi tu te plains ?

— Excuse-moi ? C'est quoi ces manières ? T'es pas là depuis cinq minutes que tu veux dicter ta loi ? Je crois que tu ne sais pas à qui tu as affaire !

— Ah ouais ? Bah vas-y montre-moi !

Leur scène allait tourner au drame s'il ne prenait pas les choses en main. Néanmoins, Nash éprouvait une certaine satisfaction à les voir se liguer l'une contre l'autre. Un peu comme dans un vieux fantasme lui rappelant une époque révolue où deux jeunes filles se seraient battues pour lui. Le problème, c'était l'aspect publique de leur règlement de compte. Une telle altercation pouvait avoir des conséquences désastreuses sur le jeu, il en savait quelque chose.

— Les filles, dit-il en se plaçant entre elles, le sujet est clos, d'accord ? On reparlera de tout ça p...

— Quoi ? s'étonna Tyna. Vous cautionnez ça de la part de vos joueuses ? Alors tous les coups sont permis, maintenant ?

— Il est temps d'y retourner, trancha-t-il en fixant son regard d'un air sévère.

Furibonde, la jeune femme serra les poings en espérant maîtriser la vague de colère qui était montée en elle tel un tsunami dévastateur. Elle avait mal jusque sous ses côtes.

— Casey, rattrapa-t-il l'une des attaquantes remplaçantes. Echauffe-toi bien et fais ça vite, tu entres directement sur le terrain avec les autres.

Elle acquiesça et suivit le groupe, laissant l'entraîneur en sa seule compagnie.

— Il était temps que tu remettes cette Française à sa place ! Merci pour ton soutien.

— Il y a erreur. C'est toi qui restes sur le banc.

Chapitre 11

♪ Ellie Goulding - *Burn*

Tyna rongeait son frein depuis tellement longtemps qu'elle avait peur de ne jamais retrouver la sérénité. La nuit qui avait suivi le premier match de la saison s'était traduite par une insomnie. L'équipe avait terminé sur un match nul après l'égalisation de Philadelphie à la soixantième minute. Autant dire qu'elle était dégoûtée. Elle avait évidemment une part de responsabilité dans cet « échec » puisqu'elle avait été incapable de se taire face à Fatoumata. Mais elle se détestait surtout d'avoir perdu le contrôle de la situation. Elle était d'ordinaire plus maligne que ça, mais la Française lui faisait perdre ses moyens. Sans ce débordement, elles auraient sans doute mis en défaut l'équipe adverse, alors qu'elles devaient se contenter de ce score frustrant.

Au lieu de jouer, elle avait observé ses camarades depuis les gradins. Il y avait encore du travail à fournir pour parvenir à leur meilleur niveau, mais quelques bons éléments élevaient considérablement le niveau de jeu.

Fatou était très douée. Elle ne lui avouerait jamais bien sûr, toutefois sa camarade de chambre se révélait aussi déterminée et hargneuse qu'elle, en définitive. Peut-être auraient-elles pu former un duo étonnant sur la pelouse, si la Française n'avait pas décidé de se placer d'emblée en rivale.

Cependant, ce qui l'agaçait plus que tout était tout autre : sa relation très proche avec leur entraîneur. Elles avaient été convoquées à la suite de leur incartade, et elle l'entendait rire à gorge déployée de l'autre côté de la cloison. Les remontrances ne faisaient pas partie du programme en ce qui la concernait. De son côté, Tyna s'attendait à des mots bien choisis de la part du chef, et elle appréhendait un peu leur entretien.

Après un très long moment, sa rivale sortit du bureau de l'entraîneur, un sourire narquois aux lèvres. Elle la snoba littéralement et s'éloigna en sifflotant. Cette suffisance la mettait hors d'elle. Elle réfléchissait à la meilleure façon de l'évincer ou de lui faire mordre la poussière lorsque Nash apparut dans l'encadrement de la porte.

Elle sentit son gel douche avant même de le voir et frissonna quand ses narines lui envoyèrent un signal de reconnaissance façon tête chercheuse. Quand elle tourna son visage vers lui, il était indéchiffrable, la main dans la poche de son bermuda en toile dans une position de supériorité évidente.

— Tu peux entrer, lui indiqua-t-il en ponctuant ses paroles d'un geste de la main.

Elle s'exécuta en allant s'installer sur une chaise devant son bureau. Elle remarqua tout de suite qu'il était maniaque car son stylo était parfaitement parallèle à la plaque dorée posée sur le meuble. Pas un papier ne traînait, l'écran de l'ordinateur portable était ouvert à quatre-vingt-dix degrés précisément. Pourtant, un cadre photo était baissé contre la surface lisse. Volontairement, elle en était certaine. Avait-il peur de montrer son attachement ou qu'il avait un cœur quelque part sous son tas de muscles ?

Il prit place dans le fauteuil en cuir en face d'elle et croisa ses mains après avoir rabattu l'écran de l'appareil.

— Tu sais pourquoi je t'ai fait venir ?
— Pour continuer de m'empoisonner l'existence ?

Il soupira. De toute évidence, il n'avait pas envie de la suivre sur ce terrain-là.

— Pour deux choses. La première : discuter de ce qu'il s'est passé hier. La seconde : en finir une bonne fois pour toutes et te baiser ici même.

Elle sursauta tout en sentant son visage et son corps tout entier s'échauffer. Les joues cramoisies, elle demanda :

— Quoi ? Tu peux répéter ?

— Discuter de ton comportement d'hier et redéfinir avec toi ton planning de la semaine.

Bordel, voilà que son cerveau flanchait au point de lui envoyer des hallucinations auditives ! À croire qu'il avait succombé à son charme magnétique sans qu'elle s'en soit aperçue.

— Je ne reviendrai pas sur ce que j'ai dit à Fatou. Elle a mal agi.

— C'est vrai, concéda-t-il enfin. Mais c'est ta coéquipière. Tu dois la respecter comme telle.

— Parce qu'elle a eu du respect pour moi, peut-être ?

— Écoute… elle vient d'arriver, elle a envie de faire ses preuves. Mets-toi à sa place. Tu es la star de cette équipe depuis que tu y es entrée.

Ces paroles la réconfortèrent au point de lui ravir un sourire.

— Il est donc normal que certaines joueuses arrivant tout juste veuillent te donner un peu de fil à retordre.

— C'est le moins qu'on puisse dire. Je l'ai quand même retrouvée en train de fouiller dans mes affaires ! Je ne sais pas ce qu'elle me veut mais ça ne me plaît pas. Je sais que tu es pote avec elle, mais y'a des limites à ne pas franchir.

— Je lui en toucherai un mot, c'est promis. Et de ton côté, essaie de lâcher un peu de lest.

Lui laissant le bénéfice du doute, Tyna opina et croisa ses bras sous sa poitrine, impatiente d'en finir pour retrouver sa liberté. Elle avait l'impression d'étouffer. Le taux d'humidité grimpait en flèche et ça n'allait sûrement pas s'arranger s'il continuait de mater ses seins. En même temps, elle avait passé un débardeur vert fluo bien moulant, juste comme ça. L'effet qu'il avait sur lui était incontestable. Elle jurerait même voir naître une perle de sueur à la racine de ses cheveux.

Elle devait cependant reconnaître qu'il était sublime et que quelque chose en lui l'attirait irrémédiablement. Pas seulement son physique de rêve, il était sexy mais autre chose se dégageant de sa personne, sans qu'elle puisse mettre le doigt dessus.

— Et ensuite ? le pressa-t-elle.

— Tu as prévu quoi, cet après-midi ?

Comme tout lendemain de match, cette journée de « décrassage » serait occupée à ne rien faire ou presque. Elle avait couru quelques foulées en rentrant de leur périple et avait ensuite atterri là. Pour le reste, rien n'était décidé.

— Aucune idée. Je vais peut-être passer au gymnase.

— Bonne idée. J'ai revu ton programme de la semaine à venir, j'aimerais que tu te focalises sur les passes et les tirs. Il faut aussi que tu continues ton renforcement musculaire avec Morris. Après tes pointes d'accélération tu as la cuisse droite qui tremble.

Elle ignorait si elle devait être impressionnée ou flippée d'être aussi surveillée. Mais après tout, cela faisait sûrement partie de son travail de s'assurer de leur état de santé.

— C'est depuis ma déchirure il y a un an et demi, expliqua la jeune femme. Ça s'est pourtant bien remis.

— Continue quand même les exercices d'assouplissement et les massages. Je t'ai tout envoyé par mail, tu pourras y jeter un œil d'ici demain.

— OK. Et toi, tu vas faire quoi cet après-midi ?

— Pourquoi, ça t'intéresse ? Aurais-tu une proposition sulfureuse à me faire ?

Il se cala nonchalamment contre le dossier et retrouva son sourire carnassier la seconde d'après. Elle crut qu'elle allait éclater de rire.

— Je crois que tu m'as mal comprise, l'autre soir.

Sur le ton de la confidence, elle se rapprocha du bureau et se pencha vers lui.

— Entre toi et moi, il ne se passera jamais rien.

— *Plus* jamais, tu veux dire, la corrigea-t-il, un éclair de défi dans les pupilles.

Elle gloussa en exagérant pour lui faire comprendre qu'elle se moquait délibérément de lui.

— Ça ? Mais c'était rien du tout.

Il se leva pour venir s'appuyer sur le bureau et ainsi démontrer qu'il avait un ascendant sur elle. Dans cette position, il maîtrisait leur échange tout en conservant sa supériorité. Il l'intimidait alors qu'elle était généralement sûre d'elle.

— Tu vois, j'ai du mal à te croire.

— Pense ce que tu veux, le rembarra-t-elle. C'était agréable mais pas de quoi s'en relever la nuit.

Elle se mordit l'intérieur de la joue en espérant ne rien laisser paraître. Mentir était une chose, le faire comme une arracheuse de dents en était une autre. Et inutile de préciser qu'elle avait quelques nuits blanches à son actif depuis qu'il avait posé ses mains et sa bouche sur elle.

Non, vraiment, ce n'était pas grand-chose. Un orgasme, point barre. Elle en avait déjà eu auparavant. Mais pas d'aussi… intense. Puissant. À ce souvenir, son corps frissonna de délice.

— Alors pourquoi tu trembles ? Tu étais bien en train d'y repenser, je me trompe ? Tu rougis.

Elle fixait ses yeux brillants en prenant soin de ne pas dévier vers ses lèvres dont elle avait cruellement envie. Qu'est-ce qui n'allait pas chez elle ? Elle le sentait si proche qu'un mouvement de quelques centimètres à peine suffirait pour se retrouver à nouveau dans ses bras, sous le joug de ses lèvres.

— Je... pas du tout ! C'est pas trop dur de se sentir irrésistible quand on est insignifiant en réalité ? Je veux dire... la chute doit souvent être brutale !

— S'il y a bien un truc que j'aime chez toi, c'est ton franc-parler. Toutefois... arrête de me baratiner. Pourquoi tu ne me dis pas tout simplement que tu as aimé ça mais que... la situation te gêne ?

Malgré tout ce qu'elle savait à son sujet, il arrivait encore à la surprendre. Contre toute attente, cette fois, dans le bon sens du terme. Il paraissait se soucier réellement de ce qu'elle pouvait ressentir. Même si c'était maladroit.

— Je ne suis pas seulement le connard qu'on décrit dans les tabloïds, expliqua-t-il.

Pour la première fois depuis qu'il était arrivé à Atlanta, elle le sentit sincère. Et ça remua en elle des sentiments qu'elle préférait garder tout au fond de son âme, au risque de réveiller quelque chose qu'elle n'était pas certaine de contrôler.

— Même si je le voulais... on ne pourrait pas.

Il acquiesça, conscient que leur relation actuelle ne facilitait pas leurs rapports. Il avait beau la désirer de toutes ses forces, coucher avec l'une de ses « filles » n'était pas une bonne idée. Même si celle-ci l'obsédait nuit et jour. Même s'il devait porter des boxers et des bermudas ultra serrés pour dissimuler ses érections instantanées quand il pensait à elle. Ou quand elle était dans la même pièce que lui, comme en ce moment. Et même s'il n'avait qu'une envie : la basculer sur le bureau et plonger en elle jusqu'à la garde.

— Mais c'est loin d'être le cas, précisa-t-elle. Tu as une belle gueule, j'en conviens. Seulement... je ne suis pas intéressée.

— Tant pis pour toi, tu loupes quelque chose ! s'esclaffa-t-il.

Elle se remit debout pour clôturer une fois pour toutes ce débat. Elle tentait d'imprimer le mot JAMAIS en gros caractères dans tous les recoins de son cerveau, sans réussir à chasser les visions torrides que son esprit lui renvoyait.

— Si tu changes d'avis… chuchota-t-il en repoussant ses cheveux dans son dos.

En dégageant sa nuque, il frôla sa peau du bout des doigts, ce qui la fit tressaillir de délectation. Totalement lucide, Tyna comprit que cette manœuvre n'était destinée qu'à la faire ployer sous le poids du désir. Mais elle était plus forte que ça, se rappela-t-elle en reculant d'un demi-centimètre.

— Il va falloir être plus convaincante, déclara Nash en posant ses mains sur ses hanches.

De ses pouces, il souleva légèrement le bas de son débardeur pour accéder à sa peau nue. Elle constata alors qu'ils étaient brûlants tous les deux. Les yeux dans les yeux, il attendait son approbation pour aller plus loin. Elle le lisait dans la ferveur de son regard, tout comme elle mesurait l'envie qu'il avait d'elle. C'était flatteur de se sentir aussi désirée, mais pas quand l'homme devant soi était réputé pour ses mœurs débridées. Elle ou une autre, quelle différence cela faisait-il pour lui ?

— Je vois bien que ça se bouscule dans ta tête, articula-t-il tout près de son oreille.

Ce jeu de séduction allait finir par la déstabiliser complètement. Son souffle chaud aurait bientôt raison d'elle si elle ne mettait pas de la distance entre eux le plus rapidement possible.

— Je… commença-t-elle, hésitante. Je ne…

Avant d'exprimer ce qu'elle avait en tête, une sonnerie l'interrompit brusquement. Nash sursauta et fit le tour du bureau pour saisir son téléphone portable. Lorsqu'il vit qui était son correspondant, Tyna remarqua un changement notable dans son attitude. Il reprit son masque imperturbable d'entraîneur, se racla la gorge et décrocha.

— Oui… Je vois… Et comment… Très bien, je prends le premier avion.

La conversation fut brève mais suffisamment éprouvante pour qu'il soupire une fois terminée. Il passa ses mains dans ses cheveux, l'air totalement déboussolé par cet appel.

— Est-ce que… tout va bien ? lui demanda-t-elle.
— Oui. Je dois y aller.

Il récupéra son téléphone qu'il fourra dans sa poche ainsi que des papiers extirpés à la va-vite d'un tiroir. Sans même un dernier regard, il quitta la pièce d'un pas alerte.

Rassurée d'avoir obtenu une échappatoire inopinée, elle allait sortir à son tour lorsque la curiosité s'insinua dans ses veines. Prenant le cadre posé à plat entre ses mains, elle découvrit avec stupeur le visage d'une petite fille dont le regard perçant lui rappelait étrangement celui de son entraîneur.

Chapitre 12

♪ Hoobastank – *The Reason*

Le bip de son téléphone le sortit de sa somnolence. Posé à côté de lui sur la table de chevet de l'hôpital, il vérifia juste s'il s'agissait d'une urgence et se cala à nouveau dans le fauteuil qu'il n'avait pas quitté depuis trois jours.

Dans le lit médicalisé, elle se reposait, le teint pâle et les bras le long du corps. Nash lui prit une main, elle était encore chaude. Heureusement, d'après les médecins, ce ne serait bientôt plus qu'un mauvais souvenir.

Lorsque la porte de la chambre s'ouvrit doucement, il tourna la tête vers l'infirmière de garde effectuant sa dernière visite et lui adressa un sourire aimable.

— Comment s'est passée la nuit ? demanda-t-elle tout bas.

— Ça va, murmura-t-il. Elle a bien dormi.

La jeune femme remplaça la poche à perfusion contenant l'antibiotique du traitement et nota quelques indications sur le dossier informatique de la patiente.

— Et vous, vous tenez le coup ?

— Oui, merci. Ça ira encore mieux quand elle sera sortie d'ici.

Elle posa une main réconfortante sur son épaule, compatissante.

— Ce n'est jamais facile de voir son enfant sur un lit d'hôpital. Mais Clara va bien, rassurez-vous. Elle a été prise en charge rapidement et s'en remettra très vite.

Il la remercia avant qu'elle ne quitte la chambre et reprit son observation silencieuse. Sa fille chérie était son bien le plus précieux, un joyau inestimable qu'il tenait à préserver. Il avait malheureusement failli à son rôle de père consistant à la protéger. S'il avait été près d'elle, les choses auraient pu être plus simples.

Sa nounou n'était pas du tout en cause, elle avait même très bien agi en la faisant admettre le plus vite possible, mais il connaissait Clara. Lui, il aurait forcément vu que quelque chose n'allait pas. Un jour, deux peut-être avant. Et cela aurait suffi pour que l'opération soit bénigne. Au lieu de quoi, la péritonite avait entraîné quelques complications lors de la chirurgie.

Dire qu'il s'en voulait était un euphémisme, il se sentait tellement mal qu'il en avait la nausée. La culpabilité le rongeait au point de dormir à peine et de manger encore moins depuis son arrivée. Victor était compréhensif et lui accordait quelques jours pour rester auprès de Clara. Mais il n'était pas certain de retourner aux États-Unis.

Appâté par le job qui pouvait le sortir du marasme dans lequel il s'enlisait, il avait tout laissé derrière lui pour traverser l'océan et commencer l'entraînement de l'équipe d'Atlanta. Mais il avait aussi abandonné sa fille par la même occasion, au lieu de veiller à son bien-être.

Une nouvelle notification sur son téléphone le fit bouger. Il était près de six heures du matin, Clara ne tarderait pas à se réveiller. Pour être sûr d'être là au moment où elle ouvrirait les yeux, il sortit pour descendre à la cafétéria. Il fit signe à l'une des infirmières pour prévenir qu'il s'absentait quelques minutes puis emprunta l'ascenseur. Il bailla deux fois avant d'arriver à sa destination, preuve qu'il accumulait un retard de sommeil important en plus de mal gérer le décalage horaire. Il n'avait plus vingt ans, constata-t-il malgré lui en remuant ses épaules endolories.

La serveuse de la cafétéria l'avait reconnu la veille en le voyant débarquer à peu près à la même heure. Encore ce matin-là, elle rougit et bredouilla un « bonjour » à peine audible.

— Un café long, s'il vous plaît. Et un croissant.

Elle prépara sa boisson chaude en un temps record. Il se demanda si elle se chronométrait ou si elle avait une véritable passion pour les percolateurs. Dans d'autres circonstances, il aurait même pu tester son maniement des manches, mais c'était au-dessus de ses forces. Preuve que l'amour paternel dépassait ses plus bas instincts.

Il emporta ensuite son gobelet à café avec lui et grignota le croissant sur le chemin le menant à la chambre de Clara. Si elle se remettait selon les prévisions du chirurgien, elle pourrait quitter l'hôpital durant le week-end.

Il s'apprêtait à envoyer un texto à la nounou quand il s'aperçut qu'il avait reçu un e-mail sur sa boîte professionnelle. Intrigué, il l'ouvrit et découvrit avec étonnement que l'une des filles lui avait écrit. Et pas n'importe laquelle.

J'ai déjà réussi à me débarrasser de toi ? -Tyna

Il sourit. Cette femme était à la fois désespérante et attachante. Il aima penser qu'il lui manquait un peu, sinon pourquoi aurait-elle pris la peine de lui écrire ?

Il commençait à apprécier la jeune femme, et pas seulement parce qu'elle était d'une beauté à couper le souffle. Sa finesse d'esprit l'impressionnait et lui plaisait. Il était d'ailleurs assez embêté de savoir qu'il ne pourrait plus se bagarrer avec elle d'ici quelques semaines. Mais il tenait trop à ce boulot pour désobéir à Victor Vargas. Surtout quand le président, figurant parmi ses amis de longue date, alignait les billets sur la table. Il avait une famille à nourrir, et ça passait avant tout le reste.

Néanmoins, il n'était pas contre profiter des charmes de la belle avant son départ. Autant joindre l'utile à l'agréable... Et quelque chose lui disait qu'elle n'était plus très loin de succomber à son charme. Mais avant de l'envisager, une sérieuse conversation devrait avoir lieu.

> *Tu aimerais bien ! -Nash*

Vu l'heure qu'il était à Atlanta, il ne s'attendait pas à une réponse immédiate, aussi délaissa-t-il l'objet dans sa poche de veste et retourna-t-il s'installer auprès de Clara.

Il était sept heures tout juste lorsque la petite fille ouvrit les yeux. Elle lui ressemblait beaucoup. Ils partageaient leurs yeux clairs, leur peau dorée et leur sale caractère. Mais elle avait hérité des cheveux bruns et bouclés de sa maman.

— T'es encore là, Papa ? s'enquit-elle de sa voix encore ensommeillée.

Elle tendit les bras vers lui. Il s'approcha alors pour la serrer contre lui et l'embrasser. Elle semblait en meilleure forme que la veille.

— Bien sûr que je suis là, ma princesse. Je vais rester jusqu'à ce que tu guérisses, promit-il.

— Et après, tu vas repartir aux États-Unis ?

— Oui, dit-il à contrecœur. Tu sais bien que Papa doit travailler.

— Alors je préfère rester encore à l'hôpital.

Surpris, il s'écarta pour la regarder. Ses yeux étaient tristes, presque éteints.

— Bah pourquoi ?

— Parce que c'est trop nul quand tu t'en vas !

Elle se coucha contre l'oreiller et croisa les bras sur son petit corps en faisant la moue. Oui, cette fois, il en était certain. Clara avait retrouvé la forme.

Pendant qu'elle prenait son petit-déjeuner, il échangea quelques textos avec Margot, la nounou de sa fille. La jeune femme avait toute sa confiance et Clara l'adorait. Elle s'occupait d'elle depuis des années, il était donc inconcevable de les séparer. Mais s'il le fallait, il n'aurait pas d'autre choix.

— Ma puce… tâta-t-il le terrain alors qu'il l'aidait à s'habiller. Tu préfèrerais rester ici avec Margot ou repartir avec moi ?

— Pourquoi tu me demandes ça ?

— Juste pour savoir. Je réfléchis à d'autres solutions.

— Papa… tu sais, moi j'aime Margot. Elle s'occupe bien de moi quand t'es loin et que tu travailles. Mais… je préfère quand même être avec toi.

L'émotion qu'il ressentit alors le prit de cours. Sa petite fée, du haut de ses cinq ans, faisait déjà preuve d'une grande perspicacité pour son âge. Il l'aimait plus que tout depuis qu'on l'avait placée dans ses bras. À l'époque, il ne s'attendait pas à l'aimer. Après tout, il n'avait pas choisi d'être père. Pourtant, en tenant contre lui son minuscule corps chaud, il avait éprouvé de l'amour pour la toute première fois. Clara lui avait fait ce cadeau inestimable. Grâce à ce petit bout en devenir, il avait débloqué son cœur qu'il pensait incapable d'aimer.

— Et si je te ramenais avec moi à Atlanta ? proposa-t-il à Clara. Ça te plairait ?

— Bah… Et l'école ? Je peux pas déjà travailler quand même ! J'ai plein de choses à apprendre, tu sais !

Il éclata de rire, attendri par ses préoccupations d'enfant.

— Eh bien je t'en trouverai une là-bas, ce sera la meilleure, je te promets !

— Évidemment que ce sera la meilleure, confirma la petite fille. Parce que j'y serai, Papa !

La digne fille de son père, songea-t-il avec tendresse. C'était entendu. Cela demanderait une sacrée organisation mais Clara vivrait avec lui à Atlanta. C'était mieux pour eux, pour leur équilibre. Il restait juste à trouver un subterfuge pour éloigner la presse au moment où il débarquerait de l'avion retour.

***

Tyna se tournait et se retournait dans son lit sans parvenir à trouver le sommeil. Inquiète par le départ précipité de Nash et sans nouvelles depuis plusieurs jours, elle avait craqué. Pas parce qu'elle éprouvait un quelconque intérêt pour sa personne, mais parce qu'elle sentait qu'il était parti pour une bonne raison. Un événement important – et peut-être même grave – était arrivé.

Même quand il avait chuté dans son estime, elle avait continué de suivre ses exploits et sa carrière de joueur. À distance bien entendu. Après l'incident de Zurich, elle avait fait en sorte de ne plus jamais croiser sa route, jusqu'à cette nomination soudaine au poste d'entraîneur.

Depuis son retour, elle tentait de contrôler les émotions qui l'habitaient dès qu'il se retrouvait près d'elle. Mais c'était peine perdue, comme si ces six années sans le côtoyer avaient exacerbé l'impact qu'il provoquait. Elle avait grandi et évolué, elle traçait son chemin ; il avait acquis de son côté une certaine maturité. Bon, pas en ce qui concernait les femmes, pour ça il restait tel qu'il l'avait toujours été. Néanmoins, le voir aujourd'hui sous un jour nouveau l'intriguait.

À commencer par cette petite fille aux boucles brunes. Elle semblait avoir beaucoup d'importance pour lui, alors qui était-elle ? Une sœur ? Une nièce ? Ou plus étonnant encore : sa fille ?

Elle secoua la tête. S'il avait eu une fille, les journaux en auraient fait les choux gras. Un scoop juteux pareil, la planète entière aurait été mise au courant. Alors, qu'est-ce qui se tramait ?

Le vibreur de son smartphone lui indiqua qu'elle avait un message. Nash. Elle sourit mais se ravisa vite en se flanquant une gifle mentale. Il n'était pas question de se laisser séduire par ce type détestable !

Mais l'imaginer à nouveau posant ses mains sur elle ne l'aidait pas à s'endormir.

Fatou n'était pas dans la chambre. Elle la suspectait de s'être introduite en cachette dans celle de Francesca pour y passer la nuit, et ça lui convenait tout à fait. Au moins, elles s'évitaient. Car depuis le départ de l'entraîneur-chef, elles étaient à couteaux tirés et aucune des deux n'avait l'intention de baisser les armes. Lors des sessions d'entraînement, sa camarade de chambre ne manquait aucune occasion de chercher à l'humilier face aux autres, ce qui l'agaçait prodigieusement.

Elle allait enfin pouvoir se reposer un peu lorsque son téléphone se manifesta près de son oreille. Impatiente de voir s'il lui avait répondu, elle découvrit avec plaisir son message et éclata de rire. Décidément, ils s'accordaient aussi bien en paroles que par e-mails interposés.

> *Je t'avais dit que tu ne tiendrais pas une semaine ! J'ai gagné mon pari. -Tyna*

Bizarrement, elle se sentait attristée à l'idée de ne pas le revoir. Après tout, il était assez bon dans le rôle du coach. L'adjoint ne les poussait pas comme elles le devaient. Il était mou, n'analysait pas correctement leurs défaillances ni leurs progrès. En d'autres termes, il n'était pas bon pour elles.

Si Nash jetait l'éponge, elles perdraient peut-être leur seule chance d'être bien encadrée cette saison. Sa seule chance à elle d'être sélectionnée en équipe nationale.

Quelques secondes plus tard, elle reçut un nouvel e-mail de sa part.

> *Désolé de te décevoir mais je rentre lundi. Peux-tu venir me récupérer à l'aéroport ? Je te donnerai l'heure et le terminal d'arrivée dès que je les ai. Merci d'avance ! -Nash*

Alors là ! Il lui demandait un service ou elle rêvait ? C'était plutôt inattendu. Pourquoi ne commandait-il pas un taxi ? Ou mieux encore : pourquoi Victor n'affrétait pas une voiture pour aller le chercher ?

Tout ça lui semblait de plus en plus étrange. Le message suivant accentua cette sensation.

> *J'oubliais : pas un mot à qui que ce soit. Tu saurais où je peux m'installer quelques jours en attendant de trouver une location ? Le plus discret possible, cela va de soi... -Nash*

Chapitre 13

♪ The Verve Pipe – *The Freshmen*

Tyna patientait sur le tarmac de l'aéroport international Hartsfield-Jackson, les fesses appuyées contre sa voiture. Perdue au milieu des allées et venues incessantes des appareils longs courriers, elle attendait son entraîneur en zieutant alentour. Il avait été clair : personne ne devait être mis au courant de son retour, pas même les membres du staff. Seul Victor partageait la confidence, car il avait accepté qu'elle s'absente du club jusqu'au lendemain matin.

Grâce à l'intervention de Nash et du président du club, elle avait obtenu l'autorisation de l'accueillir directement à la descente de l'avion. Il était près de vingt-trois heures, il ne devrait donc plus tarder.

De plus en plus intriguée par toute cette mise en scène, la jeune femme désirait plus que tout obtenir une explication franche. Pourquoi elle ? Pourquoi pas sa *grande amie* Fatou ?

Elle entendit vrombir les moteurs loin devant sur la piste, puis elle vit les lumières du jet se rapprocher. Au fur et à mesure, elle distinguait de mieux en mieux la forme de l'appareil et les hublots éclairés. Quand il s'arrêta à quelques mètres de sa voiture, elle rajusta sa tenue et s'avança finalement près de la porte qui venait de s'ouvrir. Aussitôt, un escalier moteur vint se placer devant pour permettre aux passagers de sortir.

Le cœur battant, Tyna ne comprit pas d'où lui venait sa soudaine impatience de le retrouver. Elle tenta de respirer calmement pour pondérer les palpitations résonnant dans son corps. Mais quand il apparut, ses jambes flageolaient encore. Cheveux au vent, Ray-Ban dissimulant son regard, il la chercha des yeux. Telle une midinette, elle se surprit à espérer un sourire ou une marque d'attention de la part de celui qui étrillait son esprit.

Malheureusement, sa contemplation fut de courte durée, car elle constata très vite qu'il ne débarquait pas seul sur le sol américain. Lunettes de soleil sur le nez alors qu'il faisait nuit, la petite miniature qui l'accompagnait ne lâcha pas la main de Nash de toute la descente.

Sac de voyage sur l'épaule, ce dernier marcha ensuite jusqu'à elle, la fillette à côté de lui. Désormais, elle n'avait plus aucun doute. C'était forcément sa fille. Sinon pourquoi la ramener avec lui ?

— Salut, dit-il une fois à sa hauteur. Merci d'être venue.

— Je t'en prie. Vous avez fait bon voyage ?

Tyna ne savait pas trop quoi dire tellement la situation était inhabituelle. Comment était-elle supposée se comporter ? La petite fille passait de l'un à l'autre, puis tira sur la main de son père.

— Oui, merci, euh… bredouilla-t-il, voici...

— Bonjour, je m'appelle Clara DeWitt, coupa la fillette, épargnant ainsi à son père la gêne des présentations. Enchantée de vous connaître.

Époustouflée par l'aisance naturelle de la petite, Tyna lui tendit la main en retour.

— Enchantée mademoiselle, je suis Tyna.

— Papa, c'est elle ma nouvelle nounou ? Elle est pas un peu trop belle ?

En revanche, son père semblait vouloir se cacher. Tyna, elle, n'était pas loin de fondre.

— On en rediscutera plus tard, dit-il aussi bien pour sa fille que pour la jeune femme.

Quand ils furent sortis du jet, ils chargèrent les autres bagages dans la voiture, puis Nash ouvrit la portière arrière pour installer Clara.

— Désolée, s'excusa Tyna, tu ne m'avais pas prévenue de prendre un siège pour enfant.

— Pas de problème, j'en ai loué un à une agence de location de voiture. On va nous l'apporter.

Une minute plus tard, un bagagiste leur présenta en effet un réhausseur.

— Tu préfères que je rabatte la capote ? demanda la jeune femme. Au moins, ce sera plus discret.

Il acquiesça d'un signe de tête et veilla ensuite à la sécurité de leur passagère VIP. Il prit place à côté de Tyna lorsqu'il eut chargé un dernier sac sur le siège arrière libre, puis ils roulèrent pour sortir de l'aéroport et rejoindre leur destination.

— Tu nous emmènes où ? s'enquit-il au bout de dix minutes.

— C'est si important ?

— Un peu, oui. Je ne tiens pas à lui infliger un séjour à l'hôtel.

— C'est vrai que je ne connais pas pire endroit qu'un hôtel de luxe pour passer son enfance, ironisa Tyna tout en fixant le regard sur la route.

Il sourit puis se retourna vers la banquette arrière. Clara s'était déjà endormie, exténuée par le voyage.

— Au cas où j'oublierais : merci.

Sensible à ce mot peu employé par son entraîneur, Tyna se détendit.

— Il n'y a pas de quoi. Elle est adorable.

— Fais gaffe, elle possède le charme naturel des DeWitt.

— Oh t'inquiète, je suis immunisée !

Elle éclata de rire. Une chose était sûre, elle ne s'attendait pas à reprendre leurs joutes verbales si tôt après son retour. Néanmoins, ce n'était pas désagréable.

Un quart d'heure plus tard, Tyna avançait sa voiture dans un cul-de-sac de Buckhead, le quartier résidentiel d'Atlanta. Nichée entre les arbres, sa maison se situait au plus profond de l'impasse, à l'abri des regards. Suffisamment écartée des bâtiments voisins, elle n'attisait guère la curiosité puisqu'elle n'y vivait pas à temps plein.

— C'est une belle maison, remarqua-t-il. On est où ?

— Chez moi.

Surpris, Nash n'osa pas dire un mot de peur d'être injustement blessant. Il ne s'attendait pas à une telle proposition, même s'il n'avait pas laissé beaucoup de choix à la jeune femme. Sa volonté de protéger Clara était telle qu'elle n'avait sans doute pas trouvé d'autre solution au vu de ses exigences.

Elle coupa le contact une fois stationnée dans l'allée menant à la bâtisse. Devant eux, une grille en fer forgé noir laissait entrevoir une terrasse dallée et la piscine éclairée dans la nuit.

La façade extérieure était parée de petites lampes pour montrer le chemin jusqu'à la porte. C'était un endroit charmant, authentique. Et ça ressemblait beaucoup à leur hôtesse. Des briquettes ambrées, des volets bleus, quelques pots de fleurs posés ici et là, l'ensemble était indéniablement accueillant.

Comme Clara était toujours endormie, il la sortit de la voiture avec précaution et la porta jusqu'à l'intérieur. Le rez-de-chaussée était baigné de lumière. Le parquet au sol la reflétait et apportait une note chaleureuse à la maison. Du hall, il voyait un salon à gauche, une salle à manger à sa droite, et l'escalier droit devant lui menait à l'étage.

— J'avais préparé une chambre mais il y en a une autre pour elle, si tu veux.

— Ce sera déjà très bien.

Il la suivit dans l'escalier dont l'immense palier desservait cinq chambres et leur salle de bains privative. Tyna avait préparé la plus à l'écart, sans doute pour éviter d'avoir à le croiser. Ce devait également être la plus grande, une cloison avait été abattue pour doubler la surface.

Entre deux fenêtres, le lit était recouvert d'une housse de couette bleu clair et de plusieurs coussins incroyablement gonflés. Elle avait pris soin de la décoration en plaçant des miroirs, des meubles et quelques objets.

Nash déposa sa fille sur le lit. Clara se nicha contre la couette moelleuse en émettant un petit son bienheureux.

— Tu peux rester avec elle, au cas où elle se réveille ? Je vais chercher nos sacs.

Tyna s'assit près de la petite fille qui ne bougeait pas. Sa respiration était paisible, un léger sourire esquissait sa bouche. Elle était vraiment belle. Elle avait presque envie de caresser sa joue ou ses jolies boucles. Elle ressemblait à une poupée de porcelaine.

Un pincement au cœur la contraignit à se lever, de peur de voir naître des sentiments incongrus si elle continuait de la contempler.

Elle préféra s'occuper et retira délicatement ses ballerines, puis elle tira doucement sur la housse de couette et l'en couvrit afin qu'elle n'ait pas trop froid.

Nash revint au moment où elle la bordait.

— Désolée, je voulais juste…

— Ne t'excuse pas. Merci d'avoir pris soin d'elle.

— Je serai en bas dans la cuisine, si tu as besoin.

Tyna referma la porte de la chambre et descendit les marches de la maison. Sa femme de ménage avait suivi ses directives à la lettre, comme d'habitude. Elle avait préparé les lieux durant le week-end, mais Juanita avait fait le reste en termes de ménage, en programmant le système d'éclairage et en ravitaillant le réfrigérateur.

Elle était en train de faire bouillir de l'eau lorsqu'elle entendit des pas se rapprocher. La cuisine se trouvait au bout de la maison, ouverte à la fois sur la salle à manger et le salon. Des fenêtres, on avait une vue panoramique sur le patio et le parc qui s'étendait sur un hectare derrière la maison.

— Tu as une très belle maison, la complimenta Nash en s'installant sur un tabouret contre l'îlot central.
— Tu veux un thé ? lui proposa la jeune femme. Ou une infusion ?
— Ça ira, je te remercie. Je ne vais pas tarder à remonter.

Tandis qu'elle s'affairait à préparer son thé, il l'observait avec attention. Elle paraissait nerveuse depuis qu'ils avaient franchi le seuil de la demeure, comme si elle redoutait sa présence.

— Nous ne resterons que quelques jours, la rassura-t-il. Le temps pour moi de m'organiser et de trouver où loger, à quelle école inscrire Clara...
— Sa mère va vous rejoindre, ou bien… ?
— Non.

Comment un simple petit mot pouvait-il la soulager à ce point ? Si la mère avait dû venir, elle s'en serait accommodée, mais savoir qu'elle ne faisait pas partie de l'équation la rassérénait. Au moins, elle n'avait pas failli coucher avec un homme marié.

— Comment ça se fait que tout le monde ignore l'existence de ta fille ? lui demanda-t-elle.
— Eh bah, j'avais parié que tu me poserais la question au bout de quelques heures, demain matin sans doute, mais j'aurais dû me douter que Tyna Queen serait moins patiente.
— Excuse-moi… mais ça fait beaucoup de mystère. Tu es parti comme un voleur sans prévenir qui que ce soit, je découvre par hasard que tu as une fille… Loin de moi l'idée de paraître intrusive. Et sache que je ne révélerai pas ton secret.
— Je sais, affirme-t-il. C'est bien pour ça que c'est à toi que j'ai demandé ce service.
— Fatou n'est pas au courant ? s'étonna Tyna.

Il soupira, fatigué. Pas de devoir répondre à ses questions, mais plutôt harassé par le voyage et le manque de sommeil. Après une semaine d'absence, d'hôpital et d'inquiétude, il se sentait à deux doigts de s'effondrer.

— Je t'expliquerai tout, c'est promis. Mais pas maintenant.
— Je comprends.
Elle contourna l'îlot central pour s'approcher de lui.
— Tu ferais mieux d'aller te coucher maintenant, tu as vraiment une sale gueule !
— Pour que Clara se repose comme il faut, je devrais peut-être dormir ailleurs… Où est ta chambre ?
Tyna ricana et le poussa en dehors de la cuisine.
— Si tu veux rester un peu ici avec ta fille, t'as plutôt intérêt à garder tes mains dans tes poches.
— Ou sinon quoi ? s'enquit-il, un pied sur la première marche de l'escalier.
Elle déglutit, troublée par son regard inquisiteur. Il avait les traits tirés, des cernes prononcés et son bronzage s'estompait légèrement. Mais bordel, il était toujours aussi sexy. La part de mystère qui flottait autour de lui et de son histoire y étaient sûrement pour beaucoup.
— Bonne nuit, Nash.
— Bonne nuit, Tyna. Fais de beaux rêves.
Il pouvait y compter. Avec lui dans la maison, elle était sûre de dormir comme un bébé.

Chapitre 14

♪ M83 – *Midnight City*

Le lendemain matin, Nash descendit alors qu'elle préparait le petit-déjeuner. Le jour se levait à peine, elle n'était pas très en avance mais la nuit fut courte. Bien trop d'ailleurs pour une athlète dont la journée s'annonçait épuisante à plusieurs niveaux.

Une légère odeur de brûlé flottait dans l'air. Tyna n'était pas un cordon-bleu mais elle voulait prendre soin de ses invités en leur offrant un repas digne de ce nom. C'était la première fois qu'elle recevait depuis l'achat de la maison, en dehors de Phil et Kyle, mais cela ne comptait pas vraiment puisqu'ils étaient sa famille.

Lorsqu'il passa le seuil de la cuisine, elle dressait deux assiettes : œufs brouillés, bacon grillé et pancakes se battaient pour avoir un peu de place au milieu des fruits coupés.

— Bonjour, la salua Nash.
— Café ? s'enquit la jeune femme.
— Je te remercie, juste un fond.

Tyna approcha la cafetière de la tasse et le servit sans accrocher son regard.

— Tu pars à quelle heure ?

Avisant l'heure affichée sur le four, elle répondit :

— D'ici une heure. J'ai entraînement à neuf heures.
— Je sais, dit-il en prenant une fourchette.

Évidemment qu'il était au courant, il avait dû vérifier le programme de son adjoint.

— Ne sois pas en retard, t'as besoin de t'exercer aux contrôles orientés.

— Comme si c'était mon genre ! soupira-t-elle en avalant une bouchée d'œufs.

En mastiquant, elle croqua un bout de coquille sous sa dent.

— Je ne vais peut-être pas tenter les œufs, finalement, lâcha-t-il en émettant un petit rire.

— Désolée, j'ai improvisé.

— Je devrais peut-être profiter de mon séjour ici pour t'apprendre deux ou trois trucs.

— De quel ordre ? s'inquiéta-t-elle.

— En cuisine. On ne t'a jamais appris, apparemment.

Il n'avait aucune idée de tout ce qu'elle avait manqué dans son enfance. L'absence de cours de cuisine n'était que la partie émergée de l'iceberg.

— Jamais, confirma la jeune femme. Kyle aurait bien voulu, cela dit. Mais je n'étais pas souvent à la maison.

Nash reconnut qu'il savait peu de choses sur elle. Il n'avait pas suivi sa carrière, le football féminin étant moins sous les feux de la rampe que la version masculine. Il n'avait pas non plus cherché à savoir qui se cachait derrière son apparence froide et solitaire, jusqu'à ce qu'elle lui prouve qu'en définitive, elle était sûrement la seule personne de confiance de son entourage. Elle n'avait pas hésité à lui apporter son aide et les hébergeait sans poser – trop – de questions. Alors qu'ils étaient loin de bien s'entendre.

Et dire qu'il était censé tout faire pour que Victor la vire d'ici peu...

Si ce dernier apprenait qu'il vivait chez elle, il n'était pas certain de continuer à figurer dans ses bonnes grâces. Mais ce n'était que temporaire. Dans quelques jours, il aurait un toit au-dessus de leurs têtes et une école digne de ce nom pour sa précieuse.

— Je ne te retiens pas plus longtemps, dit-il en se levant. Clara va bientôt se réveiller, je vais remonter.

— Tu ne viens pas au club ?

— Que ferais-je de ma fille ?

Elle se mordit la langue, confuse. Elle n'avait que peu d'expérience des enfants. Elle devait effectivement avoir besoin d'une nounou ou quelque chose dans ce goût-là. Elle l'avait d'ailleurs prise pour la remplaçante, la veille au soir.

— Faites comme chez vous, le frigo est plein, je t'ai noté quelques trucs comme le process de l'alarme, l'utilisation de la télé...

— Tu n'étais pas obligée. Pour ce qui est de la télé, j'en connais une qui se débrouille parfaitement bien. Elle arrive à déverrouiller mon smartphone à empreinte tactile, alors imagine !

— Je te laisse également un double de clés ainsi que celles de la voiture se trouvant au garage.

Il releva un sourcil, soudain intéressé.

— Ne t'emballe pas, tu serais déçu. C'est juste histoire de te déplacer... Elle est équipée du système de navigation.

Il n'oserait jamais lui dire, mais elle était géniale. Elle avait pensé à tout pour lui faciliter la vie. C'était du pain béni pour un type paumé qui vivait avec sa fille dans un pays étranger.

— Et si besoin, tu sais où me trouver !

***

Tyna entra sur le terrain au pas de course en enfilant son maillot. L'entraîneur-adjoint ne fit aucune remarque sur son retard de deux minutes mais elle se détestait.

Les bouchons. Elle qui anticipait tout ne les avait pas vus venir, ceux-là. Peu habituée à prendre le volant aux heures de pointe, elle n'avait pas songé à l'éventualité d'être bloquée par la circulation.

Durant la matinée, elle se plia aux exigences de Jeff sans rechigner. Elle suait, tombait, mais elle se relevait. Même si elle avait mal, même si un point de côté aurait pu la stopper, il n'était pas question de paraître faible aux yeux de sa rivale.

Fatou et Francesca ne perdaient aucune occasion de l'humilier. Elles gloussaient, chuchotaient comme des gamines à son passage, s'associaient lors des exercices pour la contrer et lui faire perdre ses moyens.

Mais elle n'était pas de celles à s'avouer vaincue facilement. Tyna était prête à travailler encore des heures pour prouver à ces mégères qu'elle avait sa place dans cette équipe, en dépit de leur acharnement à la faire plier.

À la fin de l'entraînement, harassée, Tyna s'assit sur la pelouse, les genoux relevés. Elle retira son maillot, dévoilant la brassière noire qu'elle portait dessous.

Un sifflement lui fit tourner la tête : Francesca mima un geste obscène auquel elle répondit par un doigt d'honneur.

— Très élégant ! la rabroua Jeff qui approchait.

Il lui tendit la main pour l'aider à se remettre debout.

— Désolée, coach !

— Victor t'attend dans son bureau. Ensuite tu as une séance de kiné.

— OK merci.

— Tu as l'air crevé, t'as pas dormi ?

— Si si, mais pas suffisamment.

— Si tu as des problèmes de sommeil, prends rendez-vous avec le médecin. Il te prescrira ce qu'il faut. Tu as besoin de te reposer pour être en forme. Je ne t'apprends rien.

Elle acquiesça, consciente de ne pas avoir donné le meilleur d'elle-même ce matin-là. Et les efforts calculés de ces petites pestes n'arrangeaient rien.

Peu disposée à s'entretenir avec le président du club, elle traîna dans le vestiaire. Elle prit son temps sous la douche bien chaude, frictionnant son corps fatigué. Elle passa la savonnette sur ses muscles, les massa en exerçant une légère pression dessus.

Quand elle voulut récupérer sa serviette, celle-ci avait disparu. S'assurant qu'elle était seule, elle sortit sur la pointe des pieds à la recherche de ses vêtements. Mais toutes ses affaires s'étaient envolées.

Exténuée, humiliée et vulnérable, elle faillit se mettre à pleurer. Supporter Francesca pendant deux ans avait été difficile, mais deux comme elle, c'était trop. D'autant que Fatoumata semblait encore plus déterminée à faire de sa vie un enfer.

Elle chercha un casier mal fermé ou une serviette abandonnée. Par malchance, aucune fille ne s'était éternisée. Elle devait se rendre à l'évidence, elle allait devoir quitter le vestiaire complètement nue.

Au moment où elle allait se mettre en chemin, le bruit métallique de la porte du gymnase résonna. Elle tentait de dissimuler ses seins et son intimité du mieux qu'elle pouvait lorsque Marie entra fermement, ses écouteurs dans ses oreilles.

— Oh ! s'exclama-t-elle en la découvrant dévêtue. Qu'est-ce qui se passe ?

— Toutes mes affaires ont disparu. Est-ce que tu as… quelque chose qui pourrait me dépanner ?

— Bien sûr ! Mais… t'avais rien dans ton casier ?

— Il a été vidé, lui apprit-elle, la gorge serrée.

Marie la prit par l'épaule pour la réconforter, mais cette soudaine proximité entre son corps nu et la jeune joueuse la mit mal à l'aise. Elle tenta de se dégager doucement.

— Désolée, s'excusa Marie en se tournant vers son casier.

Elle en extirpa un short ainsi qu'un maillot propres.

— Ça ira ? Je n'ai pas de sous-vêtements de rechange.

— C'est déjà très bien, je te remercie, tu me sauves la vie ! Je me voyais déjà sortir à poils, alors…

— Ma pauvre… dit-elle, compatissante. Qui a pu faire ça ?

Tyna secoua la tête. Elle avait bien une idée en tête, mais ne souhaitait accuser personne sans preuve.

— Le principal c'est que ça se termine bien. Et c'est grâce à toi.
— Je t'en prie.

Une fois décente, Tyna suivit Marie à l'extérieur. Elle se sentait démunie, à moitié nue sous ses vêtements de fortune. Et on l'avait volée. Même ses effets personnels avaient été dérobés. Comme si on cherchait à lui faire passer un message.

À l'approche de l'entrée sud de la résidence, la curiosité de Tyna fut attirée par un sac noir posé au-dessus d'une poubelle.

— On dirait...

Elle trottina jusqu'à elle, rassurée de retrouver intactes ses affaires. Elle serra son sac contre elle. Ce n'était qu'une mauvaise blague, mais c'était quand même sacrément osé ! Passer toute une saison comme ça ? Ce serait trop dur. Les deux tarées allaient devoir jouer profil bas.

— Il faut que j'y aille, dit-elle à Marie. J'ai un rendez-vous.
— Pas de problème.

Avant d'entrer, elle revint sur ses pas. Marie n'avait pas bougé de place, elle contemplait le parc, la main en travers du front.

— Ça te dirait de... enfin d'aller boire un verre ce soir ? lui proposa Tyna.
— Oh... avec plaisir ! Vers quelle heure ?
— Dix-huit heures, c'est bon pour toi ?

La jeune femme opina, un large sourire illuminant son visage.

— Alors on se retrouve sur le parking tout à l'heure !

Sur ce, Tyna entra dans le bâtiment et passa d'abord par sa chambre pour passer une tenue plus adéquate. Elle tentait également de maîtriser sa colère alors qu'elle mourait d'envie de retourner la pièce dans tous les sens. Mais ce ne serait pas très intelligent de sa part. Elle devait être plus maligne que ça pour déjouer les plans de sa nouvelle coéquipière. Restait à savoir comment lui faire regretter d'être née sans se faire prendre...

Victor était déjà en ligne lorsqu'il la fit entrer dans son bureau. Il faisait tourner son fauteuil en jouant avec sa cravate desserrée au col, l'air nonchalant.

— Je n'irai pas au-delà de cinq cent mille dollars, négociait le président. On parle d'une novice, c'est déjà bien pour elle d'intégrer la ligue et notre équipe.

C'était ainsi qu'elle le connaissait depuis toujours : parfait négociateur, intransigeant, autoritaire. Inutile de préciser qu'il ne revenait jamais sur une décision.

— Réfléchissez vite, avertit Victor. J'ai d'autres candidates en lice.

Il raccrocha et lui adressa un sourire contrit. Il lui fit ensuite signe de s'asseoir en face de lui, mais Tyna préférait rester debout quand elle était là. Comme si elle gardait la possibilité de s'enfuir au plus vite.

— Alors… tout s'est bien passé avec notre « colis » ?
— Oui, parfaitement bien. Mais je crois qu'il va avoir besoin d'une nounou.
— On va se charger de ça, lui assure-t-il.
— J'imagine que vous ne m'avez pas fait venir pour discuter des modalités de retour de votre nouvel entraîneur ?

Contrarié par son ton un peu trop familier à son goût, le patron choisit cependant de ne pas répliquer. Il avait autre chose en tête.

— On m'a rapporté qu'il y avait du grabuge pendant les entraînements. Apparemment tu aurais quelques… divergences tactiques avec tes coéquipières.

— C'est qui ce « on » ? Parce que j'ai de quoi dire, moi aussi !
— On se calme, d'accord ? Je veux juste la paix au sein de l'équipe. On sait tous que tu as tes têtes et tes sautes d'humeur.
— Mais…

Il la coupa d'un geste sans appel.

— Reste professionnelle. Les petites guerres dignes des cours d'école ne doivent pas avoir lieu ici, OK ? Alors tu prends sur toi et tu leur laisses du terrain. Sinon je serai contraint de te transférer.

Choquée d'apprendre qu'elle était à deux doigts de tout perdre à cause de petites pestes sans scrupule, elle se leva et se pencha vers lui, en colère.

— Vous voulez me virer ? Pas de problème. Sitôt sortie d'ici je signe ailleurs. En un claquement de doigt. Mais si vous ne voulez pas vous retrouver avec un procès au cul pour harcèlement ou tentative d'intimidation, vous allez devoir m'écouter jusqu'au bout. Pas plus tard que tout à l'heure, l'une de ces connasses m'a laissée à poils dans les vestiaires. On fouille aussi dans mes affaires, on m'empêche même de faire ce pour quoi je suis payée : marquer des buts.

Victor la fixait sans perdre un mot de ce qu'elle débitait, mais elle n'arrivait pas à savoir ce qu'il en pensait. Imperturbable, il ne laissait rien paraître, ce qui l'agaçait encore plus.

— OK… lâcha-t-il, laconique. Je vais régler ça. Maintenant tu peux y aller.

Elle n'avait pas quitté le bureau depuis deux minutes qu'il prenait son smartphone et tapait un message, satisfait.

Elle est mûre à point. Ce n'est plus qu'une question de temps avant qu'elle ne craque. -Victor

Chapitre 15

♪ Zoe Wees – *Control*

Le serveur apporta les cocktails à leur table en se frayant un chemin parmi la foule. En plein *happy hour*, le bar qu'elles avaient trouvé était pris d'assaut par les étudiants.

Tyna prit son verre et le leva pour l'entrechoquer avec celui de Marie.

— À la nôtre ! trinqua Tyna. Et surtout merci pour ton aide aujourd'hui. J'ai bien cru que ces pétasses allaient avoir ma peau.

— Tu penses à qui ?

Elle haussa les épaules puis goûta son breuvage à la paille. La Tequila Sunrise était justement bien dosée. La tequila ne lui brûla pas le gosier, mais il y en avait suffisamment pour aromatiser sa boisson.

— Je m'en fous ! affirma-t-elle. J'ai pas envie d'en parler, je veux juste passer une bonne soirée.

La musique couvrait presque ses paroles, elle avait l'impression d'être obligée de hurler pour se faire entendre. Elle n'avait pas souvent eu l'occasion de sortir, et surtout pas avec une « amie », alors elle avait bien l'intention d'en profiter.

Marie semblait plus à l'aise qu'elle dans ce genre d'endroit. Elle avait également une bonne descente, constata Tyna en la voyant s'enfiler cul-sec sa vodka coca.

— Bah dis donc ! T'as de l'entraînement, on dirait !

— Et encore, t'as rien vu.

Tyna se demanda si elle devait avoir peur de fréquenter cette jeune femme. Sur le chemin les menant dans le centre-ville, elle apprit notamment que la joueuse avait grandi en banlieue parisienne, dans un quartier plutôt bourgeois. Elles n'avaient pas grand-chose en commun sur le papier, mais elle se sentait plus proche d'elle que de n'importe quelle autre fille du club. Elle avait le cœur sur la main et n'avait pas hésité à lui rendre service, contrairement aux autres qui la fuyaient comme la peste, juste parce qu'elle savait manier le ballon. Au fond, elles étaient sûrement jalouses de son coup de pied légendaire.

— Il était comment, ton ancien club ? s'enquit Tyna, curieuse.
— Vraiment cool.

Elle avait le sourire aux lèvres, signe qu'elle devait beaucoup s'y plaire.

— Et pourquoi tu en es partie ? C'est toi qui l'as voulu ou bien... ?
— On peut dire ça, oui, éluda la jeune joueuse. Je voulais voyager, voir autre chose.

Elle le comprenait plus que n'importe qui. Elle avait elle-même fui son pays natal pour recommencer à zéro à l'étranger. Si les circonstances n'étaient pas les mêmes au départ, l'objectif était le même.

Marie lui fit signe de se pencher au-dessus de la table pour lui dire quelque chose à l'oreille.

— Deux types n'arrêtent pas de nous mater depuis qu'on est assises !
— Où ça ?
— Ils sont au bar !

Tyna tenta de les apercevoir le plus discrètement possible. L'un était plutôt frêle, limite trop maigre, mais il avait un très beau regard. L'autre en revanche était à son goût : large d'épaules, un sourire dévoilant une rangée de dents blanches ainsi que des bras musclés, il était parfait pour passer un bon moment.

Marie se racla la gorge pour attirer de nouveau son attention.

— Bah alors, y'en a un qui te branche on dirait !

Heureusement que l'ambiance tamisée ne trahissait pas ses joues rouges, sinon elle se serait sentie encore plus bête face à la jeune femme.

— Tu veux lequel ? l'interroge Marie. Choisis celui que tu veux, je te le ramène !

— T'es pas sérieuse ! ricana Tyna. Qu'est-ce que tu fous ?

— Oh allez, on est là pour s'amuser, non ?

Tyna opina malgré elle. L'alcool commençait à faire effet. Pour autant, elle se sentait prête à commander un deuxième verre, faisant fi des recommandations liées à leur train de vie de sportives de haut niveau.

Elle leva le bras pour arrêter un serveur et demanda une nouvelle tournée. Pendant ce temps-là, Marie essayait de convaincre les deux mâles de se joindre à elles. Cela dit, ils n'avaient pas été si difficiles que ça à persuader puisqu'ils slalomaient déjà jusqu'à leur table derrière la jeune joueuse.

— Tyna, je te présente Matt et Parker. Ils sont à l'université Emory.

— Et vous étudiez quoi, les garçons ? minauda-t-elle, prise au jeu instauré par sa nouvelle amie.

— L'architecture, annonça le plus gringalet des deux. Et vous, vous faites quoi ?

— Quoi, vous ne l'avez pas reconnue ? s'offusqua Marie en se plaçant entre eux deux, bras dessus bras dessous. Un visage d'ange, un corps canon à tomber... Vous êtes sûrs de ne l'avoir jamais vue ?

Celui qu'elle trouvait franchement attirant la détaillait, les yeux légèrement plissés, comme s'il essayait de la placer dans un autre contexte. Mais il ne semblait pas passionné par le football féminin, de toute évidence.

— Je suis actrice, mentit-elle. Je n'ai eu que des petits rôles, ma copine exagère beaucoup !

Marie lui adressa un clin d'œil et se rassit sur la banquette, entraînant les deux garçons à faire de même.

— Vous buvez quoi ? s'enquit le plus bavard.

— Tequila Sunrise, quémanda Tyna.

— Vodka coca pour moi.

Il partit en quête de ravitaillement, les laissant en compagnie du dénommé Matt qui ne la lâchait pas du regard. Le remarquant, Marie s'éclipsa.

— Je vais lui filer un coup de main, je reviens !

Tyna jouait avec sa paille, intimidée par ce matage indiscret.

— Et donc... tu es en quelle année ? s'enquit-elle pour faire la conversation.

— Dernière.

OK, il ne semblait pas vouloir discuter.

— Tu veux faire quoi après ?

— J'en sais rien.

Il but quelques gorgées de bière au goulot et redéposa bruyamment sa bouteille sur la table.

À cet instant précis, elle avait juste envie que Marie bouge ses fesses pour revenir à table. Cette entrevue avec l'armoire à glace ne se passait pas du tout comme elle l'avait imaginée. Belle gueule peut-être, mais il était mou comme un poulpe échoué sur une plage. S'il était aussi énergique dans un lit, elle n'était pas intéressée.

Tandis qu'il avait le nez plongé dans son téléphone, Tyna fit de grands signes d'affolement à Marie dans l'espoir d'attirer son attention. Par chance, elle comprit le message.

— Alors, vous faites quoi pour vous amuser, les gars ? demanda la jeune femme, exubérante.

Parker commença à expliquer qu'ils ne sortaient pas beaucoup, leur programme d'étude étant généralement trop rempli pour qu'ils puissent s'accorder des loisirs. Néanmoins, comme ils ne reprenaient leurs cours qu'en début de semaine suivante, ils avaient décidé de se détendre.

— Et sinon, t'as joué dans quoi ? s'intéressa-t-il en regardant Tyna.

— Oh... des trucs ringards de série Z. Mais j'ai déjà quelques publicités à mon actif. Au printemps prochain je serai sur les boîtes de céréales !

— La classe, j'adore les céréales !

— Marie, tu m'accompagnes aux toilettes ?

— Mais, je...

— S'il te plaît, insista-t-elle en faisant les gros yeux.

Elle tira sa camarade par le bras jusqu'à un coin sombre du bar, à l'abri des regards.

— T'as payé les consos ?

— Nan, Parker a tenu à offrir la deuxième tournée.

— T'as toutes tes affaires sur toi ?

— Oui, pourquoi ?

— Parce qu'on se tire !

Hilares, les deux femmes coururent dans les rues d'Atlanta en riant comme des ados. Comme c'était bon de se lâcher un peu ! Le sourire de Tyna ne s'estompait plus tellement elle se sentait légère, apaisée. C'était vraiment cool d'avoir une amie, de s'amuser, de profiter de l'instant présent. Cela lui était si rarement arrivé qu'elle ne parvenait pas à se souvenir d'un autre moment tel que celui-ci.

— Tiens, y'a un autre bar, si tu veux ! proposa Tyna en apercevant une enseigne lumineuse de l'autre côté de la rue.

— Tyna Queen ! clama Marie. Franchement, je suis choquée que tu veuilles m'entraîner dans tes travers !

Marie était sans nul doute la plus dévergondée assumée des deux, et elle avait un sacré sens de l'humour. Pas toujours le plus fin, néanmoins Tyna la trouvait attachante.

— Allez, viens ! trancha cette dernière. J'ai faim.

Dans ce nouveau bar, plus calme et plus cosy, elles commandèrent d'autres cocktails colorés et fruités ainsi qu'une planche de tapas pour nourrir leurs estomacs tout en écoutant de la musique.

— Ça manque de chair fraîche ici ! fit remarquer Marie alors qu'elle terminait son verre.

Tyna jeta un regard circulaire à la salle, à la recherche d'un ou plusieurs spécimens agréables à regarder. Malheureusement, son amie avait raison. Elles allaient repartir bredouilles. Toutefois, elle rencontra plusieurs fois le regard d'un homme attablé près d'un vieux jukebox rénové en état de marche. Il les fixait d'une drôle de manière, sans même cligner des yeux. Elle réprima un frisson tellement la sensation lui faisait froid dans le dos. Peut-être les avait-il simplement reconnues, songea la jeune joueuse.

Pas vraiment rassurée, se souvenant des événements des derniers jours, elle délaissa son verre et proposa à Marie de rentrer.

— Je vais nous commander un taxi.

Jugeant qu'il ne serait pas responsable de conduire en état d'ébriété, elles s'étaient rendues en centre-ville à bord d'une voiture privée. Pendant qu'elle pianotait sur son téléphone, quelqu'un s'approcha pour les aborder.

— Bonsoir mesdemoiselles !

En levant les yeux, elle croisa le visage du type qui les matait quelques secondes plus tôt. Il n'avait pas perdu de temps !

— Salut... susurra Marie, enjôleuse.

— B... Bonsoir, bafouilla Tyna, plus réservée face à cet individu.

— Je peux vous offrir quelque chose à boire ? Ou... à vous mettre sous la dent ?

Encore plus suspicieuse après ce sous-entendu graveleux, Tyna préféra couper court à ses espérances.

— Ça ira, merci, on allait partir !

— Oh, déjà ? fit Marie, déçue.

Elle affichait une moue qui en disait long sur son état d'ivresse. Heureusement, Tyna arrivait à garder un semblant de contrôle de son esprit. Légèrement embrumée par l'alcool, sa voix semblait plus traînante et nasillarde qu'à l'ordinaire. Mais ses capacités cognitives paraissaient intactes.

— On doit rentrer, affirma-t-elle. N'oublie pas ce qui est prévu demain.

— Et… ça vous arrive de vous faire ça à plusieurs ?

— C'est un peu le principe, ouais.

— Extra ! Ça me plairait grave d'assister à ça !

Fronçant les sourcils, Tyna aida son amie à se relever. Le type les suivit ensuite jusqu'à l'extérieur de l'établissement, fermement accroché à leurs basques.

— Je pourrais peut-être avoir votre numéro, histoire de programmer ça un de ces jours.

Quand le taxi se gara devant, elle fit monter Marie de force dans le véhicule, souhaitant mettre le plus de distance possible entre elles et ce type insistant.

— Allez quoi, vous vous doutez bien que vous êtes matées par des millions de types en train de se palucher derrière leur télé !

Moralité : il ne faisait pas bon de sortir seules en ville le soir. La prochaine fois, s'il y en avait une, elles se déplaceraient en bande pour pouvoir se serrer les coudes et refouler ces gros nazes !

Elle referma ensuite la portière sur elles et se sentit en sécurité. Marie était collée à la vitre, la bouche déformée. Ç'aurait été drôle si elles n'avaient pas été limite harcelées par ce gars pas net…

Chapitre 16

♪ Imagine Dragons – *Bad Liar*

Le lendemain matin, Tyna émergea avec difficulté. Un marteau-piqueur dansait dans son crâne au point de lui causer des vertiges. Sitôt assise dans son lit, elle chercha à se rallonger pour calmer la nausée qui la provoquait, sournoise.

— Bordel… souffla-t-elle, un goût âpre dans la bouche.

La tête dans l'oreiller, elle hésitait entre se laisser emporter à nouveau par le sommeil ou courir se réfugier dans la salle de bains, la tête dans la cuvette.

— Allez, debout ! cria Fatou en sortant justement de ladite salle de bains. C'est un grand jour aujourd'hui !

Allant jusqu'à la fenêtre, cette dernière écarta brusquement les rideaux et commença à relever le volet mécanique. La lumière inonda la pièce en quelques secondes, ce qui accentua le mal de tête de Tyna qui gémit.

Fatou ricana en la voyant plisser les yeux et refouler la nausée.

— Bah alors, ma vieille, t'as pris une sacrée cuite on dirait ! T'as mal aux cheveux ?

— Tu peux baisser d'un ton, s'il te plaît ? Ta voix est en train de percer des trous dans mon crâne.

Quand elle posa le pied à terre quelques secondes plus tard, elle comprit que cette journée serait compliquée. Merdique. Un jour de match, c'était carrément la honte. Si on la voyait dans cet état, elle était bonne pour un blâme. Elle avait intérêt à reprendre figure humaine si elle ne voulait pas finir au chômage !

Elle s'engouffra sous l'eau chaude de la douche en espérant que celle-ci lui fasse passer l'envie de vomir, ou l'aide au moins à se réveiller. Mais cela tanguait dangereusement sous ses pieds.

Elle sortit au bout de dix minutes, le cerveau ramolli et l'estomac ballotté. À croire qu'elle avait embarqué sur un bateau en pleine tempête.

— Ça va aller ? lui demanda Fatou, à moitié allongée sur son lit avec son téléphone en main.

— I' fau'ra 'ien, fit-elle, sa brosse à dents dans la bouche.

Légèrement moqueuse, Fatou se mit à chantonner. Elle semblait jubiler de la voir si peu en forme et se voyait déjà sûrement meilleure buteuse de la soirée.

Elle prit deux comprimés de paracétamol de sa table de nuit, souhaitant mettre toutes les chances de son côté pour récupérer de sa beuverie. Marie devait être dans un sale état si on considérait qu'elle n'avait pas bu la moitié de ce qu'elle avait ingurgité.

Une fois lavée et habillée, elle se prépara à quitter la chambre, mais se ravisa, se rappelant qu'elle préférait garder un œil sur sa camarade de chambre. Après le sale coup qu'elle et Francesca lui avaient joué la veille, elle n'avait pas l'intention de la laisser manigancer seule dans son coin.

— Tu viens ? proposa Tyna. Le petit-déjeuner nous attend.

— Ouais, je finis d'envoyer un message à Nash.

— Oh… et ça va ? fit-elle, l'air faussement intéressé.

Fatoumata la regarda dans les yeux, incrédule.

— Depuis quand tu t'inquiètes pour lui ?

— C'est juste comme ça… Ça fait quand même une semaine qu'on n'a pas eu de nouvelles de lui.

— Bah ce sont des choses qui arrivent quand on côtoie Nash DeWitt. Ne t'attache jamais à lui, c'est un conseil d'amie.

S'il y avait bien une chose que Fatou n'était pas, c'était son amie. Au mieux une camarade de chambre, au pire une rivale. Ça s'arrêtait là et ça n'irait jamais au-delà. Pas tant qu'elle conserverait son attitude agressive envers elle en tout cas.

— Je n'en ai nullement l'intention, lui affirma-t-elle en se mordant l'intérieur de la joue. Je ne peux pas le blairer !

Fatou vit passer un éclair dans ses yeux. Une étincelle furtive, mais brillante. La même déjà aperçue dans le regard de son ami. Et ça ne lui plaisait pas du tout.

***

Tyna mâchonnait sans envie un pancake aux myrtilles à côté de Marie, fraîche et dispose. La jeune femme ne se rappelait quasiment pas de leur soirée, et pourtant elle ne subissait pas les affres de sa descente de la veille. C'était injuste.

— Bois un jus de pamplemousse, conseilla Marie en lui tendant un verre plein de vitamines. C'est bon pour ce que t'as.

— Comment tu fais ?

— Quoi donc ?

— Pour ne pas avoir une mine de déterrée !

— J'ai l'habitude de faire la fête, alors je connais tous les trucs. J'imagine que t'as pioncé sans boire une goutte d'eau.

Tyna acquiesça, le nez à moitié dans son assiette, à deux doigts de rendre le peu qu'elle venait d'avaler.

— Grossière erreur ! Boire beaucoup d'eau et prendre une aspirine avant de dormir, voilà le secret !

— T'aurais pas pu me le dire avant ?

— À mon avis, vu que je ne me souviens pas de grand-chose, je ne devais pas être en état.

— À qui le dis-tu !? On a été emmerdées par un gros con et c'est limite si tu ne voulais pas le ramener avec toi !

— Ha ha, ricana Marie. Tu as rencontré mon alter ego nympho apparemment.

— Ton quoi ?
— Mon double diabolique. On en a toutes un quand on boit un peu trop. Certains sont moins *fun* que d'autres. Pour le tien... je parie sur un double nympho *et* pro de la danse sur table.

Tyna s'esclaffa si fort que la salle devint soudain silencieuse. Tous les visages étaient fixés sur leur table. Marie le remarqua et lui demanda tout bas :
— Qu'est-ce qu'il leur prend ?
— Laisse tomber, je crois qu'ils n'ont pas l'habitude de m'entendre rire...

Et c'était vrai. Au sein du club, rares étaient les fois où elle avait laissé s'exprimer un peu de sa joie. Elle avait beau avoir une migraine carabinée, elle se sentait légère et détendue d'être soutenue et accompagnée dans ce début de matinée peu glorieux. Avoir une amie lui faisait un bien fou.

Après le petit-déjeuner, l'entraîneur-assistant leur avait concocté un petit programme : footing au petit trot, quelques passes et des tirs pour les attaquantes. Le soir même, elles jouaient à domicile contre l'équipe de Washington qui avait remporté son premier match la semaine précédente. Elles devaient à tout prix gagner celui-ci après leur match nul face à Philadelphie.

Tyna n'était pas en forme olympique mais elle fit de son mieux pour paraître sous son meilleur jour. À la fin de la séance, Jeff lui fit remarquer qu'elle n'avait cadré que la moitié de ses tirs et qu'elle manquait de vitesse. Elle grimaça mais elle savait qu'elle était dans ses torts. Elle avait merdé.

— Ça ira pour aujourd'hui ! s'exclama-t-il. On se retrouve ici dans trente minutes.

Elle était normalement certaine d'être titulaire le soir même. Lors des rencontres importantes comme celle qui allait se jouer ce jour-là, elle figurait toujours sur la feuille de match. Mais après avoir essuyé un entraînement aussi minable, plus rien n'était fixé.

Elle s'enferma ensuite dans une cabine de douche avec ses affaires. L'une des filles poussait la chansonnette. Casey avait un beau brin de voix.

— Tu pourrais tenter ta chance à *America's Got Talent* si tu voulais, lui figura Alison. Tu as vraiment quelque chose.

— Désolée mais je préfère encore arrêter ma carrière plutôt que de passer à la télé dans une émission débile !

— Oui allô ? Oh salut Maman ! chouina Georgia depuis le vestiaire. Non non, ça va. Si bien sûr que je stresse à mort. Tu vas regarder le match ?

Tyna coupa l'eau et s'enroula dans sa serviette avant de saisir son téléphone. La conversation de Georgia lui rappelait qu'elle n'avait pas eu de nouvelles de Phil depuis quelques jours. Il lui manquait beaucoup même si elle n'avait pas énormément de temps pour y penser. Jusqu'à Thanksgiving, elle n'aurait que peu de répit entre les matchs.

Coucou ! Je te vois au match ce soir ? Je t'embrasse. -Tyna

Elle sortit de la cabine pour retrouver Marie assise sur un banc, déjà prête.

— T'es Supergirl ou bien… ?

— Je suis juste ultra rapide, dit-elle en baissant le ton. Et moi je ne fais pas *ça* en public.

— Ça ?

— Tu n'entends pas ?

Tyna tendit l'oreille. Elle entendait l'eau couler dans plusieurs cabines ainsi que dans les douches communes. Une des filles sifflait, Casey avait arrêté de chanter…

Elle fit les gros yeux, ne comprenant pas où voulait en venir Marie. Son amie mima *le* geste, ce qui la fit sursauter.

— Mais nan !

Elle désigna ensuite une cabine avant de rire sous cape. Pendant qu'elles finissaient de s'habiller, elles zieutaient la cabine du péché en espérant découvrir qui s'y cachait. Malheureusement, la personne en question ne semblait pas vouloir se montrer.

— Allez, on y retourne ! dit Tyna. J'ai encore mon sac à préparer avant de partir au stade.

Marie la suivit, non sans jeter un dernier regard plein d'espoir par-dessus son épaule.

— Laisse tomber, mieux vaut ne pas savoir ! déclara Tyna.

Jeff leur présenta la feuille de match quelques minutes plus tard. Sans surprise, Tyna et Fatou se retrouvaient aux postes d'attaquantes comme la dernière fois. Marie étant titulaire pour la première fois, elle cria de joie et tomba dans les bras de Tyna.

Au cours de l'après-midi, cette dernière prépara ses affaires avec soin, comme elle le faisait avant chaque rencontre. Elle vérifia chaque point de sa liste puis s'autorisa à lire un peu sur son smartphone.

Vers quinze heures, elle reçut un mail de Nash. Avec une certaine satisfaction, elle constata qu'il lui avait destiné à elle seule.

Bonne chance pour ce soir ! -Nash

Tu vas nous regarder ? -Tyna

Évidemment ! Sinon comment trouver une raison de t'engueuler ? -Nash

Comme si tu avais besoin de ça ! Tout va bien à la maison ? Tes recherches avancent ? -Tyna

T'inquiète pas, on ne va pas rester longtemps. -Nash

> *Je t'ai dit qu'il n'y avait pas d'urgence. C'était sincère. -Tyna*

> *Merci. Ne te déconcentre pas plus, faut que tu assures ce soir ! À très vite. -Nash*

À dix-huit heures trente, l'équipe prit le chemin du stade Mercedes-Benz où elle était résidente. Relativement récent et ultra moderne, Tyna aimait y jouer plus que tout. Et elle avait l'avantage de connaître les lieux, contrairement à une certaine autre joueuse.

À la descente du bus, Jeff la retint doucement par le bras alors que les autres filles étaient déjà parties rejoindre l'entrée.

— Essaie vraiment de te contrôler, la pria-t-il. Tends l'autre joue.

— C'est pas mon genre.

— Je sais. Mais tu as l'expérience et c'est ton équipe depuis plus longtemps qu'elle. Tu es capitaine ce soir encore, alors montre l'exemple.

Un large sourire aux lèvres, elle descendit les marches et entra dans le stade par les accès VIP. Comme souvent, il y avait foule. Le staff du stade se mêlait à ceux des équipes conviées, le personnel d'entretien s'occupait de nettoyer le large couloir menant aux vestiaires et les joueuses qui se connaissaient se saluaient chaleureusement. Ici, elle se sentait dans son élément. C'était chez elle. Même l'odeur de plastique neuf et celle des eaux de toilette mélangées chatouillait doucereusement ses narines.

Seule ombre au tableau : Phil était absent, pour la toute première fois. Un pincement au cœur l'arrêta au milieu de l'allée. Tout au bout, le vert de la pelouse l'appelait pour être foulée de ses crampons. Il n'y avait pas de sensation plus merveilleuse que de les sentir s'enfoncer dans le terrain. Sec ou humide, pas de différence. Elle ne faisait alors plus qu'un avec lui.

— Eh, Queen ! appela une voix qu'elle ne connaissait que trop bien. Qu'est-ce que tu fous ?

À quelques mètres de là, Nash l'attendait, les mains enfoncées dans ses poches de jean, un sourire moqueur plaqué sur sa bouche. Tandis qu'elle esquissait un rictus en retour, elle continuait de marcher pour aller à sa rencontre.

Trop heureuse de sa présence, rassurée qu'il soit là pour les encourager, elle ne le vit pas tout de suite. Froid, métallique et brillant sous la lumière artificielle des spots, il était annonciateur d'un mauvais karma ou d'un funeste destin. Tiré à la va-vite de la poche d'un type en uniforme de travail, il se retrouva à hauteur de ses yeux, prêt à faire feu…

Chapitre 17

♪ Avatar – *Gun*

À son réveil ce matin-là, Clara avait joué les chipies en improvisant une partie de cache-cache à laquelle il n'était pas préparé. Et le moins qu'il puisse dire, c'était qu'elle était douée pour se dissimuler dans les recoins sombres, sans bouger et presque sans respirer.

L'espace d'un instant, il avait eu la peur de sa vie en imaginant qu'on était venu la kidnapper pour la torturer. Mais la maison était grande, avec de multiples endroits où elle pouvait parfaitement se cloîtrer : placards, armoires, derrière les portes, sous les lits et même dans les buffets.

Il examina chaque pièce avec minutie, s'efforçant de faire le moins de bruit possible, d'avancer en catimini pour ne pas s'annoncer. Pas avant d'avoir sauté sur la bête !

Au bout de quarante-cinq minutes, il finit par la trouver, bien à l'abri derrière un rideau qui bougeait légèrement. Tout portait à croire qu'en plus, elle avait changé de cachette au cours de leur partie. Maligne, intelligente et impertinente, elle était son portrait craché.

Sur le point de lui donner la frayeur dont elle ne se remettrait pas avant des années, il allait tirer violemment le voilage lorsque son téléphone se mit à sonner.

— Et merde ! souffla-t-il.

Clara sortit de sa cachette en laissant s'exprimer son rire le plus machiavélique.

— J'ai gagné !

Nash ébouriffa sa tignasse mal coiffée avant de décrocher.
— Bonjour M. DeWitt, le salua Margot, sa nounou parisienne.
— Oh, bonjour Margot, vous allez bien ?
— Oui merci, j'ai une surprise pour vous !
— Oh vous me sauvez, dites-moi quand je dois venir vous chercher à l'aéroport d'Atlanta ! Clara sera tellement contente ! Je vous rembourse le billet dès que vous arrivez.

La jeune femme marqua un temps d'arrêt dans le combiné, sans doute touchée par ces mots qui venaient du cœur. Mais…
— Je suis désolée, Nash, s'excusa-t-elle, malheureusement je ne peux pas. Mais j'ai trouvé quelqu'un pour me remplacer. Et elle est déjà aux USA.

Elle lui expliqua en quelques mots que son ancienne colocataire était partie vivre aux États-Unis pour y séjourner en tant que jeune fille au pair. Malheureusement, par un malheureux coup du sort, elle avait perdu sa place à cause de la jalousie maladive de la mère de famille où elle était employée. Elle travaillait comme serveuse à Savannah en attendant de trouver autre chose.

— Kélya est une perle, vous verrez ! En plus elle est bien plus maniaque que moi, vous n'aurez aucun souci avec le ménage. Je m'en porte garante.

Vu comme ça, la situation semblait idyllique. S'il n'avait plus à se préoccuper de la garde de sa fille, c'était déjà une sacrée épine du pied en moins.

— Et… tu sais quand elle arrive ?
— Bientôt. Elle devait prendre un bus jusqu'à Atlanta, elle vous enverra un message quand elle ne sera plus très loin.

Nash se trouvait chanceux d'avoir eu Margot à ses côtés durant toutes ces années. Il regrettait quand même de ne plus l'avoir près d'eux, même s'il était content qu'elle puisse réaliser ses rêves en France.

— Merci pour tout, Margot. Une fois de plus tu me sauves la mise.

— À charge de revanche ! Et quand vous revenez en France avec ma petite puce, n'oubliez pas de passer me voir !

— Tu peux compter sur moi. À bientôt, Margot.

Il raccrocha, un léger sourire aux lèvres. Il n'avait aucune piste en se levant et avait peur de devoir prolonger encore son absence, mais cela commençait cependant à prendre une bonne tournure. Cette Kélya lui faciliterait la vie, forcément. Mais… il n'était pas chez lui, ici. Aucun doute que Tyna verrait d'un mauvais œil l'arrivée de cette inconnue, même si elle était chargée de s'occuper de Clara.

— Margot va venir ? demanda cette dernière, pleine d'espoir.

— Elle ne peut pas, mais elle nous envoie l'une de ses amies. Kélya.

— Ah oui, je l'ai déjà vue. Elle venait au parc avec nous des fois.

C'était déjà un bon point si sa fille la connaissait un peu, elle aurait moins de mal à s'acclimater. Il attendait les réponses de deux agences immobilières concernant des maisons situées dans le quartier. Les écoles primaires du coin avaient tellement bonne réputation qu'il était prêt à s'installer là, où il faisait vraiment bon vivre.

Atlanta regorgeait décidément de plusieurs avantages, à commencer par les préoccupations scolaire et familiale au cœur de la politique municipale. Grâce à ce climat propice, sa fille serait heureuse. Il en était convaincu.

***

Dans l'après-midi, il sortit acheter deux ou trois bricoles pour sa princesse adorée ultra relou sur les bords. La veille, il avait dévalisé un rayon entier du magasin de jouets du centre commercial, pour ainsi dire. Mais aujourd'hui encore, Clara avait décrété qu'elle n'avait pas assez de vêtements pour habiller sa poupée. Il essayait d'être compréhensif, car elle avait laissé derrière elle ses copines, ses jouets, néanmoins il espérait ne pas en faire une gamine pourrie gâtée.

Elle arpentait le rayon, les yeux fixés sur les jouets, à la manière d'une mère inspectant les placards de ses gosses dans l'espoir d'y trouver un truc à redire.

— Tu trouves ton bonheur, Clara ?

Elle fit un signe de tête tout en continuant de remplir son panier. Pendant ce temps-là, non sans garder un œil attentif sur elle, il échangeait quelques e-mails avec Tyna. Nash avait d'abord voulu se distraire, mais ça tournait toujours en piques délicieuses.

Alors qu'il coupait court à la conversation, il reçut un texto d'un numéro inconnu.

> *Bonjour M. DeWitt, j'arrive à la gare routière d'Atlanta dans une demi-heure, est-il possible de venir me chercher ? -Kélya*

Il lui répondit qu'il se mettait en route. Il ne restait plus qu'à sortir Clara de sa boulimie de shopping.

— Dépêche-toi, princesse, on doit aller chercher Kélya.

Elle soupira, croisa les bras mais laissa tout de même son père l'emmener jusqu'à une caisse où il régla leurs achats du jour. Avec elle dans leur fichier client, ils ne connaîtraient pas la crise.

Moins de trente minutes plus tard, il se gara sur le parking de la gare routière.

— Tu me dis quand tu la vois ! dit-il à Clara, déjà occupée à déballer ses nouvelles trouvailles.

Elle tourna son regard vers l'extérieur, détaillant les personnes qui sortaient des véhicules stationnés en épis.

— Elle est là ! désigna-t-elle de la main.

Il suivit son doigt posé sur la vitre pour essayer de visualiser au mieux de qui elle parlait. Au milieu de plusieurs hommes, une silhouette longiligne se démarquait. Un sac de voyage sur l'épaule et un sac à main en bandoulière sur la hanche, une jeune femme brune cherchait des yeux quelque chose… ou quelqu'un.

Il ouvrit la portière de la voiture et se mit debout. Aussitôt, elle le vit et lui adressa un sourire timide mais charmant, puis elle marcha jusqu'à la voiture.

— Nash DeWitt, je suppose ?
— Enchanté, vous êtes Kélya ?
— Oui, Kélya Guilbert. Merci d'être venu me chercher.
— Avec plaisir. Je peux prendre votre sac ?

Elle lui donna afin qu'il le dépose dans le coffre. Il tenta de le caler au milieu des jouets sans les écraser, au risque de voir son petit démon se réveiller.

La jeune femme monta en voiture sur le siège passager et salua Clara, ravie.

— Bonjour Clara, tu te souviens de moi ?

La petite fille acquiesça sans mot dire, plongée dans son univers pailleté de maman super-héroïne.

— Elle est adorable, le complimenta Kélya en bouclant sa ceinture. Merci beaucoup d'avoir accepté de me prendre, surtout au dernier moment, comme ça…
— On va dire que c'est un prêté pour un rendu, j'avais vraiment besoin de quelqu'un. Elle ne rentrera à la maternelle que d'ici quelques semaines. Alors que je dois vraiment reprendre le boulot.
— Je comprends. Ça tombait bien alors !

Le trajet jusqu'à la maison fut relativement calme. Kélya ne semblait pas très bavarde. Elle regardait partout, curieuse et sans doute impressionnée par cette ville hors norme.

Arrivés sur Conway Street, elle s'émerveilla.

— C'est magnifique ici ! Vous vivez un très joli quartier !

— Vous étiez où, à Savannah ?

— Dans un studio miteux au-dessus du restau où je bossais. Par la force des choses, j'ai préféré ça à la rue. Ou pire...

Comprenant où elle voulait en venir, il ne chercha pas à en savoir plus. Une fois garé devant la maison, il sortit Clara de la voiture et fit entrer les filles à l'intérieur. Kélya observait la décoration, les yeux brillants.

— Nous n'habiterons ici que quelques jours, précisa-t-il. On nous prête la maison le temps de trouver un endroit à nous.

— D'accord. Y'a-t-il une pièce où je peux m'installer ? Sinon la chambre de Clara m'ira très bien. Comme ça je pourrai m'occuper d'elle nuit et jour.

— Ne vous...

— Oh je vous en prie, vous pouvez me tutoyer ! Et appelez-moi Kélya.

— Ne t'inquiète pas, il y a suffisamment de place. Je cherche aussi une grande maison pour que tu puisses avoir ton indépendance.

— Merci.

La jeune femme déposa ses affaires dans la chambre en face de celle de Clara. Nash la laissa prendre ses marques pendant qu'il sortait les achats du jour. Il jeta un œil à sa montre, il était seize heures. Dans trois heures, les filles arriveraient au stade et commenceraient leur échauffement.

Il avait envie de les rejoindre pour les soutenir, pour leur montrer qu'il n'avait pas déserté. Pour faire comprendre à son patron qu'il était seulement ralenti par ses imprévus personnels.

Lorsque Kélya fut convenablement installée, il lui donna quelques directives, notamment sur les horaires des repas et du coucher. Il lui adressa également une liste de tâches ménagères à effectuer – en rapport avec Clara – et d'aliments qu'elle affectionnait particulièrement.

— Je vais devoir m'absenter pour aller travailler. Mon équipe joue ce soir et je tiens à être là.

— Il n'y a pas de problème, je m'occuperai de Clara. Vous avez déjà prévu un repas pour ce soir ?

— Des brocolis et du jambon.

— Vous n'avez pas envie que je marque des points le jour de mon arrivée, vous !

— Si elle ne veut pas des brocolis, il y a des pommes de terre vapeur à réchauffer. Mais ce serait quand même bien qu'elle en mange un peu.

— Je ferai de mon mieux.

— Pour vous…

— Je mangerai la même chose qu'elle, le coupa-t-elle. C'est le meilleur moyen d'instaurer la confiance.

— Parfait, confirma-t-il, soulagé. Je vous la laisse, je serai joignable sur mon portable en cas de besoin.

Il prévint ensuite sa fille de son départ, lui fit mille câlins et quitta l'impasse à bord de la voiture de Tyna. Il avait hâte de la revoir et surtout de découvrir son visage au moment où elle le verrait. À n'en pas douter, elle serait surprise. Peut-être même un peu contrariée qu'il ne lui ait rien dit.

Sur le chemin jusqu'au stade, il appela Victor pour lui demander une accréditation visant à lui autoriser l'accès au stade où il attendrait ses « filles ».

Sur place, il se présenta et serra quelques mains avant de vérifier les vestiaires, propres et parfaitement rangés. Il faisait les cent pas à l'intérieur depuis une demi-heure lorsque la porte s'ouvrit enfin sur les premières.

— Oh coach, ça va ? s'enquit Alison.

— Ça va merci, ça a été la semaine ?

Pendant qu'elles s'installaient, il se tordit le cou en essayant d'apercevoir Fatou ou Tyna. Son amie entra après Francesca et s'approcha pour lui donner l'accolade.

— Bah alors, t'étais où ? lui demanda-t-elle en français. T'as même pas répondu à mes messages.

— Une galère, je te raconterai, lui confia-t-il. Tout va bien ? Tu sens que vous êtes prêtes ?

— Moi c'est sûr, pour les autres faut voir.

Il opina, impatient de ne pas voir arriver Queen T., la Reine des Stades, et plus précisément la déesse de celui-ci. Il était certain qu'elle donnerait tout ce soir, et il avait hâte de la voir jouer. Non seulement parce qu'il était primordial de remporter cette rencontre, mais aussi parce qu'il admirait sa façon si sexy de manier le ballon.

Comme elle ne daignait pas se montrer, il sortit dans le couloir pour l'accueillir. Il se détendit lorsqu'il la vit descendre du bus, suivie de près par Jeff. Elle ne l'avait pas encore aperçu. Elle semblait perdue dans ses pensées, comme dans la lune, et observait les lieux avec une certaine sérénité qui faisait plaisir à voir. Elle était dans son élément ici, cela se voyait.

Et elle était encore plus belle avec ce pétillement dans le regard, portant en elle toute sa confiance et son envie de tous les bousculer sur son passage.

Elle était la reine, et lui mourait d'envie d'être couronné roi. Plus les jours passaient, plus son désir pour elle grossissait, et pas seulement dans son pantalon. À côté d'elle, les autres femmes paraissaient fades, désormais. Depuis son incartade avec la petite journaliste, aucune autre n'avait partagé son lit, ce qui ne lui ressemblait pas du tout. Car, il en était sûr, Tyna l'avait envoûté.

— Eh, Queen ! l'appela-t-il pour éviter de penser à des conneries niaiseuses. Qu'est-ce que tu fous ?

Quand elle croisa son regard, elle lui adressa un sourire en retour, visiblement contente de le trouver là. Mais tandis qu'il préparait une autre phrase débile à lui débiner, Nash assista malgré lui à la scène, tout droit sortie d'un mauvais film.

Devant lui, un homme appartenant au personnel d'entretien sortit un flingue qu'il braqua sur la jeune joueuse. Il discerna l'éclat de panique qui la paralysa alors même que son cœur bondissait dans sa poitrine. Son corps fut soudain parcouru de spasmes affolés, au point qu'il se découvrit un courage dont il n'avait absolument pas conscience.

Sans crier gare, il se jeta sur l'homme à deux pas de lui. Dans leur chute, ils entraînèrent la jeune femme qui, amortie par son sac à dos, tomba en arrière. Et le coup de feu partit.

Chapitre 18

♪ Phil Collins – *Against All Odds*

Rodrigo Suarez avait tout juste quarante ans au moment de sa mort. Arrivé aux États-Unis à l'âge de dix-huit ans, il était connu des services de police pour de menus larcins à son entrée sur le territoire, mais rien de bien méchant. Son casier judiciaire et son profil ne correspondaient pas à l'acte qu'il venait de commettre au sein du MBS, ce qui alertait d'autant plus la suspicion des autorités compétentes.

Il gisait dans une mare de sang, dans le couloir menant aux vestiaires des joueurs, deux balles dans le dos tirées par un agent de sécurité alerté par le premier coup de feu, ainsi que par les cris poussés par les personnes présentes sur les lieux.

À quelques mètres de là, Tyna Queen était assise sur le sol, les genoux ramenés vers sa poitrine, encore choquée par ce qui venait de se passer. Un homme inconnu l'avait prise pour cible, puis avait braqué une arme sur elle. Il y avait de quoi être secouée.

Son entraîneur veillait sur elle, son bras passé autour de ses épaules. Dans sa main libre, il tenait son téléphone portable qu'il n'arrêtait pas de regarder, comme s'il attendait un appel important.

L'inspectrice Harriet Shaw se présenta devant eux ce soir-là après avoir examiné le cadavre. S'il ne faisait aucun doute que l'agent de sécurité avait fait son boulot, elle n'en restait pas moins curieuse du motif pour lequel Suarez avait tenté de tuer la jeune star montante du ballon rond.

— Mademoiselle Queen ? l'interpella-t-elle de sa voix la plus douce. Je suis sincèrement désolée de ce qui vous arrive, mais j'aurais quelques questions à vous poser.

— Ça ne peut pas attendre demain ? demanda Nash, l'air révolté. Vous voyez bien qu'on est tous à cran.

— Je comprends, M. DeWitt, mais c'est très important. Pouvez-vous au moins me dire si vous connaissiez cet homme ? Rodrigo Suarez, ce nom vous dit-il quelque chose ?

Tyna secoua la tête de gauche à droite, toujours incapable de dire un mot. Elle tremblait sous sa main.

— Bon... rentrez chez vous. Je vous donne ma carte, appelez-moi si quelque chose vous revient. Mais surtout, vous devez venir faire une déposition au commissariat dès demain, d'accord ?

— Je viendrai avec elle, confirma l'entraîneur.

L'espace d'un instant, Harriet se demanda si ces deux-là échangeaient autre chose que des ballons, toutefois elle retourna auprès du médecin légiste, les idées confuses.

Une fois éloignée, Nash se leva et tendit la main à la jeune femme.

— Allez viens, je te ramène chez toi.

Les autres étaient reparties dans le bus du club avec le reste du staff, le match ayant été reporté à la dernière minute. Avec beaucoup de difficulté, les journalistes avaient été écartés par les forces de police pour les laisser respirer. Une conférence de presse était déjà prévue le soir suivant. Ils n'avaient donc plus rien à faire là.

Tyna se laissa conduire jusqu'à la voiture, puis chez elle. Elle semblait comme éteinte.

— Tu veux que je mette un peu de musique ? proposa-t-il sur le trajet.

— Non.

Nash était inquiet. Même si elle avait toujours fait preuve de froideur, elle ne s'était jamais montrée aussi effondrée. Un homme était mort certes, mais il était vraisemblablement là pour lui faire du mal, alors... il était soulagé que cela se soit terminé ainsi.

Une fois arrivés devant sa maison, il coupa le moteur et lui laissa quelques secondes pour reprendre ses esprits.

— Est-ce que ça va aller ?

Il vérifia à nouveau son téléphone. Victor n'avait donné aucun signe de vie depuis qu'il l'avait prévenu de l'incident, ce qui ne ressemblait pas du tout à son ami et l'intriguait d'autant plus.

— Ça ira, affirma la jeune femme. Il me faut juste un peu de temps pour me remettre de mes émotions.

La lumière de la salle à manger s'alluma brusquement, signe que Kélya les avait entendus rentrer. Merde ! Il n'avait même pas eu le temps d'informer Tyna de son arrivée.

— Il y a quelqu'un à la maison ? Mais... où est Clara, au fait ?

— Je lui ai trouvé une nounou, ne t'inquiète pas. Elle est avec elle.

Elle se contenta d'opiner avant d'ouvrir la portière, puis de la claquer. Munie de son sac, elle ouvrit la porte, découvrant Kélya dans un pantalon de pyjama et une brassière dévoilant son nombril.

— Euh... bonsoir, lui adressa Tyna.

La jeune fille au pair ne s'attendait pas à se retrouver devant elle. Quand Nash passa la porte, elle se sentit soudain de trop et surtout ridicule de s'être précipitée à sa rencontre.

— Clara va bien ? demanda-t-il cependant. Elle ne t'a pas trop embêtée ?

— Non rassurez-vous, tout s'est bien passé. Elle s'est endormie dès que je l'ai couchée. Un vrai petit ange.

— Super, merci. Vous pouvez monter, maintenant.

— D'accord. Passez une bonne nuit.

Quand elle fut en haut de l'escalier, il entraîna Tyna dans la cuisine où il la fit asseoir avant de s'activer à lui préparer une infusion. Cette dernière soupira longuement en frottant son visage dans ses mains. Elle allait forcément sortir de ce cauchemar à un moment donné, non ?

— À quoi tu penses ? l'interrogea-t-il.

— À ce type... Je me demande ce qu'il me voulait. Il semblait... effrayé. Je t'assure.

Nash n'y croyait pas une seconde. Il avait vu ce mec sortir son arme sans aucune hésitation. Cet acte prémédité était l'œuvre d'un maniaque, voilà à quoi il pensait.

— On parlera de tout ça demain, avec la police, OK ? Pour l'instant tu vas boire une tisane pour te détendre, et ensuite tu essaieras de dormir un peu.

— Pourquoi t'es si gentil avec moi ? On est censés se détester, rappelle-toi.

— Parce que tu m'as aidé quand j'en ai eu besoin. Après on sera quittes.

Elle acquiesça en posant ses deux mains autour de son mug fumant.

— Et on pourra reprendre les hostilités, ajouta Nash en souriant.

Elle lui répondit avec le même sourire, ce qui le réconforta un peu. Elle était forte. Elle allait vite récupérer et cet épisode serait bientôt loin derrière elle.

— C'est donc elle, ta nouvelle nounou ?

— Kélya ? Ouais...

Elle émit un petit rire sarcastique avant de plonger le nez dans son breuvage.

— Quoi ?

— Disons que j'aurais dû me douter que tu faisais des recrutements aussi... particuliers. T'as mis quoi sur ton annonce ? Recherche nounou pour petite fille le jour et pour grosse bite la nuit ?

— Tu deviens vulgaire, là.

— Désolée, mais cette nana semble plus compétente au plumard qu'avec des gosses.
— On ne t'a jamais dit de ne pas juger un livre à sa couverture ? Kélya connaît Clara, c'était la candidate parfaite pour assurer la transition.
— Si tu le dis...

Il bâilla, plaquant sa paume contre sa bouche. Il était déjà près de onze heures, et la journée du lendemain s'annonçait aussi longue que celle-ci.

— On devrait monter. Allez, viens, je t'accompagne.

Il la suivit dans l'escalier, puis jusqu'à sa chambre. Il avait découvert lors de la partie de cache-cache qu'elle occupait la plus petite de la maison. Elle ne contenait qu'un lit et deux tables de chevet. À part ça, la pièce était vide. Seule une photographie imprimée sur papier ornait le mur au-dessus de la tête de lit. Elle représentait une grande maison, un peu comme celle où ils se trouvaient. Un rêve de gosse qui s'était réalisé, peut-être.

— Bonne nuit, Tyna. Si besoin, je...
— J'aimerais que tu restes, lui dit-elle dans un souffle.
— Bien que ce soit très tentant, tu l'as dit toi-même. C'est une très mauvaise idée !
— Espèce de gros dégueulasse ! tonna-t-elle. Tu crois vraiment qu'après une soirée pareille je pourrais avoir envie d'une culbute ?
— Eh, pas si fort ! Les murs ont des oreilles ! Et puis d'abord, c'est un moyen de détente comme un autre. Meilleur qu'un Prozac, tous les psys te le diront.

Elle haussa les épaules, dépitée. Mais quand elle discerna enfin son sourire, elle comprit qu'il avait réussi ses manigances : obtenir un sourire franc avec des pseudos conneries.

— Le lit est grand, alors pas touche !
— T'inquiète. La prochaine fois que je poserai les mains sur toi, c'est toi qui me supplieras de le faire...

***

Lorsqu'elle s'éveilla, Tyna s'étira tel un chat dans son lit. Son bras se posa sur un corps alangui près du sien et qui prenait quasiment toute la place. Se remémorant avec émotion les événements de la veille, elle se rappela pourquoi Nash s'était échoué là. Maintenant que le soleil était levé, l'idée lui parut absurde. Néanmoins, avec lui à ses côtés, elle avait plutôt bien dormi, en dépit des circonstances.

Couché sur le dos, la respiration paisible et le drap repoussé à la taille, il reposait à moitié nu, plus sexy que jamais, à quelques centimètres seulement.

Si elle avait été plus aventureuse, elle aurait sans doute poussé le vice jusqu'à regarder ce qui se dissimulait sous le drap. À en juger par le léger renflement qu'elle remarquait à cet instant même, les choses semblaient encourageantes. Oh, et puis après tout, elle ne risquait rien à jeter un coup d'œil…

Tandis qu'elle s'efforçait de soulever le tissu en bougeant le moins possible, elle cria en sentant une main se refermer sur son poignet.

— À ta place, je ne ferais pas ça.
— Tu m'as fait peur ! le rabroua-t-elle en croisant les bras.

Il se redressa sur le lit, remontant le drap sous ses aisselles. Cette petite peste avait carrément violé son intimité !

— Putain mais tu voulais me reluquer pendant que je dormais !
— Ça va, t'es même pas à poils.
— Mais même, bordel ! J'étais innocent et vulnérable.

Elle éclata de rire en se demandant si elle pourrait s'arrêter un jour tellement la situation était drôle. Lui, innocent et vulnérable ? Merde, c'était tordant. Au point qu'elle en avait mal aux côtes.

Fâché qu'elle se moque aussi ouvertement de lui, il la fit basculer sur le matelas et l'empêcha de s'échapper en la maintenant sous son poids.

— Si tu veux me voir nu, tu n'as qu'un mot à dire, susurra-t-il en la regardant dans les yeux. Dis-le et je te jure que tu ne le regretteras pas.

La bouche sèche, Tyna fixait son regard sans savoir quoi répondre. Le cerveau embrumé, elle n'était pas certaine de pouvoir prendre de décision rationnelle pour le moment.

— Tu as raison sur un point, l'informa-t-elle. Ce n'est pas du tout une bonne idée. Et ça ne doit jamais arriver. Ça compliquerait tout.

— Mais tu ne nies pas que…

— J'y ai pensé, confirma la jeune femme.

Il se redressa et la laissa sortir du lit, puis de la chambre. Décidément, elle avait un don. Celui de le mettre dans un état d'érection critique et de supplice. Et ça n'était vraiment pas une bonne chose d'être à son contact aussi souvent. Il allait devoir trouver un bon moyen de soulager la pression, et vite. Ou bien il ne répondrait plus de rien et finirait par oublier qu'ils n'étaient pas dans le même camp.

Chapitre 19

♪ P!nk - *Love Me Anyway*

À peine se retrouva-t-il seul que la voix de Clara résonna à l'étage et le fit sursauter. L'espace d'un instant, il avait oublié ses responsabilités, envoûté par les yeux ambrés de la belle argentine.

— Papaaaaaaaaaaa ! T'es où ?

Les pas de son petit tyran galopaient sur le sol, étouffés par la moquette, à sa recherche. Il s'extirpa du lit et enfila sa chemise de la veille qu'il boutonna dans la précipitation. Puis il ouvrit la porte de la chambre et la trouva sur le seuil, l'air suspicieux, ses boucles en désordre.

— Pourquoi t'as dormi là ?

Elle tendit les bras vers lui afin qu'il la prenne contre lui. Elle lui fit ensuite un gros câlin qui réchauffa son cœur indécis.

Kélya les observait depuis le chambranle de sa salle de bains. Elle lui adressa un petit signe de main ainsi qu'un sourire penaud.

— Vous avez déjà pris votre petit-déjeuner ? interrogea Nash.

— Pas encore, répondit Kélya. Elle vous attendait.

— OK, je m'en charge.

Clara toujours dans ses bras, il descendit les marches pour l'emmener jusqu'à la cuisine.

Tyna était attablée contre le comptoir de l'îlot central lorsqu'ils apparurent dans son champ de vision. Nash longea la table de la salle à manger avec précaution tandis que Clara s'accrochait désespérément à son cou. Il déposa ensuite la petite fille sur un tabouret haut.

— Bonjour Tyna, lui dit-elle de sa petite voix enfantine.

— Bonjour ma jolie. Tu as bien dormi ?
— Ça va...

Pendant que son père sortait un bol et des céréales d'un placard, elle resta tranquille à l'observer. Tyna n'était pas du matin, mais leur présence dans sa maison la réconfortait. Elle était certaine de s'y habituer s'ils restaient un petit moment.

— Tyna, où est-ce que t'as dormi toi ?
— Bah... dans ma chambre, pourquoi ?

Nash déposa rudement les verres sur le plan de travail. Il n'avait pas encore trouvé comment aborder le sujet délicat des câlins d'adultes avec sa fille, aussi espérait-il qu'elle ne chercherait pas à en savoir plus. Même s'il n'y avait rien à dire, en définitive.

Heureusement, elle ne posa plus d'autre question, se contentant de manger des céréales au chocolat à la cuillère. Nash s'installa près d'elle et se servit une grande tasse de café noir.

Tyna prit le temps de les regarder tous les deux. La petite ressemblait à son père également dans sa façon de se tenir, bien droite sur le tabouret, et sa fossette ressortait quand elle affichait un air satisfait. Ils étaient adorables. Un vrai portrait de famille unie.

— Tu as envie de faire quoi aujourd'hui, Clara ? lui demanda-t-elle pour briser le silence.

Elle se demanda s'il avait mis à profit ses deux jours avec elle pour l'emmener quelque part, mais si elle en jugeait par les jouets qu'elle avait entraperçus un peu partout, ils avaient au moins dévalisé le centre commercial du coin.

— Je sais pas, répliqua-t-elle en haussant les épaules. Papa, tu vas travailler aujourd'hui ? Ou tu restes avec moi ?

— Eh bien... Tyna et moi avons une course à faire, mon chaton. Mais ensuite on revient et on passe la journée avec toi.

La jeune femme fronça les sourcils à son intention, ne comprenant pas où il voulait en venir ni ce qu'il avait en tête. Elle n'était pas vraiment rodée pour s'occuper des enfants, surtout quand elle n'en avait pas été une vraie elle-même. Connaître leurs besoins, les satisfaire, veiller à leur sécurité ou encore trouver des activités pour les occuper ne faisaient pas partie de ses domaines de compétences.

— Je monte me doucher, le prévint-elle après avoir mis son mug au lave-vaisselle. Je serai prête dans une quinzaine de minutes.

Sur le palier, en haut des marches, elle croisa Kélya qui semblait timide au premier abord. La jeune femme avait à peu près son âge mais elle baissa les yeux et s'enferma dans sa chambre avant qu'elle n'arrive à sa hauteur. Surprise par cette attitude plus qu'impolie, la jeune joueuse entra dans sa salle de bains et oublia vite la nounou.

Lorsqu'ils se mirent en route pour aller enregistrer leur déposition, contrairement à la veille, Tyna activa le bluetooth de son téléphone pour écouter de la musique, mélange de pop et de rock du moment.

Elle en profita pour essayer de calmer ses nerfs, pas vraiment ravie de faire face à la police dans sa situation. Elle pianota sur l'écran de son smartphone pour répondre au message de Phil. Secouée par sa soirée, elle n'avait pas pris le temps de lui écrire.

Tout va bien, rassure-toi. Plus de peur que de mal. On doit aller chez les flics, ça craint. -Tyna

---

Moins d'une minute plus tard, il lui adressa quelques mots de réconfort.

Tout se passera bien, tu n'as pas à t'en faire. Garde ton calme et réponds avec franchise à leurs questions. C'est tout ce qu'ils demandent. Tu viens dîner ce soir ? -Phil

---

Je suis avec Nash. -Tyna

> *Viens avec lui. -Phil*

Le sourire aux lèvres, elle quitta l'application servant à envoyer les messages et fourra l'appareil dans la poche de son short en jean.

— On est invités à dîner chez Phil, ce soir, apprit-elle à son coach de but en blanc.

— Euh... OK. Pourquoi ?

— Parce qu'il est comme ça. Il aime bien rencontrer les mecs avec qui je flirte.

— Attends... tu lui as dit quoi ? Pas qu'on avait... ?

— Oh la la, faut te détendre, DeWitt ! Il n'est pas question que je raconte quoi que ce soit à Phil, je plaisantais. Il pèterait un câble s'il savait que tu m'as tripotée.

Il conduisait parfaitement bien en dépit du fait qu'elle tentait de le mettre en boîte. Il ne se laissait pas déconcentrer, gardait les yeux sur la route et les rétroviseurs sans jamais perdre de vue ce qu'il faisait. Sa concentration était telle que la veine de son front était plus visible qu'à l'accoutumée.

— T'étais consentante, Tyna, lui rappela-t-il. Cette fois-là en tout cas.

Ah... voilà qu'il abordait le sujet. Elle aurait dû s'y attendre à un moment donné. Après tout, s'il ne semblait pas en garder beaucoup de souvenirs, les siens restaient gravés dans sa mémoire depuis six ans.

— Écoute... commença-t-elle, on n'est pas obligés d'en parler maintenant.

— Je pense au contraire que c'est l'instant idéal. Tu ne peux pas t'enfuir et nous avons un peu de temps devant nous.

Croisant les bras sous sa poitrine, elle respira longuement en se repassant le fil de cette fameuse soirée.

— De quoi tu te souviens ? lui demanda-t-il.

— De beaucoup de choses. Pas toi ?

— Pas vraiment. J'étais... je n'étais pas dans mon état normal.

Sa voix tremblait. Son ton s'était aggravé, comme s'il cachait quelque chose lié à ce jour-là. Quelque chose d'important.

— Quand tu m'as croisé dans le couloir du manoir après la remise du trophée, j'étais avec la mère de Clara.

La nana qui vomissait tripes et boyaux était la mère de sa fille ? Alors ça, pour une surprise ! Mais alors... pourquoi avoir voulu se jeter sur elle ? Ça n'avait aucun sens !

— Elle en tenait une couche à ce moment-là, se remémora la jeune femme.

Il opina en resserrant sa prise sur le volant, nerveux, puis reprit :

— Elle venait de m'apprendre qu'elle était enceinte. Elle le savait depuis quelques semaines mais comme je bougeais pas mal avec l'équipe, elle a eu du mal à trouver un moment pour m'en parler. Elle et moi, c'était... juste une nuit, par hasard, lors d'une soirée entre potes. À l'époque j'étais coutumier du fait. On sortait beaucoup les week-ends et l'alcool, les filles... c'était facile d'accès pour nous.

— Ça n'a pas vraiment changé, railla-t-elle.

— Mes raisons ont évolué, je n'ai plus rien à prouver aujourd'hui et mon hygiène de vie ne regarde plus que moi. Mais à ce moment-là, je voulais juste m'amuser sans prise de tête, c'est vrai. Bref, quand elle m'a annoncé ça, je n'ai pas très bien géré. Elle était très malade, très amaigrie, un rien la faisait vomir et elle tenait à peine debout. On a appris plus tard qu'elle souffrait d'une maladie liée à sa grossesse.

À l'entendre, ça paraissait sérieux. De plus en plus curieuse de connaître l'histoire, Tyna le laissa poursuivre sans l'interrompre.

— J'étais perdu, je ne m'y attendais pas. Complètement dévasté, j'ai picolé dès qu'elle s'est endormie. J'étais tellement torché qu'on m'a même pris en photos dans une situation plutôt... délicate. Je ne me souviens pas comment j'ai atterri dans ta chambre, je suis navré.

Je me rappelle tes cris, la marque de tes ongles le lendemain matin… T'étais déjà une sacrée tigresse, à l'époque.

Elle réprima un petit rire nerveux. Malgré le drame des évènements, elle arrivait à comprendre ce qui l'avait mené à perdre les pédales. Elle ne lui en voulait presque plus, même si l'alcool et la tristesse n'excusaient pas d'être trop empressé auprès des femmes, ni de se jeter sur elles en se moquant de leur consentement.

— Crois-moi quand je te dis que je suis désolé, s'excusa-t-il à nouveau.

— Je te crois. Et j'accepte tes excuses. On n'en parle plus, d'accord ? C'est oublié.

Au feu rouge, il se tourna vers elle et serra sa main dans la sienne dans un geste de rédemption. Sa sincérité la toucha d'autant plus qu'il culpabilisait à mort.

— La mère de Clara va venir vous voir de temps en temps ?
— Non.
— Pourquoi ?
— On reparlera de ça plus tard, si tu veux bien. On arrive.

Il se gara sur une place libre du parking devant le commissariat dont dépendait l'inspectrice Shaw.

Ce matin-là, elle s'était enfermée dans son bureau pour passer quelques appels en attendant leur venue. Elle les accueillit de façon neutre et posée puis les fit asseoir devant elle. Elle commença par prendre la déposition de Nash qui relata les évènements tels qu'il les avait vécus. Ce fut ensuite le tour de Tyna.

— Pouvez-vous décliner votre identité complète, mademoiselle ?
— Tyna Queen, née le 7 juil…
— J'ai besoin de votre véritable nom.

Elle déglutit, accédant à sa requête sans heurt, comme le lui avait conseillé Philip.

— Agustina Scalabrini. Je suis née à Quilmes en Argentine et mon titre de séjour est encore valide.

Elle le sortit précipitamment de son short et l'agita sous le nez de la flic. Elle le déposa ensuite sur le bureau pour qu'elle le vérifie dans ses registres. Harriet Shaw utilisa le clavier de son ordinateur et ne quitta pas des yeux son écran le temps d'entrer les informations indiquées sur la pièce d'identité de Tyna.

— Bien, tout semble en ordre. Pouvez-vous me raconter ce dont vous vous souvenez, mademoiselle Scalabrini ?

L'entendre prononcer son nom de famille complet lui donna un frisson d'angoisse. Elle le haïssait au point d'avoir choisi un nom plus anglophone en démarrant sa carrière. Néanmoins, tout comme Nash l'avait fait, elle relata les minutes précédant sa rencontre avec son agresseur.

— Vous ne l'aviez donc jamais vu ? insista Shaw.
— Jamais, confirma Tyna.
— Même plus jeune, avant votre départ pour les États-Unis ?
— Si je vous dis que...
— Il n'y a pas lieu de vous emporter, mademoiselle. Rodrigo Suarez était argentin, lui aussi. Il venait de Quilmes également. Vous croyez aux coïncidences ? Pas moi.

Elle ouvrit la bouche mais la referma, sans savoir quoi répondre. Elle mettait en évidence un fait qu'elle ne comprenait pas et qu'elle refusait d'analyser sous peine de faire remonter à la surface des choses trop difficiles à affronter.

— Je suis navrée, s'excusa-t-elle. Mais je ne peux pas vous aider. J'ignore pourquoi il voulait s'en prendre à moi et ça me hantera sûrement jusqu'à la fin de mes jours. Cependant, je ne suis pas en mesure de vous donner d'autres informations puisque je ne les possède pas.

— Très bien, conclut l'inspectrice. Je vous remercie pour votre coopération et je vous tiendrai au courant de l'enquête.

Dans la voiture sur le trajet du retour, Tyna sentit la bile remonter le long de sa trachée. Elle supplia Nash de s'arrêter pour qu'elle puisse reprendre sa respiration et écarter la nausée. Merde ! Ce type venait du même lieu où elle avait grandi... Avait-il été envoyé par *lui* pour la supprimer ?

Elle secoua la tête en réprimant une vague de panique. La pression était telle qu'elle commençait à divaguer. La dernière fois qu'elle l'avait vu, il était étalé, mort, dans son propre sang.

Nash sortit de la voiture quand il ne la vit pas revenir.

— Viens, je te ramène.

— Tu sais... Je crois que cette flic a raison.

— Comment ça ?

— Je pense que ce type a été envoyé par quelqu'un.

— Tu ne sais plus ce que tu dis. Allez, remonte.

Convaincue qu'il s'agissait d'une piste plausible, elle commença à rédiger un message à l'intention de Phil.

As-tu eu des nouvelles de ma mère récemment ? Je crois qu'elle a essayé de me faire tuer. -Tyna

Chapitre 20

♪ Illenium – *Good Things Fall Apart*

    Après une journée passée à l'aquarium avec Clara, Tyna prit la direction de Woodland Hills, le quartier où Phil habitait avec Kyle depuis près de deux ans. Comme s'il avait toujours su qu'il finirait ses jours ici, ils avaient acheté leur maison sitôt son contrat avec les Silverbacks signé. Sur Forrest Way, ils possédaient une maison exceptionnelle dénichée par Kyle. Agent immobilier, ce dernier avait eu un véritable coup de foudre pour cette résidence de haut standing, splendide havre de paix, au calme de l'agitation de la ville.
    Ils aimaient recevoir. Famille, amis, collègues de travail, le principe était le même avec tous : comme chez vous.
    En dehors de son métier, Kyle se passionnait pour la cuisine. Il arpentait les sites culinaires pour trouver de nouvelles idées recettes et testait ses dernières inspirations dès qu'il avait un moment de libre.
    Ce soir-là, Tyna tomba dans les bras de ses deux pères de substitution. La pression accumulée depuis la veille avait atteint un seuil critique, ce qui la fit éclater en sanglots. Phil la berça contre lui en caressant ses cheveux, sous l'œil attendri de son compagnon.
    Pendant qu'elle tentait de reprendre pied, Nash jouait avec Clara dans un salon adjacent. Elle les entendait se remémorer tous les animaux qu'ils avaient vus à l'aquarium en regardant un livre que son père lui avait acheté après leur visite.
    Ce n'est qu'après avoir séché ses larmes qu'ils s'installèrent dans la véranda à l'arrière de la maison. Moderne et spacieuse, deux de ses murs étaient recouverts de pierres apparentes. Dans l'un d'eux, un véritable foyer avait été creusé pour se réchauffer l'hiver au coin

d'un bon feu. Les portes-fenêtres ouvertes donnaient sur une terrasse pavée entièrement couverte.

— Rien ne pourrait empêcher Kyle de faire un barbecue, expliqua Phil avec humour. Pas même un ouragan. Alors on a fait monter cette galerie tout autour de la maison.

Celle de Tyna était magnifique et valait certainement beaucoup d'argent, mais celle-ci était somptueuse. Nash était époustouflé par ses aménagements et toutes les prestations qu'elle offrait à ses propriétaires.

— Vous savez s'il y a d'autres maisons comme celles-ci à vendre dans le quartier ? questionna-t-il.

— Vous cherchez à investir ? s'intéressa Kyle.

— En réalité, je souhaite m'installer avec Clara. De préférence dans un quartier résidentiel calme, avec de bonnes écoles. J'ai déjà contacté quelques agences, j'attends des retours pour visiter dans Buckhead.

Tyna se demanda alors pourquoi elle n'avait pas songé à l'envoyer à Kyle.

— Il est agent immobilier, lui apprit-elle. Il pourra sûrement te trouver quelque chose.

Les deux hommes se mirent à échanger sur les recherches de Nash et ses critères de sélection. Tyna accompagna Phil dans la cuisine après s'être assurée que Clara était occupée avec ses jouets.

— Ça se passe comment la cohabitation ? s'enquit Phil qui déposait des amuse-gueules sur un plateau.

— Franchement, je m'attendais à pire. Sa fille est adorable. Elle y est pour beaucoup dans notre réconciliation.

Il acquiesça, un léger sourire aux lèvres.

— Quoi ? fit Tyna.

— Rien.

— Si, je vois bien que tu voulais ajouter quelque chose. Je te connais par cœur.

Il enfourna les mignardises salées dans le four avant de se tourner vers elle, l'air à la fois amusé et inquiet.

— Disons que je ne suis pas dupe. Ça se voit comme le nez au milieu de la figure qu'il se passe quelque chose entre vous. Moi aussi je te connais par cœur. Cela dit, je n'aurais pas parié si vite.

Vexée qu'il ait pu spéculer sur leur relation, la jeune femme croisa les bras et lui adressa un regard mauvais.

— Oh arrête ! la rabroua-t-il. Ce n'est pas surprenant. Tu l'as toujours admiré, il est joli garçon et tu es belle à tomber. Il ne faut pas être devin pour comprendre que ça peut marcher.

— N'importe quoi ! s'offusqua Tyna. C'est juste mon entraîneur.

— Il vit chez toi avec sa fille, Tyna.

— Y'a la jeune fille au pair aussi, on n'est pas comme qui dirait le modèle d'une famille unie.

— On en reparlera dans quelques mois, conclut Phil, amusé. En attendant, aide-moi à transporter le couvert dans la véranda. On va dîner là-bas. Kyle a installé un fumoir à son barbecue. Vous n'allez pas vous en remettre !

En effet, le repas fut des plus savoureux. La viande parfaitement cuite avait le bon goût du feu de bois. Rassasiée, Tyna déboutonna le bouton de son short.

— Demain faudra que je brûle plus de calories, évoqua-t-elle en se calant contre le fauteuil. Trente minutes de course en plus. Minimum !

— Oh tu sais… il y a d'autres moyens de faire ça.

Kyle s'arrêta pour adresser un regard complice à Phil.

— Oh pitié, je ne veux rien savoir ! pesta Tyna.

Nash ricana devant l'air gêné de la jeune femme.

— Je ne te savais pas si coincée, se moqua-t-il.

— Mais je ne le suis pas ! C'est juste qu'imaginer mes deux papas en train de copuler, ça m'enchante moyen !

Personne ne répondit à sa remarque. Soudain intriguée d'avoir dit quelque chose de blessant, elle se tourna vers Phil et Kyle qui échangeaient un regard rempli de tendresse.

— Quoi ? J'ai encore fait une gaffe ? Ou alors c'était politiquement incorrect ?

Phil posa sa main sur la sienne et la serra délicatement.

— C'est la première fois que tu nous appelles « papas », déclara-t-il, ému. Désolé, ça me fait quelque chose.

Sa réaction ne se fit pas attendre. Elle retomba dans leurs bras, mais cette fois pour un câlin bienfaisant.

***

Avant de repartir, Phil l'accompagna jusqu'à son bureau où il désirait lui montrer quelque chose. Dans l'un des tiroirs, il sortit un dossier épais et l'ouvrit devant elle. Au-dessus de la pile se trouvait une enveloppe décachetée qu'il lui tendit. D'après l'en-tête figurant dessus, elle avait été envoyée par un cabinet d'avocats d'Atlanta.

— Qu'est-ce que c'est ? l'interrogea-t-elle.

— Ouvre, tu verras.

Elle prit le courrier, déplia le papier et commença à le lire à voix haute.

« *Chère Mademoiselle Scalabrini,*

C'est avec un immense plaisir que nous vous informons que votre demande de naturalisation a bien été prise en compte par notre institution... »

Ébahie, Tyna posa le courrier sur le bureau et s'assit sur le coin du meuble.

— Mais comment t'as fait ? Je croyais que tu n'arrivais pas à mettre la main sur...

— C'est arrangé.

— Rien d'illégal, j'espère ?

— Mieux vaut pour toi ignorer nos petites combines. Maintenant tu révises ton examen, tu le passes samedi matin.

— Ce samedi ? Mais je ne serai jamais prête !

— Il le faudra bien. Sinon c'était dans trois mois. Mais tu ne les as pas si tu veux une chance d'être sélectionnée pour la coupe du monde de juillet prochain.

Elle soupira, l'air grave.

— Je crois que ça ne sert à rien de trop espérer. Je n'ai pas le niveau. T'as vu Ashley Baker récemment ?

— Non seulement tu as les capacités d'y arriver, mais en plus tu y seras. Tu joueras dans cette équipe, je te le garantis.

— Pas de combine, hein ? Si j'y parviens, je veux que ce soit grâce à mon seul mérite.

— Il n'en sera jamais autrement. Aie confiance en toi, Tyna. Tu es l'une des meilleures joueuses de ta génération. Tu vas les époustoufler. Foi de Philip Moore !

***

Clara s'endormit dans la voiture lors du trajet retour. Sa tête reposait contre le coussin accroché à sa ceinture et ses petits bras serraient un orque en peluche.

— Elle est tombée comme une mouche, constata Tyna en se tournant de nouveau vers la route.

Nash conduisait pour rentrer. Cette pensée la fit sourire et repenser aux paroles de Phil. En peu de temps, leur relation avait réellement évolué. Ils se cherchaient, aussi bien dans leurs sarcasmes que dans les rapprochements physiques, et leur cohabitation était moins houleuse que ce qu'elle avait imaginé au départ.

— Merci d'être venu ce soir, dit-elle de sa voix la plus douce.

— Ah, parce que j'avais le choix ?

— Tu comprends très bien ce que je veux dire...

Il opina alors que ses lèvres s'étiraient franchement.

— C'était une superbe soirée. Kyle est le roi du barbecue et Phil a l'air de m'apprécier.

— Ouais enfin ne t'emballe pas trop. Ils ont une armurerie.

Elle le vit déglutir de façon exagérée, puis ils éclatèrent d'un même rire. C'était agréable d'être en sa compagnie, comme s'il ne pouvait rien lui arriver quand il était près d'elle. Cette sensation de réconfort instantané quand elle croisait son regard était bienvenue. À contrario, elle ne savait pas quoi faire de l'attirance qu'elle ressentait pour lui. De ce côté-là, l'ambiguïté de leur relation la gênait. Coucher avec son entraîneur était mal vu dans le milieu, même si c'était juste une fois pour satisfaire sa curiosité.

— À quoi tu penses ? lui demanda-t-il soudain après l'avoir regardée une seconde.

Il avait dû remarquer son trouble, mais il n'en parla pas. D'humeur taquine, elle décida de l'agacer en l'entraînant sur cette pente savonneuse.

— Au sexe.

Sa mâchoire se contracta mais il n'en laissa rien paraître. Il continuait sa route comme si de rien n'était, concentré.

— Ah... Et pourquoi ?

— Ça me manque, ça fait très longtemps que je n'ai pas... enfin tu vois. Et toi ?

— Moi quoi ?

— T'as eu quelqu'un depuis la journaliste ?

— Quelle journaliste ?

— À ta soirée de bienvenue.

Bordel, il l'avait complètement zappée celle-ci ! Et le plus surprenant était qu'il n'avait pas touchée une autre femme depuis. Cela faisait quasiment trois semaines déjà. Un record !

La seule qu'il rêvait de prendre et de combler était assise à côté de lui et entamait un jeu dangereux. La bête de sexe qui couvait en lui n'était pas loin de se réveiller.

— Personne, déclara-t-il. Et si ça continue... je vais devoir prendre une douche froide en rentrant.

L'habitacle était plongé dans l'obscurité de la nuit tombée. La curiosité de Tyna redoubla. Était-il en érection, là tout de suite ?

Elle se mordit la lèvre inférieure et resserra ses cuisses l'une contre l'autre, excitée par cette éventualité.

Heureusement, ils s'engagèrent dans l'allée menant à la maison avant qu'elle n'ait le temps de dresser des projets pour cette érection.

Kélya dormait certainement, puisqu'ils lui avaient donné sa soirée et que la deuxième voiture était garée devant l'un des garages. Nash sortit Clara qui se pelotonna contre lui et l'emmena directement à l'étage pour la coucher.

Avant de monter à son tour, elle se prépara une infusion dans la cuisine, tel qu'était défini son rituel lorsqu'elle était chez elle. Le lendemain, elle s'entraînerait au club, puis elle passerait le week-end ici en leur compagnie. Cette perspective la ravissait. Elle avait même envie de trouver une activité pour Clara. Un lieu atypique à lui faire visiter ou bien quelque chose de suffisamment extraordinaire pour susciter son intérêt...

Quelques minutes plus tard, Nash n'était pas redescendu. Elle comprit qu'il n'était pas décidé à l'affronter après leur petite discussion dans la voiture. Après tout, elle l'avait cherché...

Elle rangea la cuisine et éteignit les lampes du rez-de-chaussée avant de gravir les marches. Dans sa chambre, elle se déshabilla, enfila un pyjama composé d'un short et d'un caraco à fines bretelles, puis elle se glissa au lit.

Il faisait encore chaud malgré le mois de septembre approchant, et la pluie n'était pas au rendez-vous contrairement à d'habitude.

Mais cette chaleur n'était pas seulement due à la météo, elle devait bien l'admettre. Son corps réclamait celui d'un autre à corps et à cris.

Elle repoussa la couette avec ses pieds au bout du lit, prête à tout pour un peu de fraîcheur. Tirant les rideaux, elle ouvrit sa fenêtre et entrebâilla le volet pour laisser entrer un peu d'air frais. Un bruit à l'extérieur attira soudain son attention. Quelqu'un nageait dans sa piscine.

Le cœur battant, elle se pencha légèrement pour essayer d'apercevoir l'intrus. Nash avait vraisemblablement choisi de piquer une tête dans l'eau plutôt que l'eau froide de la douche.

Le voir évoluer dans l'eau scintillante ne soulageait pas ses émois, bien au contraire. Il était temps de refermer ce chapitre. Elle était pleinement consciente de son corps et de ses besoins, elle n'avait pas besoin d'un homme pour la combler, songea-t-elle en s'autorisant à le reluquer encore un peu. Elle pouvait aussi utiliser ce dont la nature l'avait dotée : ses doigts.

Le volet grinça alors qu'elle l'écartait pour mieux le regarder. Il s'arrêta en pleine course et leva la tête vers elle. Merde, la poisse ! Elle s'accroupit comme une gamine prise en faute et referma délicatement le volet avant de sauter jusqu'à son lit.

Un peu plus tard, pendant qu'elle pesait le pour et le contre d'aller le rejoindre, elle l'entendit remonter l'escalier à pas feutrés. Sa cage thoracique cognait, sa tête vibrait au son de son cœur qui résonnait dans tout son corps et sa vulve pulsait d'excitation. Elle le voulait. Elle mais aussi tout son être. Alors que pouvait-elle faire de plus à part se laisser enfin aller ?

Forte de cette conviction, elle quitta sa chambre en espérant faire le moins de bruit possible et gagner celle où il dormait. Un rai de lumière sous la porte, signe qu'il n'était pas encore couché. Sans s'annoncer, elle ouvrit la porte et la poussa pour le découvrir, non pas nu et prêt à la satisfaire, mais en train d'embrasser la nounou.

Chapitre 21

♪ Miley Cyrus – *We Can't Stop*

À quoi s'attendait-elle venant de lui ? Ce n'était pas de la veille qu'il avait une queue à la place du cerveau... Mais pourquoi cela faisait-il si mal ?

Le cœur rongé par la déception, elle s'éclipsa sans rien dire pour s'enfuir dans sa chambre. Elle ne dormit quasiment pas cette nuit-là, tournant dans son lit jusqu'à l'aube et luttant contre les larmes.

Elle n'attendit pas le réveil de ses hôtes et regagna le club pour le petit-déjeuner plutôt que d'affronter Nash et sa nouvelle copine. La nounou... non mais franchement, c'était d'un cliché !

Elle s'assit à côté de Marie après avoir déposé son plateau sur la table.

— Ouah, t'as vraiment une sale tête !

Résultat de sa nuit agitée... Son corps l'avait trahie. Au lieu de rejeter l'idée même de soulager sa fièvre avec celui de Nash, il avait décidé de lui infliger des hallucinations somme toute plus torrides les unes que les autres.

— Disons que c'est pas la forme.
— Je comprends, compatit son amie. C'est dur ce qui t'est arrivé.
— Quoi ? Ah oui oui... Ça a de quoi donner des sueurs froides, c'est vrai.
— Ça ira demain soir pour le match ?
— Il faudra bien. Bon... c'est quoi ton programme d'aujourd'hui ?
— Entraînement sur le terrain toute la matinée et séance privée avec le coach cet après-midi.
— Oh...

Marie comprit que quelque chose n'allait pas, et cela n'avait rien à voir avec l'incident au stade l'autre soir. Elle le sentait. Qui plus est, Tyna paraissait anormalement abattue.

— Tu veux me parler de quelque chose ?

Pensive, la jeune femme hésita. Cela lui ferait sans nul doute du bien de s'épancher sur une épaule, mais d'un autre côté, elle n'était pas encore sûre de pouvoir lui faire entièrement confiance.

— Non ça va, je te remercie. Mais j'aurais bien besoin de sortir ce soir.

— Aaaaaaaaah c'est que tu y as pris goût ! Je suis partante ! Je peux convier deux ou trois autres filles de l'équipe ?

— Si tu veux. Je vais nous trouver une boîte sympa. Je t'envoie l'adresse par texto dès que j'ai un plan. J'ai un casting cet après-midi, je repasserai chez moi avant de sortir.

Marie acquiesça, un peu envieuse. Tyna avait vraiment beaucoup de chance car, de l'équipe, elle était celle qui avait le plus de contrats publicitaires. Les marques l'adoraient et lui offraient de somptueux cadeaux. Elle aurait aimé pouvoir profiter de ces avantages, mais en France les choses étaient bien différentes...

Sur le trajet jusqu'au gymnase, Tyna envoya un message à une vieille connaissance afin d'organiser leur soirée. La personne en question, rencontrée lors d'un shooting photo, avait ses entrées partout dans Atlanta. Et ça tombait bien, elle lui devait un service.

L'entraînement se passa comme d'habitude, quoi qu'un tantinet plus froid. Tyna répondait à Jeff mais évitait Nash, encore sous le coup de la colère. Néanmoins, l'entraîneur-chef laissa couler.

Quand elle retourna au vestiaire, Jordane lui avait répondu. Un espace VIP les attendait dans le club le plus select de la ville. Elle précisait d'ailleurs : « Champagne et plus seront servis dès vingt-trois heures ! »

Elle transmit l'adresse à Marie qui, l'ayant reçue, lui adressa un clin d'œil de connivence. La soirée promettait d'être exquise et elle comptait profiter de tout ce qui lui était proposé.

***

Gabriel était sur le point de prendre racine. Il ne lâchait pas des yeux la coiffeuse qui s'acharnait à donner du volume à ses cheveux.

— Ma chérie, tes cheveux c'est vraiment la cata ! se plaignit son agent. Mais qu'est-ce que tu leur as fait ?

— Rien du tout ! Ils sont fragiles. Vous n'avez pas un baume coiffant ?

La jeune femme paraissait sur le point de fondre en larmes, dépassée par sa tignasse sud-américaine. Épaisse, difficile à dompter, Tyna l'aimait par-dessus tout. Et d'autant plus parce que ses cheveux étaient naturellement blonds. Beaucoup lui demandaient quelle teinte elle avait utilisée ou dans quel salon elle avait obtenu un tel résultat. C'était de naissance.

Après les avoir quittés quelques minutes, la jeune coiffeuse apparut accompagnée d'un homme plus âgé, tatoué dans le cou et aux mains. Il plongea immédiatement ces dernières dans les cheveux de Tyna et émit un son étonnant.

— *Que bonito son !*[2]

— *Gracias*[3], répondit-elle.

— *Oh... ¿Usted habla español ?*[4]

Pendant que Carlos massait ses cheveux avec une pâte spéciale qu'il préparait lui-même, ils échangèrent quelques mots dans sa langue maternelle. Elle n'avait que peu l'occasion de la parler, et

---

[2] Qu'ils sont beaux !
[3] Merci
[4] Oh... Vous parlez espagnol ?

même si l'anglais était devenu son seul dialecte courant au fil des années, elle appréciait de s'exercer.

L'artisan-coiffeur - il tenait à cette appellation - était colombien d'origine et travaillait avec la marque de cosmétiques qui lui faisait passer le casting « cheveux ». Son but ? La rendre sublime et faire d'elle le nouveau visage emblématique de *Sweet Gossip*.

— Si ça marche pour le shampooing, confia-t-il à voix basse, tu peux espérer obtenir bien plus. Ils veulent justement quelqu'un de jeune comme toi.

Elle jeta un œil à Gabriel qui ne perdait pas une miette de leur discussion. Son agent confirma d'un signe de tête.

— En revanche, la prévint Carlos, ils attendent de toi d'être irréprochable.

— Je le suis toujours ! certifia Tyna. C'est même mon credo.

Les représentants de *Sweet Gossip* tombèrent littéralement sous son charme. Elle qui n'était généralement pas à l'aise à cet exercice se laissa également séduire par les échantillons et autres cadeaux apportés pour l'occasion. Les deux autres jeunes femmes présentes au casting ne firent pas long feu et bientôt, elle se retrouva devant la caméra pour les premiers essais. Elle prit la pose, récita parfaitement les deux phrases de texte imposées et ce fut bouclé en moins d'une heure.

— Tu as été prodigieuse ! la félicita Gabriel lorsqu'elle entra dans la loge. Ils parlent déjà de te faire revenir pour des photos. Ils veulent carrément publier leur magazine dès janvier. La consécration, mon petit canard !

Tyna n'arrivait pas à y croire. C'était beaucoup trop beau pour être vrai. Ils allaient forcément se réveiller pour comprendre qu'ils avaient fait une erreur…

Pourtant, elle repartit avec deux sacs pleins de bouteilles de shampooing, soins capillaires et masques de beauté certifiés bio. De quoi en faire profiter Marie, si cela l'intéressait.

— Prends soin de toi, ma beauté. Je te rappelle dès que j'ai autre chose.

Elle était épuisée par sa journée mais était toujours bien décidée à faire la fête avec les filles ce soir-là. Elle se rendit chez elle en sortant du studio et constata qu'elle était seule. Tant mieux, songea-t-elle. Elle n'avait pas tellement envie de voir ceux qui habitaient là. D'ailleurs, elle commençait finalement à trouver leur présence pesante.

Elle resta de longues minutes devant sa penderie, craignant de n'avoir rien à se mettre pour la soirée. Elle voulait s'amuser, danser, et peut-être même passer du bon temps. Elle avait donc tout intérêt à porter quelque chose de très près du corps et suffisamment court pour faire tourner les têtes.

Elle revêtit une robe blanche assez courte, asymétrique et fendue jusqu'en haut de sa cuisse droite. Le décolleté en V était profond, mis en valeur par ses seins volumineux et les fines bretelles. Avec sa peau bronzée, elle se trouvait canon.

Par chance, Carlos avait fait des miracles avec ses cheveux, ils étaient soyeux et sentaient le lilas. Et la maquilleuse n'était pas en reste. Ses yeux de biche allaient faire fureur !

Elle était sur le point de descendre lorsque la porte d'entrée claqua. Et merde ! Elle revint sur ses pas pour prendre une pochette dans son dressing et y mit quelques indispensables pour passer une bonne soirée : un rouge à lèvres, un préservatif et sa carte de crédit.

En ouvrant la porte de sa chambre, elle tomba nez à nez sur Nash qui allait frapper. Il resta un instant interdit devant elle, comme s'il la découvrait pour la première fois.

— Bordel… souffla-t-il, tu es…

À en juger par son regard de braise, l'effet recherché était relevé haut la main.

— Tu sors ? s'étonna-t-il.

— Oui, j'ai… un rencard.

Il se racla la gorge, mal à l'aise. Pourtant, il devait bien s'y attendre. Un jour ou l'autre, elle aurait un mec. Elle n'avait pas fait vœu de chasteté.

— OK, bah... bonne soirée !
— Merci. Au fait, Clara et Kélya ne sont pas là ?
— Je les ai déposées au cinéma, je les récupère d'ici une petite heure. Du coup... je vais revoir mes plans de match avant d'aller les chercher.

Elle avait presque envie de lui proposer d'attendre leur retour tellement il semblait perdu. Mais elle se secoua les puces en se rappelant que sa minette du moment lui remonterait le moral en rentrant avec sa gosse.

Elle le laissa donc seul et commença à descendre les escaliers quand il l'arrêta.

— Tyna ?

Elle se tourna doucement vers lui, prenant soin de bouger de manière souple et sexy. Si elle était rancunière ? Évidemment !

— Quoi ? demanda-t-elle.
— Fais attention à toi.

Touchée plus qu'elle ne l'aurait voulu, elle sortit de la maison en essayant de garder le contrôle de ses émotions. Pourtant, quand elle démarra, elle avait toujours une furieuse envie de lui casser la gueule et de lui arracher ses vêtements en même temps...

Chapitre 22

♪ Cyndi Lauper – *Girls Just Want To Have Fun*

Tyna gara sa voiture sur le parking du club un peu avant vingt-deux heures. Sur le chemin, elle avait appelé Jordane pour lui faire part d'une autre folie qu'elle avait en tête et la jeune femme avait immédiatement adhéré à son idée. Le couvre-feu allait bientôt démarrer, les filles avaient intérêt à bouger leurs fesses si elles ne voulaient pas rester coincées là toute la nuit.

Cependant, elle les entendit sortir du bâtiment en gloussant quelques secondes plus tard, puis courir dans les graviers avant d'apparaître à l'angle.

Marie était accompagnée de Casey et Alison, deux autres joueuses remplaçantes avec lesquelles elle s'entendait bien. Tyna n'avait pas encore eu l'occasion de passer du temps avec elles, mais elle comptait sur cette soirée pour réparer ça.

Une limousine les attendait devant le club, réservée pour une virée avant d'aller en boîte. Étincelante et disposant d'un chauffeur privé pour la soirée, ce petit plaisir les suivrait jusqu'au bout de la nuit.

La tête surmontée d'une casquette noire, leur guide ouvrit la portière arrière pour les accueillir.

— Mesdemoiselles !

— Ouah la classe ! s'écria Casey à l'intention de Tyna. C'est toi qui as organisé ça ?

— Oui, j'avais envie et surtout besoin de m'amuser pour me défouler. Autant vous en faire profiter !

À bord du véhicule, les quatre joueuses se servirent une flûte de Champagne millésimé qu'elles dégustèrent en chantant le célèbre tube *Girls Just Want To Have Fun* sélectionné par leur chauffeur.

— J'adoooooooooore cette chanson ! hurla Alison en renversant son verre à moitié.

Quand le toit ouvrant se rétracta, Tyna et Marie furent les premières à se lever pour profiter de la balade. Les bras en croix, la jeune femme ferma les yeux et profita de cet instant de plénitude et de total abandon. Pour une fois, elle s'autorisait à lâcher prise. Elle mit de côté son alter ego retranché derrière la perfection pour vivre ce moment intense et bienfaisant, en compagnie de ces filles qui pourraient bien devenir de vraies amies.

Elles laissèrent ensuite la place aux deux autres qui en profitèrent pour danser sur un nouveau son.

Après un tour d'une petite heure dans le centre-ville historique, le chauffeur s'arrêta devant le nightclub où les attendait Jordane. Elles sortirent toutes les quatre sous les yeux ébahis et envieux de ceux qui patientaient pour entrer. Pour elles, pas besoin d'invitation. Tyna présenta une photo au videur qui leur laissa le champ libre sans poser de question.

À l'intérieur, une hôtesse les guida jusqu'à un salon privé à l'étage. Elles pouvaient se mêler à la foule si elles le désiraient mais elles avaient aussi la possibilité d'organiser leur propre version de la fête où elles se trouvaient. Plusieurs banquettes de velours noir étaient disposées aux quatre coins de la pièce ainsi que des tables sur lesquelles étaient posées des bouteilles dans des seaux à glaces.

— Bonsoir les filles, les accueillit Jordane.

Cette jeune métisse aux yeux verts organisait des évènements dans toute la ville et accompagnait aussi bien les célébrités que les nouveaux influenceurs lors de soirées comme celle-ci. Tyna et elle avaient échangé sur son job lors d'une séance photo et elle était heureuse d'avoir gardé ses coordonnées. Grâce à elle, la réussite de leur soirée était assurée.

— Le Champagne est servi mais si vous voulez autre chose, n'hésitez pas à appuyer sur ce bouton, leur dit-elle en désignant un interrupteur près de la porte. À minuit, vous découvrirez une surprise que je vous ai réservée. Je vous souhaite une très bonne soirée !

Elle conclut son petit speech d'un clin d'œil et s'éclipsa, sans doute parce que sa mission était remplie. Tyna s'affala donc dans l'un des canapés, satisfaite et prête pour le deuxième round.

***

Comme promis par Jordane, minuit sonna et apporta avec lui son lot de surprises à se mettre sous la dent ou presque. Quatre hommes à la plastique de rêve, peu vêtus, entrèrent dans le salon pour leur offrir un délicieux spectacle.

Les yeux grands ouverts malgré la grande quantité d'alcool qu'elles avaient dans le sang, les filles n'en perdaient pas une miette, solidement calées dans leur sofa respectif. Le jeune danseur qui s'exhibait sous les yeux de Tyna était beau comme un dieu. Ses cheveux très bruns étaient ondulés derrière sa nuque, ses cils délicatement ourlés lui donnaient un regard aguicheur et ses abdominaux appelaient aux baisers. D'ailleurs, elle en mourait d'envie à mesure qu'il faisait rouler ses muscles au rythme de la musique. Même ses fesses étaient parfaites, songea-t-elle quand il se tourna pour les soumettre à son appréciation.

Il poussa le jeu jusqu'à se pencher vers elle pour mimer un baiser sulfureux ainsi qu'une série de coups de reins déroutants. Bordel ! Elle mouillait comme si elle n'avait jamais goûté d'homme de sa vie. L'alcool y était sûrement pour quelque chose.

Le beau brun se rapprocha ensuite de son oreille pour lui murmurer quelques mots :

— Si tu veux poursuivre ailleurs, tu n'as qu'un mot à dire.

C'était plus que tentant, elle le reconnut. Mais une petite voix dans sa tête lui répétait constamment « fais attention à toi ! » C'en était rageant d'avoir une conscience.

Néanmoins, elle s'autorisa à poursuivre sa contemplation, imaginant qu'un autre la conviait à une danse autrement plus sensuelle. Un autre qui prenait le visage de son entraîneur dès qu'elle fermait les yeux. Un autre dont les mains s'agrippaient fermement à ses hanches... Bordel, il lui avait retourné la tête sans qu'elle s'en aperçoive !

Elle avait besoin de prendre l'air.

— Je sors deux minutes ! clama-t-elle à Marie, occupée à reluquer son danseur attitré.

En quelques pas, elle se retrouva sur la terrasse privée donnant sur la rue. L'air frais calma ses sens et lui redonna un petit coup de fouet. Accoudée à la barrière, elle regardait passer les voitures tandis que certains fumaient près d'elle et discutaient.

Elle écoutait d'une oreille distraite les projets des deux femmes quand elle aperçut une voiture familière arriver en trombe. Un type bien trop reconnaissable abandonna le véhicule devant le bâtiment et s'en approcha. Merde ! Comment avait-il fait pour les trouver ?

Elle quitta la terrasse pour regagner le salon où l'ambiance avait carrément sauté plusieurs niveaux. Casey était à califourchon sur l'un des stripteaseurs, Alison tanguait au milieu du salon un verre à la main et Marie... avait disparu. Tyna se tordit le cou pour essayer de l'apercevoir dans le couloir mais dans la pénombre elle ne discernait rien.

— Les filles ! cria-t-elle. Alerte rouge ! On nous a balancées.

Elles émergèrent avec difficulté mais la suivirent pour chercher leur camarade introuvable.

— On reste groupées ! ordonna Tyna.

Encore sous l'effet de l'alcool, elle devait faire preuve d'une énergie folle pour ne pas vaciller sur ses escarpins. Heureusement, elles la dénichèrent sur la piste de danse, en galante compagnie mais complètement déchirée. Putain, qu'est-ce qu'elle avait pris ? Si Nash la découvrait dans cet état, elle était morte. Mieux valait pour elles quitter les lieux sans être vues. Une fois assurée que les trois filles étaient bien derrière elle, Tyna ouvrit la marche pour se frayer un chemin jusqu'à la sortie.

Malheureusement, une barrière de muscles se mit en travers de sa route et l'empêcha d'aller plus loin. En levant les yeux, elle trouva ceux de son entraîneur, furieux. Bordel, le feu dans ses yeux le rendait encore plus sexy !

— Dehors !

Un seul mot. Un ton cassant. La jeune femme fit profil bas et sortit en compagnie de ses camarades de virée. Sur le trottoir, leur entraîneur désigna le taxi qui les attendait déjà, prêt à les ramener.

— Montez !

Comme elle suivait les filles, il la retint fermement par le bras.

— Pas toi !

Il indiqua l'adresse du club au chauffeur et lui fourgua un billet de cent dollars. Le regard abattu, les filles lui adressèrent un petit signe de main confus. Ouais, elle le sentait. Ça allait sévèrement chauffer pour ses miches.

Elle le suivit jusqu'à sa voiture, s'asseyant sur le siège à côté de lui. Il démarra en douceur par rapport à son arrivée sur les chapeaux de roue, et elle attendit le sermon qui gardait à venir. C'en était même pire que la confrontation en elle-même. Elle savait que ça allait arriver, mais quand ? Ça lui tordait le ventre.

— Putain ! prononça-t-il en frappant le volant lorsqu'il s'arrêta au feu suivant.

Elle sursauta presque, au bord des larmes. L'alcool se dissipait progressivement, faisant chuter inexorablement son taux d'euphorie et de confiance en elle.

— Qu'est-ce que je vais faire de toi, bordel ?
— Écoute...
— Nan, je te conseille de la boucler. La veille d'un match, Tyna ! Qu'est-ce qui t'est passé par la tête ?

Elle déglutit, pas vraiment prête à lui dévoiler ce qui la mettait en rogne. Car il était responsable de ses maux depuis plusieurs semaines. Avant son arrivée, tout roulait. Elle savait précisément où elle voulait aller. Mais il s'était pointé avec sa gueule d'ange et elle frétillait maintenant de la culotte. Jalousie, colère, désir, il avait fait naître en elle des sentiments exacerbés par sa seule présence.

— J'avais envie de m'amuser, OK ? Y'a rien de mal à ça !
— Tu m'as menti.
— Je n'allais quand même pas te parler de mes projets, tu m'en aurais empêchée !
— Et pour cause ! Si Victor apprend ça, il aura enfin une bonne raison de te virer. C'est ce que tu veux ?
— Évidemment que non.
— Alors bordel, tiens-toi à carreau ! Ça ne te ressemble pas.
— Quoi donc ?

Il ne répondit pas, ce qui l'agaça encore plus. S'il avait fait des recherches sur ses deux années au sein du club, il devait probablement savoir qu'elle avait toujours eu un comportement exemplaire. Au fond, il s'attendait à ce qu'elle reste la même petite bien tranquille.

— Les gens changent au contact de nouvelles personnes, tu devrais le savoir.
— Donc tu te barres avec trois autres joueuses que tu entraînes dans ton délire, vous buvez comme des trous et c'est ma faute ?
— Tu ne comprends décidément rien.

— Alors aide-moi, donne-moi une bonne raison de ne pas te sanctionner.

Hésitante, Tyna croisa les bras. Le moment était mal choisi pour aborder le sujet, mais en même temps, crever l'abcès paraissait judicieux, même si elle devait pour cela avouer à demi-mot qu'il ne quittait pas ses pensées.

— Je... je t'ai vu avec Kélya hier soir.

— Quoi ? De quoi tu parles ?

— Oh ne fais pas l'innocent, t'avais ta langue dans sa bouche, c'était on ne peut plus clair.

Elle s'attendait à beaucoup de choses : qu'il nie en bloc et se défende bec et ongles, qu'il avoue et lui annonce qu'ils vivaient une passion sexuelle épanouie, mais sûrement pas à un fou rire. Heureusement qu'ils étaient à l'arrêt, auquel cas ils auraient probablement fini dans le décor !

— Je ne vois pas ce qu'il y a de drôle. Sous mon toit en plus ! T'es vraiment... ah merde, t'es vraiment trop con !

Quelques centaines de mètres plus loin, il stoppa la voiture avant le rond-point menant à sa maison et coupa le moteur.

— Qu'est-ce que tu fais ? s'étonna la jeune femme.

— Maintenant tu vas m'écouter attentivement, dit-il en se tournant vers elle. Kélya a effectivement essayé de m'embrasser, mais je lui ai bien fait comprendre que je n'étais pas intéressé.

— Toi ? railla-t-elle. Refuser de la baise facile ?

— Ouais... j'ai du mal à comprendre moi-même, avoua-t-il en passant la main dans ses cheveux. Tyna, il faut que tu me croies. Je n'ai pas l'intention de faire quoi que ce soit avec Kélya. Pourquoi conduire une Mini quand on a une Lamborghini à disposition ?

Elle leva la main pour lui asséner une gifle mais il l'arrêta en lui adressant un sourire moqueur. Il avait tout prévu, merde ! Il savait qu'elle réagirait au quart de tour.

— Ta Lamborghini, tu peux te la foutre où je pense !

— Dans ce cas, pourquoi es-tu venue me voir dans ma chambre ?

Sa voix n'était plus qu'un murmure. Il s'était rapproché au point de plonger ses yeux dans les siens et d'échanger leurs souffles. Il avait réussi à la déchiffrer avec une facilité déconcertante. C'était difficile à encaisser pour une femme comme elle, mais son charme opérait et la radoucissait. Nash était diaboliquement séduisant.

Quand elle prit conscience qu'ils ne pourraient pas s'éviter éternellement, elle rendit les armes et enjamba la boîte de vitesse, prête à lui montrer ce qu'elle avait en tête.

Chapitre 23

♪ Rudimental et Elderbrook – *Something About You*

Tout son corps vibrait contre lui. Se retrouver sur lui dans cette position la renvoyait étrangement à leur séance très privée dans le jacuzzi quelques jours plus tôt. Ce soir pourtant, elle maîtrisait la situation et souhaitait plus que tout terminer ce qu'ils avaient débuté.

Elle rapprocha sa bouche de celle de Nash mais contre toute attente, il l'arrêta en plaçant sa main entre elles.

— Tyna… chuchota-t-il. Bien que ce soit plus que tentant, tu as bu. Et ce serait vraiment trop compliqué à gérer au quotidien…

— Tais-toi, le coupa-t-elle.

Du bout de sa langue, elle vint lécher le bout de son doigt.

— Je ne t'ai pas demandé en mariage, se défendit Tyna en ricanant. J'ai envie de m'amuser et tu me sembles le candidat idéal. Pas de contrainte, juste du plaisir. Ça te dit ou pas ?

Pour le convaincre, elle ondula ses hanches contre son sexe gonflé. Son pubis pulsait au même rythme. Ces deux-là avaient décidé pour eux, c'était désormais inévitable.

La main sur la nuque de Tyna, Nash observait ses lèvres humides. À deux doigts de succomber, il hésitait. S'il accédait à sa demande, là, dans cette voiture devant la maison des voisins, plus rien ne serait comme avant. Et même s'ils ne scellaient aucune promesse, leur relation changerait forcément.

Quand elle passa le bout rosé de sa langue entre ses lèvres, cela le rendit fou. Il l'imaginait sur une tout autre partie de son anatomie. Mais pas comme ça. Elle méritait mieux qu'un plan vite-fait dans un coin sombre en pleine nuit.

— Je regrette, lâcha-t-il à contrecœur, mais on ne peut pas faire ça.

Déçue, Tyna n'attendit pas d'autres explications et bougea pour sortir de la voiture en soupirant.

Elle claqua si violemment la porte que le son se répercuta dans son crâne. Et merde ! Il redémarra la voiture et la suivit jusqu'à la maison. Il avait laissé les lumières extérieures allumées avant de partir, aussi la vit-il pieds nus sur les dalles pavées, assise sur les marches.

— T'as pas tes clés ? lui demanda-t-il en arrivant à sa hauteur.

— Dans la caisse, j'ai laissé mon sac sur la banquette arrière.

Il déverrouilla la porte et la laissa entrer. Elle tremblait de froid, il avait cruellement envie de la prendre dans ses bras pour la réchauffer et la sentir contre lui, toutefois il préféra enfoncer ses mains dans ses poches, angoissé à l'idée de franchir une nouvelle fois la limite.

— Tu devrais monter te coucher, lui conseilla finalement Nash. La journée de demain…

— Je sais, le coupa-t-elle. Je voudrais savoir… c'est moi ou bien… ? Je veux dire, tu semblais en avoir envie aussi.

— Crois-moi, ça n'a rien à voir avec toi, d'accord ? Tu es… vraiment magnifique. Et je pèse mes mots. Sinon je pourrais te sortir un truc du genre : ultra bandante.

— T'as pas besoin de filtre, le rassura Tyna. J'ai le même genre de choses qui me viennent parfois en tête.

Il sourit, amusé.

— Je ne veux pas tout faire foirer, tu comprends ? Je suis venu ici pour tout recommencer à zéro, il y a Clara aussi maintenant, je ne suis pas seul. Alors je préfère rester raisonnable et me tenir loin de ma joueuse la plus sexy et la plus talentueuse.

Elle ne put s'empêcher de sourire, flattée. Il savait comment lui parler, c'était certain. Mais ça faisait mal quand même d'être éconduite, même si elle le comprenait.

— Je vais y aller, annonça-t-elle. Merci pour... ce respect dont tu fais preuve envers moi.

— Je t'en prie. Passe une bonne nuit.

À la seconde où elle grimpa les marches en ondulant ses fesses sous son nez, il se maudit d'avoir repoussé ses avances. Mais pour la première fois depuis longtemps, il était fier de lui-même.

***

La sonnerie de son téléphone portable la tira d'un rêve agité. Le genre qu'elle préférait oublier dès le réveil en pensant à la journée superbe qu'elle allait passer. Mais les souvenirs de sa soirée de la veille affluèrent et elle préféra enfouir sa tête sous son oreiller.

Merde et re-merde ! Elle avait sauté sur Nash – son entraîneur, bordel ! – complètement éméchée et comble de l'humiliation, il l'avait repoussée en invoquant la plus absurde des excuses.

Elle devait à tout prix l'éviter. Pourtant, elle avait tout sauf envie de l'ignorer. Elle était foutue.

Son téléphone reprit sa cacophonie, aussi le prit-elle en main pour découvrir que Phil cherchait à la joindre.

— Tyna, qu'est-ce que tu fais ? tonna-t-il à l'autre bout du fil. Je t'attends devant, bouge tes fesses !

— Quoi ? Qu'est-ce qui se passe ?

— Ton test ! C'est ce matin, tu as oublié ?

Voilà l'exemple parfait selon lequel il ne fallait pas suivre ses impulsions. Après ses excès de la veille, elle avait les yeux explosés et mal à la tête. C'était cuit, cet examen, elle pouvait faire une croix dessus.

— Phil... souffla-t-elle. Je ne le sens pas. J'ai eu une nuit trop courte et...

— Tu vas me faire le plaisir de descendre. Au pire, tu le rates et tu le repasses plus tard. Mais viens, on ne sait jamais. Sur un malentendu...

Il ne semblait pas très confiant non plus, et elle eut un pincement au cœur à l'idée de le décevoir. Elle enfila donc un jean et un débardeur avant de le rejoindre dans la voiture. Heureusement, elle ne croisa ni Nash ni aucune autre personne résidant sous son toit. C'était un stress en moins.

— T'as vraiment pas l'air dans ton assiette, remarqua-t-il.

Plaçant ses lunettes de soleil sur son nez, Tyna lui fit signe de démarrer.

— Tu n'as pas idée !
— Dure soirée ?

Elle acquiesça, légèrement honteuse. S'il apprenait qu'elle avait organisé une petite escapade nocturne, elle était morte.

— Ça va, avec Nash ? T'es prête pour le match de ce soir ?

Tout en roulant, il lui posa d'autres questions tout aussi personnelles pour faire la conversation, mais son cœur n'y était pas. Elle était trop angoissée à l'idée de rater cet examen et de briser ses chances de sélection en équipe nationale. Elle avait peut-être foutu en l'air son avenir avec des conneries, et elle n'était pas certaine de pouvoir se pardonner si tel était le cas.

Phil se gara devant le centre d'examen où elle avait rendez-vous pour passer le test. Compte tenu de la durée de son séjour aux États-Unis, Tyna était exemptée du test linguistique. Elle parlait couramment l'anglais depuis de nombreuses années, le test aurait été superflu. Cependant, le test de citoyenneté était obligatoire pour tout postulant à la nationalité américaine.

Elle fut accueillie par un agent administratif qui l'accompagna dans une salle où elle l'interrogerait. Sur les 128 questions qu'elle aurait dû potasser, elle n'était pas certaine d'en connaître la moitié. Heureusement, on ne lui en poserait que 20. Avec un peu de chance, elle saurait répondre à quelques-unes. À défaut, elle était bonne pour revenir quand une nouvelle session se présenterait.

Quand l'agent revint avec deux cafés, Tyna se détendit un peu. La femme s'installa en face d'elle, le sourire aux lèvres.

— Vous voulez un sucre ?
— Non merci, déclina Tyna. Merci beaucoup pour le café.
— Je vous en prie. On attaque ?

Tyna acquiesça et entama la session d'examen dans un calme relatif. Les questions posées portaient sur l'histoire des États-Unis, les institutions du pays, ses symboles et valeurs. Heureusement pour elle, elle avait quelques connaissances sur le sujet. Elle était allée dans un lycée américain comme les autres, bien que son programme scolaire diffère de celui d'un élève classique. Phil avait veillé personnellement à son éducation sportive et son entraînement.

Grâce à la seconde chance qu'il lui avait offerte, Tyna n'avait manqué de rien. Depuis neuf ans, elle avait tout ce qu'on pouvait rêver d'avoir. Un métier passionnant, de l'argent, des biens matériels, une famille...

Et peut-être même quelques récompenses supplémentaires puisqu'elle avait réussi son examen.

— Quatre-vingt-dix pour cent de réussite au test. Bravo, mademoiselle Scalabrini !

Elle n'en croyait pas ses oreilles.

— Vous êtes sûre ? Ce n'est pas une mauvaise blague ou un truc du genre ?
— Certaine. C'est avec plaisir que je vais vous remettre votre certificat provisoire. Vous aurez le définitif lors de la cérémonie officielle.
— Merci, madame ! Je ne sais pas comment vous remercier !
— En remportant le championnat national ? *Go Silverbacks* !

— Avec grand plaisir ! Vous pouvez compter sur moi !

Quand elle sortit du bâtiment, elle s'évertua à garder une expression neutre voire triste sur son visage. Elle avait envie d'un peu de distraction et d'embêter Phil avant de lui faire part de la bonne nouvelle.

Elle ouvrit la portière et s'assit en soufflant bruyamment.

— Oh merde, Tyna !

— Oh ça va ! s'exclama-t-elle. Je t'avais dit que j'allais le foirer. Je n'étais pas prête !

— T'avais qu'à réviser, bordel ! Tu peux faire une croix sur la coupe du monde. C'était ton rêve, comment t'as pu laisser passer ça ?

Croisant les bras et gardant les yeux rivés devant elle, elle marmonna :

— Si tu crois que ça m'amuse.

— T'as une nouvelle date ?

Elle lui lança le papier qu'elle tenait dans la main.

— Dans quelques mois, quand il y aura une nouvelle session.

Phil déplia le document et commença à lire :

— Test de citoyenneté. Quatre-vingt-dix pour cent de réussite...

Il ne comprit pas tout de suite et relut une deuxième fois avant de crier :

— Putain, tu fais chier, Tyna !

Elle riait tellement qu'elle devait se tenir les côtes. Il la prit dans ses bras et l'embrassa.

— Tu peux être fière de toi, bravo !

— Merci. C'est grâce à toi.

— À toi, rectifia son père adoptif. Tu le dois uniquement à ton travail.

— En l'occurrence, là...

— Peu importe, tu as réussi et c'est tout ce qui compte. Maintenant, t'as intérêt à cartonner en championnat si tu veux pouvoir entrer en sélection nationale.

— Je sais. Je vais cartonner au match de ce soir.
— J'espère bien ! J'ai mon billet VIP et ça me ferait mal au cul de vous voir perdre.

Pendant qu'il la ramenait au club, elle songea que finalement, elle n'avait pas besoin de Nash ou d'un quelconque homme dans sa vie. Non. Elle avait le football. C'était lui son amour de toujours.

***

Rien n'aurait pu la détourner de sa motivation après la bonne nouvelle reçue en début de journée. Malgré le mal de tête lancinant qui foudroyait son crâne, Tyna était plus que déterminée à remporter ce match. Concentrée sur son objectif, elle tenta d'apposer un casque mental sur ses oreilles tandis que deux joueuses de l'équipe adverse essayaient de la faire sortir de ses gonds.

— Dommage qu'il t'ait ratée ! disait l'une d'elles à voix basse pendant que les arbitres discutaient entre eux loin devant.

— Arrête, ils auraient trouvé le moyen de canoniser son gros cul ! se moquait l'autre.

Les poings serrés, elle conservait son regard droit devant, préférant ne pas s'en mêler pour ne pas s'exposer à des sanctions. Elles n'en valaient pas la peine et verraient sur le terrain à quel point elle était plus maligne qu'elles deux, même si elle rêvait secrètement de leur péter les dents.

Malheureusement pour elles, elle tint sa promesse. Elle ravala même sa fierté en permettant à Fatou de marquer un doublé avant la mi-temps, juste pour les voir enrager. La plus grande, Ashley Calhoun, cracha sur la pelouse devant elle juste avant de quitter le terrain.

Témoin de la petite scène, Fatou la rejoignit en trottinant.

— Qu'est-ce qu'il leur prend ? lui demanda-t-elle.

— Calhoun a une dent contre moi. Elle n'aime pas les « étrangers », si tu vois ce que je veux dire.

— Ouais… Bah elle ne va trop m'aimer non plus, alors. Dommage pour elle, je n'ai pas ta maîtrise.

— Fais gaffe, c'est une coriace.

— Je suis pire.

En rentrant au vestiaire, les deux jeunes femmes changèrent de maillot et écoutèrent le discours bien rodé des coachs. Puis, Nash se tourna vers elles.

— Bravo les filles, beau travail d'équipe ! Faut continuer comme ça.

Elles échangèrent ensuite un regard de connivence, signe qu'elles comptaient profiter de cette complicité du jour pour humilier les petites pétasses d'en face.

Avec un score de six à zéro à la fin de la rencontre, Fatou et Tyna se permirent de danser sur la pelouse avec leurs coéquipières, un peu plus longtemps qu'à l'accoutumée. Après tout, elles avaient joué à domicile, elles n'avaient pas à rentrer à l'hôtel.

Nash et Jeff se congratulaient comme s'ils avaient marqué les buts eux-mêmes, ce lui les fit ricaner. Pour une fois, Tyna échappa à l'interview d'après match, laissant ce privilège à Fatou. Leur rivalité serait de retour bien assez tôt, elle avait bien droit à un petit quelque chose en récompense pour leurs efforts conjoints.

L'atmosphère détendue fut toutefois de courte durée. En effet, alors que les entraîneurs et membres du staff avaient déjà quitté les lieux, six joueuses de Washington les attendaient, visiblement prêtes à en découdre après leur tollé.

Chapitre 24

♪ – Ben Platt – *You will be found*

— Six contre deux… compta Fatou. On vous fait si peur que ça ? Ou vous êtes juste une belle bande de lâches ?
— N'essaie pas de faire ta maligne, *negra*. Ça ne te va pas du tout.
Tyna voyait bien que sa coéquipière était à deux doigts de foncer dans le tas. Mais elle la retint par la manche de justesse.
— Si on fait quoi que ce soit, on est grillées.
— Oh… Vous entendez ça, les filles ? Tyna joue les petites filles modèles. Quand on sait comment elle a commencé…
Cette fois, la jeune joueuse redressa la tête, prête elle aussi à leur rendre la monnaie de leur pièce. Elles ne pouvaient pas savoir d'où elle venait, ni ce qu'elle avait vécu avant d'entrer dans le circuit. Mais cela la toucha et lui rappela combien elle avait eu du mal à trouver sa place. Alors que ça ne devrait plus être ainsi depuis des décennies. Quiconque naissait sur cette terre avait les mêmes droits que n'importe qui. Peu importait d'être clair de peau ou plus foncé. D'être natif de ce pays ou bien d'ailleurs.
— Ce n'est quand même pas notre faute si vous avez deux pieds gauches ! s'esclaffa Tyna.
— Eh, j'ai une devinette pour vous ! s'exclama Ashley. Une noire et une latino sont dans une voiture. Qui conduit ?
Les cinq filles derrière elle se retenaient le bide tellement elles riaient, pendant que la meneuse les observait avec une haine palpable dans le regard.
— Bah alors, vous donnez votre langue au chat ?
Elle se tourna vers ses coéquipières, la main sur la hanche.

— Ça veut s'intégrer mais ça ne supporte pas les blagues. Faut s'endurcir un peu, hein ! Allez, je vous donne la réponse : les flics.

Le temps était venu de leur montrer qu'elles avaient mérité autant qu'elles de fouler ce terrain. D'un coup d'œil, Tyna fit passer son message à Fatou. Et tant pis si elles étaient sanctionnées, il en allait de leur fierté personnelle de rabattre le caquet de ces pétasses.

Deux secondes plus tard, Tyna était montée sur le dos d'Ashley à qui elle tirait les cheveux pendant que Fatou, allongée au sol, tentait de repousser ses quatre assaillantes à coups de pieds.

— Tu vas me lâcher, oui !? cria Ashley.

La sixième joueuse de Washington, inactive jusque-là, l'étreignit à la taille et la tira en arrière. Tyna se retrouva étendue sur le gazon, le crampon d'Ashley maintenant sa joue au sol. Si elle l'écrasait, au mieux elle se retrouvait défigurée, au pire c'était le massacre. Elle n'arrivait déjà plus à respirer car l'autre fille s'était assise sur elle.

Soudain, un coup de sifflet retentit depuis le couloir menant aux vestiaires. Les filles se séparèrent aussi sec, attendant la sentence. Tyna aida Fatou à se remettre debout en lui présentant sa main. Nash apparut, sifflet en bouche. Il était furieux et même inquiet, jetant un coup d'œil aux deux jeunes femmes dissimulées derrière l'autre équipe.

— Vous six ! s'exclama-t-il. À votre vestiaire ! J'en toucherai un mot à votre entraîneur dans un instant.

Il attendit que les pestes de Washington soient hors de portée de voix pour s'adresser aux deux jeunes femmes.

— Merde, qu'est-ce qui vous a pris ? Vous pourriez être suspendues durant plusieurs matchs pour une altercation comme celle-ci...

— Mais... tenta d'intervenir Fatou.

— Même si on vous a menacées ou provoquées, la coupa-t-il. Vous avez un problème ? Vous appelez un coach, bordel de merde ! On est là pour ça. Maintenant y'a plus qu'à espérer que les retardataires n'aient pas filmé ça, sinon vous êtes dans la merde. Et je ne pourrai rien faire pour sauver vos miches.

Il leur montra la sortie.

— Allez-vous rhabiller avant que je continue à vous engueuler. On décolle dans dix minutes.

Un peu plus tard, alors que toutes les joueuses sortaient du vestiaire, fraîchement douchées, Nash observa les deux jeunes femmes sous un nouveau jour. Il ne savait pas ce qu'il s'était passé avec les joueuses adverses, mais cette dispute avait au moins un effet positif sur elles : elles semblaient avoir entamé une trêve.

***

Quand l'équipe au complet rentra au club, il était près de minuit. Les filles furent conviées à une collation qu'elles prirent dans le calme avant de regagner leur chambre. Tyna regagna la sienne avant sa camarade qui échangeait quelques mots avec Francesca dans le foyer.

Elle changea de tenue et se mit au lit, exténuée. Mais avant d'éteindre, comme chaque soir d'après match, elle se brancha sur une chaîne d'infos sportives histoire de suivre ce qu'il se disait sur leurs performances. L'équipe était en haut du tableau mais tout pouvait encore se bousculer, c'est pourquoi il était primordial de garder le cap.

Elle visionna les buts marqués et les séquences retenues par les commentateurs qui ne tarissaient pas d'éloges sur leur jeu. Pour la première fois depuis son arrivée dans l'équipe, Fatou était remarquée. Ça lui faisait mal de l'admettre, mais la Française était douée. Sa puissance de frappe était aussi forte que la sienne. Elle était précise quand elle se concentrait suffisamment et n'avait qu'un seul objectif : marquer.

Elles se ressemblaient plus qu'elles ne le souhaitaient, en réalité. C'était certainement la raison première de leur inimitié.

Elle allait éteindre sa tablette quand un flash info de dernière minute fut annoncé par la chaîne.

— *On nous apprend à l'instant que quatre joueuses d'Atlanta auraient été vues hier soir dans un club très select de la ville. D'après les photos et la vidéo qui nous ont été transmises, elles étaient en possession de stupéfiants et sous l'emprise de l'alcool...*

Mais qu'est-ce que c'était que cette connerie ? Des stupéfiants ? Et puis quoi, encore ?

— *...Nous reviendrons vers vous lorsque nous aurons pu avoir quelques renseignements de la part du club, néanmoins un tel comportement, vous le savez, est passible de sanctions disciplinaires pouvant altérer le début de saison florissant de l'équipe.*

Sur l'écran, ils partageaient un cliché la représentant avec les filles, debout en train de danser en galante compagnie. Ce n'était pas un crime ! Mais les accuser de possession de drogue était carrément démentiel ! Et un mensonge éhonté surtout.

Moins de cinq minutes après avoir vu ça, son téléphone portable trembla sur sa table de chevet. Phil allait sûrement lui passer un savon.

Qu'est-ce qui t'a pris, bordel ? Tu auras vraiment de la chance si tu es sélectionnée maintenant ! Après tout ce travail, ce serait vraiment dommage. -Phil

---

Comme si elle ne le savait pas ! Cette annonce n'arrivait vraiment pas à point nommé et Fatou entra dans la chambre au moment où elle donnait un coup de pied dans son armoire.

— Houla, calme-toi ! Qu'est-ce qui t'arrive ?
— Rien, dit-elle d'un ton acerbe.
— T'as pas été sanctionnée !?

— Nan, enfin pas encore et pas pour ça.

Dépitée, elle se laissa tomber sur son lit. À quel moment allait-on la laisser tranquille ? N'avait-elle pas suffisamment galéré dans sa vie pour qu'on menace de lui reprendre ce qu'elle avait si durement construit ?

— Je suis dans la merde... marmonna la jeune femme, au bord du sanglot.

— Allez, ça ne peut pas être si grave que ça. Nash va sûrement t'arranger ça, il est complètement *fada* de toi.

— Ce qui veut dire ?

— Qu'il serait prêt à tout pour toi.

En se redressant, Tyna secoua la tête, pas certaine de ce qu'elle avançait. Il l'avait repoussée, exprimant ses craintes à nouer une relation avec elle, même basée uniquement sur le sexe. Et il lui avait à peine adressé la parole ce jour-là, comme si elle était n'importe quelle joueuse.

— De toute façon je me suis foutue moi-même dans cette merde. C'est à moi de réparer. Je vais demander à Victor d'organiser une conférence de presse.

À l'évocation du président du club, Fatou détourna les yeux, soudain mal à l'aise. Tyna ne s'en formalisa pas, trop accaparée par les révélations de la presse sur ses activités nocturnes. Néanmoins, cela lui traversa à nouveau l'esprit avant de fermer les yeux.

Elle n'était peut-être pas la seule à avoir des secrets...

***

À son réveil, Tyna eut la désagréable sensation que sa journée serait une succession de catastrophes. Et cela commença par une convocation urgente chez Victor. Le mail, envoyé très tôt ce matin-là, ne laissait aucun doute sur les tenants et aboutissants de cet entretien. Nash était également convié, ce qui n'était pas forcément bon signe.

Après une douche pour se rafraîchir les idées, elle s'habilla d'un short en jean blanc et d'un débardeur bleu avant d'enfiler une paire de baskets. Elle n'avait pas suffisamment d'appétit pour s'arrêter prendre le petit-déjeuner, elle marcha jusqu'au bureau de son patron sans attendre l'heure de son entretien, pour en finir une bonne fois pour toutes.

La porte était entrouverte, elle le vit téléphone à l'oreille, tourné vers la baie vitrée.

— Mais la saison vient juste de commencer ! Je sais, je sais...

Il se leva de son siège et fit quelques pas. Tyna s'efforça de demeurer cachée, sa curiosité exacerbée.

— Écoutez... Je vous remercie pour tout ce que vous avez fait pour le club, mais vous devez me laisser gérer ça à ma manière, OK ? Je me suis engagé, je ne l'oublie pas. Et vous aurez satisfaction comme c'était prévu au départ.

Dans quelles manigances trempait-il ? Car cela ne faisait aucun doute : quelqu'un d'extérieur au club tirait les ficelles.

Il raccrocha et lança le téléphone brusquement sur son bureau avant de se rasseoir en faisant grincer son siège. Les coudes posés devant lui, les mains croisées à hauteur du visage, il semblait décontenancé par sa conversation. En même temps, s'associer avec des personnes douteuses qui pratiquaient le chantage comme langue maternelle, ce n'était pas l'idéal. Même pour un homme dans sa position.

— Merde, merde, merde... bougonna-t-il. Je suis vraiment mal barré.

— Je suis certaine que tu vas trouver une solution, murmura une voix sortie de nulle part. Avec ce que j'ai envoyé à la presse...

Cette voix... Elle lui disait quelque chose. Tyna jeta un œil à l'intérieur du bureau une nouvelle fois mais ne vit personne. Où était la fille ?

Victor repoussa légèrement son siège et baissa les yeux sous son bureau. Merde ! La nana était à genoux par terre et faisait glisser sa braguette. Malheureusement, elle ne voyait pas son visage.

Ecœurée, la jeune femme préféra rebrousser chemin, les larmes aux yeux. Si elle avait eu des doutes jusqu'à présent, ils s'étaient volatilisés. Il y avait bien une taupe au sein du club, et cette personne l'espionnait dans l'unique but de la faire dégager.

Chapitre 25

♪ Seether – Broken

Alors qu'elle fuyait l'aile du bâtiment, elle heurta de plein fouet un corps tout en muscles. En relevant la tête, elle croisa le regard suspicieux de Nash.

— Eh là, où est-ce que tu cours comme ça ?

Elle aurait bien eu besoin de parler à quelqu'un de ce qu'elle avait vu, mais elle ne savait plus à qui se fier. Et s'il était lui aussi dans le coup, après tout ? Le club entier semblait ligué contre elle, notamment depuis l'arrivée des nouvelles recrues. Et il était là en même temps qu'elles, alors…

— On est censés voir Victor dans vingt minutes, tu ne vas quand même pas te défiler ?

Tyna secoua la tête en signe de dénégation mais se mordit la joue pour ne pas en dire davantage. Elle allait devoir mener son enquête, mais en attendant, elle se retrouvait à nouveau seule. Elle se devait donc de faire profil bas.

— Règles douloureuses, prétexta la jeune femme. Je te laisse décider avec lui de ma sanction et s'il faut organiser une conférence de presse pour m'expliquer, je vous suivrai.

Il s'écarta pour la laisser passer tout en se demandant ce qui lui valait ce pas si pressé. Tandis qu'il se dirigeait vers le bureau du président, il vit la joueuse sortir de la pièce et regarder alentour avant de refermer derrière elle. Rougissante, elle courut dans la direction opposée de son entraîneur qu'elle voulait éviter, de toute évidence.

Curieux, Nash s'avança et frappa trois coups pour s'annoncer.

— Oui, entrez ! s'exclama Victor.

Au premier abord, il avait très mauvaise mine. Il était sans doute contrarié par l'esclandre provoqué par la soirée clandestine des filles. Mais il sentit également autre chose. Et quand il était question d'emmerdes, Nash avait le nez fin.

Il s'assit en face de son patron, la cheville droite sur sa cuisse, attendant le début de l'entretien.

— Tyna n'est pas avec toi ?

— Elle ne viendra pas. Elle est malade.

— Pas étonnant après tout ce qu'elle a ingurgité l'autre soir.

— Sans vouloir la défendre, je doute qu'elle ait abusé de stupéfiants. Elle était peut-être un peu éméchée, et alors ? Elles sont jeunes, parfois elles ont envie de...

— Je sais parfaitement ce qu'elles ont en tête ! Mais quand on se lance dans cette carrière, on sait à quoi s'en tenir. Elle doit donc être sanctionnée. Sinon c'en sera fini de la discipline, les autres suivront le mouvement et on aura des cuites tous les week-ends.

Victor se leva pour faire quelques pas dans son bureau. Les bras derrière le dos, il s'arrêta devant la fenêtre donnant sur le parking visiteurs. La vue devait être agréable puisqu'il souriait.

— On pourrait lui faire faire une analyse toxicologique, proposa Nash. Si elle a pris de la drogue, ce sera encore dans son organisme. Et pourquoi ne pas soumettre les autres également ?

— Très bonne idée, Nash. Envoie-les toutes à l'infirmerie dans la journée.

— Et pour les sanctions ?

— Fous-les sur le banc jusqu'à nouvel ordre.

— Toutes les quatre ?

Il acquiesça, l'air grave, comme s'il souffrait d'avoir à prendre cette mesure disciplinaire. Mais il n'était pas homme à revenir sur ses décisions, ni à se laisser marcher sur les pieds. S'il estimait qu'elles devaient être punies, alors elles le seraient. Il n'irait pas à son encontre, même si cela lui coûtait beaucoup. De plus, si cela durait trop longtemps, ils risquaient de compromettre leur place en championnat. Toutefois, les ordres du patron étaient indiscutables.

— Très bien, accepta Nash. Ce sera fait. On fait quoi pour la presse ?

— Notre chargée de relations publiques a déjà envoyé un communiqué, très tôt ce matin.

— OK. Besoin de moi pour autre chose ?

— Non merci, tu peux disposer. À demain.

Il ne se fit pas prier. Après avoir quitté le bureau, il adressa un message aux quatre joueuses devant se soumettre aux analyses et rejoignit sa voiture. Il n'avait qu'une hâte : retrouver sa fille pour la *pool party* qu'ils avaient décidé d'organiser.

***

Tyna se gara devant chez elle en fin de matinée, surprise de trouver Nash et Clara en train de barboter dans sa piscine. Elle poussa la grille donnant sur le patio pour les découvrir dans l'eau en train de s'éclabousser. La petite fille riait pendant que son père faisait semblant de boire la tasse. Elle s'assit près d'eux, sur une chaise longue, lunettes de soleil sur le nez.

Ils avaient raison de profiter de cette belle journée. Ça valait mieux que de rester enfermé et de cogiter.

Depuis le spectacle de son début de journée, elle n'arrivait pas à mettre son cerveau sur pause. Elle spéculait sans cesse, tournant et retournant toutes les pièces du puzzle dans sa tête. Elle essayait de se repasser la voix en boucle pour découvrir qui se cachait sous le bureau, mais impossible de l'associer à une des filles. Elle pouvait déjà éliminer Fatou qui n'était pas blanche, mais il en restait un certain nombre.

— Qu'est-ce qui t'arrive ? s'enquit Nash en nageant jusqu'au rebord.

— Rien, laisse tomber. Je vais monter.
— Tu vas mettre ton maillot ? demanda Clara, pleine d'espoir.
— Non, je vais me reposer, j'ai mal à la tête.
— Je croyais que tu avais mal au ventre ? s'étonna son coach, pas dupe pour un sou.

Ne relevant pas sa remarque, elle entra dans la maison où flottait une délicieuse odeur de nourriture. Kélya cuisinait. Derrière la plaque à induction, elle remuait une grande cocotte.

— B... bonjour, bégaya la nounou. Vous déjeunerez avec nous ?
Eh bien, cache ta joie !
Ne se sentant pas d'humeur à jouer les familles modèles, Tyna déclina et s'enferma dans sa chambre.

Mue par un pressentiment étrange, elle sortit son ordinateur portable de sa sacoche et l'alluma pour entamer des recherches. Elle n'avait pas de relations chez les flics mais elle pensait réussir à trouver ce qu'elle cherchait. Ou plutôt : qui.

En quelques minutes à peine, elle avait déjà passé trois coups de téléphone menant à la même adresse. Depuis toutes ces années, sa mère ne semblait pas avoir bougé de Quilmes. Restait à savoir si cette connasse était derrière tout ce merdier.

Si elle voulait en avoir le cœur net, elle devait se rendre sur place. Mais comment ? Avec les entraînements et les matchs à venir, on ne l'autoriserait jamais à partir en Argentine. À moins d'un motif très sérieux.

Elle dégaina son smartphone de sa poche pour adresser un message à Phil, en espérant qu'il puisse faire quelque chose.

J'ai besoin de ton aide. Il me faudrait un faux certificat de décès ou un bulletin d'hospitalisation pour que j'aille voir ma mère. STP. -Tyna

Sa réponse ne se fit pas attendre. En moins de deux minutes, il l'appelait.

— Mais t'as complètement perdu la tête ! la sermonna-t-il.

— Écoute, il se passe quelque chose au club. On peut se voir dans un endroit discret ? Je te raconterai.

— Le parc de Buckhead, si tu veux. Je peux y être dans trente minutes.

— Parfait. À tout de suite.

Elle sortit sans un mot de la maison et conduisit jusqu'au lieu de leur rendez-vous. Elle avait décidé de lui demander plus encore que ce faux document. Mais elle avait peur de sa réaction. Et surtout, qu'il la laisse s'empêtrer dans le sac de nœuds qu'elle était en train de remuer.

À cette époque de l'année, le parc de Buckhead commençait à revêtir ses couleurs d'automne, bien que les températures soient toujours élevées en journée. Seul le vent dans les arbres témoignait de l'arrivée des premières fraîcheurs matinales. Atlanta avait toutefois la chance de garder un climat doux en période hivernale, ce qui lui convenait puisqu'elle avait surtout connu celui d'Argentine, subtropical et humide toute l'année.

Elle attendit son père adoptif sur un banc, sous un réverbère fleuri. Elle vit passer quelques promeneurs, des joggeurs et même des familles, avant de voir Phil apparaître au détour d'une allée. Le cœur gonflé de soulagement, elle se précipita dans ses bras.

— Désolée de te faire sortir un dimanche...

— Tu sais bien que je rapplique si tu as besoin de moi. Raconte-moi ce qui se passe.

En quelques phrases concises, elle lui relata les derniers événements qu'elle assembla aux précédents. Ainsi, depuis le début de la saison, elle était en droit de penser qu'on avait échafaudé un plan pour lui nuire personnellement.

— J'aimerais la voir, dit-elle en parlant de sa mère. Pas forcément lui parler, mais m'assurer qu'elle est restée dans son taudis jusqu'à maintenant et qu'elle compte bien y rester.

— Tyna... je ne pense pas que ce soit une bonne idée. Inutile de te rappeler dans quelles conditions nous avons dû quitter l'Argentine... Si on nous reconnaît...

— Bah on a quand même changé depuis le temps ! Tu crois vraiment qu'ils ont encore ça en tête ?

Il lui prit les mains et les caressa avec ses pouces. Elle savait qu'il allait tout faire pour la dissuader d'y aller. Mais elle avait vraiment besoin de lui à ses côtés. Il était le seul à la comprendre et à connaître cette partie peu reluisante de sa vie.

— Ces gens-là... ce sont des forcenés.

— On n'est pas dans un film, railla la jeune femme.

— La réalité est bien pire que ce qu'on voit au cinéma. Tu en sais quelque chose, non ? Laisse ça derrière toi. Derrière nous.

Elle fuit son regard, troublée par les souvenirs qui affluaient. Peut-être avait-il raison, mieux valait laisser le passé où il était au risque de le voir ressurgir. Mais le doute s'était insinué en elle, il coulait dans ses veines comme un alcool fort qui menaçait d'altérer son jugement. Tant qu'elle ne l'aurait pas éliminé, sa conscience ne serait pas tranquille.

Voyant que sa protégée n'en démordait pas, Philip prit son téléphone et passa commande auprès de son contact. Heureusement, il avait toujours de quoi faire des faux passeports en un éclair, comme ceux qui leur avaient permis d'entrer dans le pays. Avec un peu de cash en peso argentin, il n'avait plus qu'à affréter un jet en partance pour Quilmes. En espérant ne pas y remuer la merde.

— Merci, fit la jeune femme en se calant entre ses bras. On ne fait qu'un aller-retour. Préviens-moi quand on décolle.

— Bientôt. Laisse-moi juste le temps de rassembler un peu d'argent et un flingue.

Chapitre 26

♪ - Selena Gomez – *Love you to love me*

Nash ne revit pas Tyna de la journée. Quand elle était montée, il s'attendait à la retrouver quelques instants plus tard, dans son maillot de bain le plus sexy pour le rendre dingue. Mais elle s'était éclipsée sans prévenir.

Clara avait passé de longues heures à patauger dans le bassin, dans son maillot rose Barbie, entourée d'une bouée gonflable en forme de licorne. Il ne l'avait pas quittée, savourant les instants bénis qu'il pouvait partager avec elle.

Mais l'absence de Tyna, pour une raison étrange, l'inquiétait. Le regard qu'elle lui avait lancé en le croisant ce matin-là... était tout sauf anodin. Elle semblait choquée. Perturbée.

Avait-elle vu la fille que Victor recevait dans son bureau avant l'heure de leur entretien ? Et même si c'était le cas, qu'est-ce que ça pouvait bien faire ? Il était de notoriété publique que le grand patron aimait s'entourer de jolies filles. Ils avaient ça en commun, même si Nash faisait tout pour éviter de les choisir dans l'équipe. Et pourtant, il mourait d'envie d'aller et venir dans l'une d'elles...

Ce n'était néanmoins pas pour ce motif qu'il était encore debout à une heure indue. Il l'attendait. Dans le salon ouvert sur le hall d'entrée, il s'était installé devant la télévision après avoir réglé le volume au minimum. Dans le noir, tout en zieutant l'écran de son téléphone, il guettait l'arrivée de sa voiture.

Lorsque minuit sonna, il décida d'appeler Fatou pour s'assurer qu'elle était rentrée au club. Son amie décrocha tout de suite.

— Tiens, que me vaut le plaisir ? se moqua la jeune femme.

— Tyna est rentrée ?

— Ah, je me disais aussi… Non, je suis seule, et si tu veux mon avis, ça me fait un bien fou. Au moins, j'ai un peu la paix. Miss Perfection n'est pas là pour me rappeler de ranger mes fringues ou de nettoyer la douche.

— Si jamais… tu me préviens ?

Durant quelques secondes, Fatou resta silencieuse. Il n'entendait que les paroles d'une chanson en fond sonore, elle s'était même abstenue d'un soupir en guise de moquerie.

— Tu as l'air… inquiet, fit-elle. Qu'est-ce qui se passe ?

— J'en ai pas la moindre idée. Une intuition.

Il raccrochait lorsque la lumière des phares d'une voiture perça l'obscurité extérieure. Le véhicule s'engagea dans le rond-point et se gara sur la place libre devant le garage. Il éteignit la télévision et attendit encore deux minutes avant qu'elle n'entre dans la maison en faisant cliqueter ses clés.

— Bonsoir, dit-il pour se manifester.

Il la vit sursauter et chercher l'interrupteur aussi vite que possible. La main sur le cœur, elle l'incendia :

— Bordel, tu m'as foutu une trouille monumentale !

Elle referma la porte et la verrouilla à double tour. Elle appuya ensuite sur la poignée pour vérifier qu'on ne pouvait pas entrer et enclencha le bouton d'alarme des portes et fenêtres de la maison.

— Est-ce que tout va bien ? lui demanda-t-il en se levant.

— O… oui. Il est tard, je monte me coucher.

— Tyna. Je commence à te connaître. Je vois bien que tu n'es pas dans ton état normal.

La jeune femme fuyait son regard et jouait avec la lanière de son sac, signe qu'elle était nerveuse. Il lui désigna un siège pour qu'elle y prenne place et s'assit à côté d'elle.

— Tu as pu faire l'analyse ?

— Oui.

— T'es partie vite cet après-midi, lui fit-il remarquer.

— J'avais des trucs à faire. Pourquoi ? Tu t'imaginais qu'en vivant sous mon toit je participerais à vos activités familiales ?

Aïe. La Tyna agressive était de retour. Elle ne lui avait pas tellement manqué, en fin de compte. Mais il était prêt à parier qu'elle était surtout sur la défensive.

— Pas du tout. D'ailleurs tu vas être contente, je nous ai trouvés une maison à deux pas. Comme ça Clara ira à l'école du quartier.

— Et tu emménages quand ?

— À la fin de la semaine. Le temps de meubler et de nous installer.

— Parfait ! Si tu veux bien, je suis crevée, alors…

Elle ne lui laissa même pas le temps de répondre. Il voyait bien qu'elle était bouleversée, à fleur de peau. Mais elle ne souhaitait pas lui parler malgré son invitation à se livrer.

Elle avait oublié son sac sur le parquet avant de monter. Il allait le prendre lorsqu'il remarqua une liasse de billets qui en dépassait. En soupesant la besace, il s'aperçut qu'elle était étonnamment lourde. Il ouvrit le sac et découvrit ce qu'il contenait. Il comprit alors qu'elle avait des ennuis.

***

Tyna resta sous le jet d'eau chaude plus longtemps que nécessaire. La vapeur avait envahi sa salle de bains lorsqu'elle sortit de sa douche. Elle dut essuyer son miroir pour y voir son reflet contrarié. Il y avait de quoi. Le lendemain, elle devrait prendre un avion pour l'Argentine, le pays qu'elle avait quitté depuis plus près de dix ans. Cette terre qui l'avait vue naître et qui l'avait condamnée dès l'instant où son sale géniteur avait éjaculé dans sa connasse de mère.

Quitter ce territoire de désolation et de souffrance avait été un soulagement, une aubaine même. Quand Phil l'avait trouvée, elle avait nourri de nouveaux espoirs. Et voilà où elle en était dix ans plus tard : à l'aube de la consécration. Mais alors qu'est-ce qui la poussait à retourner là-bas ?

La curiosité ? Peut-être un peu, mais pas seulement.

Le besoin d'être rassurée ? Profondément. Et pas seulement parce qu'elle croyait sa mère capable de fomenter son assassinat depuis le bouge qui lui servait d'habitation et de maison de passe. Elle souhaitait aussi revoir ce quartier avec les yeux de l'adulte qu'elle était devenue. Une femme forte qui avait réussi à se reconstruire, à s'accepter, à aimer. Alors qu'elle ne croyait pas tout cela possible en posant le pied à Atlanta. Au fond d'elle, Tyna était persuadée qu'elle avait fait le bon choix, le jour où Philip lui avait proposé de quitter le pays. Il n'y avait pas photo entre sa vie d'aujourd'hui et celle qu'elle aurait dû avoir en restant là-bas. Mais il fallait le voir pour le croire.

Elle retira la serviette qui maintenait ses cheveux sur sa tête avant de quitter la salle de bains dans un peignoir blanc en éponge, prête à prendre un peu de repos.

Une fois encore, elle fit un bond en découvrant Nash assis sur le bord de son lit.

— Bordel mais qu'est-ce que tu fous là ?

— Je t'ai ramené ton argent de poche ! dit-il en lançant son sac à ses pieds.

Elle le regarda s'écraser lamentablement en déversant les liasses de billets qu'elle avait réussi à rassembler avant le départ. Il n'était pas question de laisser Phil régler la note tout seul. S'il fallait graisser quelques pattes, elle était prête à payer.

— Maintenant, tu vas tout m'expliquer, ou je préviens les flics.

— Un conseil : si tu tiens à ta fille, reste en dehors de tout ça.

— C'est une menace ? gronda-t-il en lui faisant face.

Il bombait le torse comme s'il s'agissait d'engager un combat. Elle posa la main sur lui en espérant l'apaiser.

— Tu sais que je ne ferai jamais de mal à Clara, alors calme-toi. Mais tu ferais mieux d'arrêter de fouiner.

— Désolé mais je suis impliqué maintenant que j'ai vu tout ce fric. Merde, il y a bien vingt mille dollars là-dedans !

— Vingt-cinq, corrigea la jeune femme. C'est tout ce que je pouvais retirer avec ma carte.

— On te fait du chantage ? On t'a demandé du fric en échange de quelque chose ?

— Arrête de me poser des questions !!! Je déteste l'idée de te mentir.

— Alors dis-moi la vérité. Et je te promets de t'aider du mieux que je le pourrai. Même si je dois aller casser des gueules, je suis prêt.

Elle ne put s'empêcher de ricaner en l'imaginant face aux types qu'elle avait en tête. Même avec toute la bonne volonté du monde, il ne ferait jamais le poids. Mais c'était vraiment adorable de sa part de vouloir la défendre.

— Nash… si je pouvais, je t'expliquerais tout. Mais crois-moi, il est préférable que tu ne sois pas mêlé à ça.

— Promets-moi au moins que tu n'es pas en danger.

Elle se mordit la lèvre en se demandant si elle devait être totalement honnête ou s'il valait mieux passer sous silence tous les détails. En réalité, elle n'en avait pas la moindre idée. Elle espérait que non jusqu'à ce qu'un argentin pointe un flingue sur elle. À ce stade, elle ignorait si son mauvais pressentiment était fondé.

— Tyna… je n'aime pas ça. Est-ce que ça a un rapport avec l'incident au stade ? Tu sais quelque chose ?

— Pas encore tout à fait. Je voudrais vérifier ma théorie. Et pour ça, je dois partir en Argentine.

— Quoi ? Mais…

— Inutile d'essayer de m'en empêcher, les billets sont déjà achetés. On décolle demain en fin de matinée.

— Qui ça « on » ?

Elle soupira, consciente qu'elle donnait les informations au compte-goutte mais elle préférait peser ses mots et en révéler le moins possible. C'était mieux pour tout le monde.

— Personne, lâcha-t-elle en se détournant pour ranger son sac dans sa valise. Maintenant tu ferais mieux d'aller te coucher. Il y a entraînement demain.

— Avant j'aimerais juste que tu me dises une chose…

Elle s'avança jusqu'à lui dont le regard avait changé. Il était incroyablement triste désormais. L'inquiétude avait pris le dessus sur la colère, conférant une teinte marine à ses yeux. Tyna le trouvait d'une beauté incroyable, de celles qui entravaient le souffle des femmes tombées sous un charme hypnotique.

— Tu reviens quand ?

— Je l'ignore.

Elle ne savait même pas ce qu'elle trouverait sur place, ni si elle arriverait à revenir. Arriver en Argentine avec de faux papiers était une chose, en ressortir en était une autre. Surtout si elle remuait les emmerdes.

— Fais attention à toi, dit-il doucement. Je n'aime pas l'idée de te savoir là-bas. Quelque chose me dit que tu ne devrais pas y aller.

Sur ce, il la tira contre lui et la serra dans ses bras. Elle laissa sa tête reposer contre son épaule, s'emplissant de son odeur si réconfortante. Délicieusement virile, elle lui faisait penser à celle des bois après l'orage, quand ils se gorgeaient d'eau pour nourrir leur sève. C'était sexy et rassurant.

Au bout de quelques minutes, il la tenait encore et caressait son dos de ses mains. Ce geste était sûrement innocent venant de lui, mais il déclencha en elle un désir si violent qu'il la surprit par son intensité. À croire qu'elle n'avait jamais voulu un homme comme elle le voulait lui. Tout son corps palpitait, y compris la zone la plus intime de son anatomie. Elle vibrait à l'idée d'être caressée et aimée par cet homme aussi agaçant que séduisant. Et puisqu'elle n'était pas sûre de revenir, elle voulait partir en gardant un souvenir impérissable de lui.

— Nash... souffla-t-elle contre sa bouche.

À la façon dont elle avait prononcé son prénom, elle vit dans ses yeux qu'il avait compris sa supplication muette. Pourtant, il ne bougeait pas. Les mains enserrant ses hanches, le regard rivé au sien, il semblait attendre. Mais quoi ?

— Dis-le... susurra-t-il. Dis-moi ce que tu veux...

Elle se mordilla la lèvre, gênée d'avoir à dire tout haut ce que son corps hurlait. Il vibrait contre lui, ne le sentait-il pas ?

— Fais-moi l'amour...

Chapitre 27

♪ Sia – *Helium*

Le souffle erratique, elle prit sa main et la guida entre les pans de son peignoir. Celui-ci s'écarta et tomba au sol. Nue devant lui, elle ne ressentait aucune gêne ou timidité. Avec le temps, elle avait appris à aimer son corps, à l'accepter avec ses défauts et ses cicatrices. Et elle avait déjà lu en lui un certain nombre de fois à quel point elle pouvait l'exciter.

Elle dirigea d'abord ses mains sur ses seins. D'assez beaux volumes, Nash les prit en coupe et les soupesa. Ils étaient fermes, lourds et tenaient dans ses paumes à la perfection. Avec ses pouces, il traça le contour de ses tétons qui durcirent en quelques secondes à peine. Ses aréoles étaient plus foncées qu'il les avait imaginées, mais Tyna portait merveilleusement bien ce symbole même de la féminité.

Elle le poussa jusqu'à son lit sans préambule. Quand ses mollets en rencontrèrent la dureté du bois, il s'assit, se laissant dominer par cette femme qui pouvait désormais faire de lui ce qu'elle voulait. À cet instant précis, elle aurait pu tout exiger de lui. Dans ses yeux brillait l'expression de son désir, de sa détermination à les mener jusqu'au plaisir qu'ils étaient déterminés à partager.

— Tu es trop habillé pour ce que j'ai en tête, railla la jeune femme en souriant.

Il attrapa son polo qu'elle l'aida à retirer, ce qui n'était qu'un prétexte pour le toucher. Sa peau était chaude mais elle se couvrit de chair de poule lorsque ses doigts s'attardèrent sur les muscles saillants de son torse.

— Allonge-toi, le pressa-t-elle sur un ton qui n'aurait essuyé aucun refus.

— Tyna... tenta-t-il de protester.

Il lui prit les mains et croisa leurs doigts ensemble. La tête à hauteur de son nombril, il avait un mal de chien à garder les yeux dans les siens. Il ne rêvait que de plonger la tête dans ses seins, de lécher sa peau sur chaque centimètre carré et d'enfouir sa bouche entre ses cuisses.

Elle se pencha sur lui et s'attaqua aux boutons de son jean. Il crut perdre le souffle lorsqu'elle fit exprès de passer ses doigts sous l'élastique de son boxer. Elle savait y faire pour augmenter la pression dans son sexe déjà à l'étroit. D'ailleurs, elle sembla apprécier sa taille lorsqu'il fut enfin libéré de son pantalon.

Elle l'effleura à travers le tissu, pressa son pouce sur son gland pour tester la réaction de cette partie sensible, puis interrompit la séance de torture en se pressant contre lui.

— Embrasse-moi, lui dit-elle en entourant son cou de ses bras. Partout où j'ai envie de toi et de ta bouche.

— J'y passerai la nuit s'il le faut.

Satisfaite de sa réponse, elle écrasa sa bouche sur la sienne et partit à l'assaut de sa langue. Taquine, tantôt elle la caressait, tantôt elle la suçait. Ils se dévoraient tout en laissant leurs deux corps se frotter l'un contre l'autre, libres de leurs mouvements. Tyna pressait ses seins contre son torse jusqu'à en avoir mal tellement elle éprouvait le besoin d'être proche de lui. C'était devenu vital. Elle ressentait tout de cet instant si particulier : ses mains parcourant son dos, traçant les reliefs de sa colonne vertébrale, s'arrêtant sur le haut de ses fesses avant de les empoigner.

Elle émit un petit cri de surprise lorsque ses doigts, joueurs, suivirent la ligne entre ses fesses avant de continuer leur chemin jusqu'à son antre. Elle écarta légèrement les jambes pour lui permettre de pousser son exploration au maximum, tout en continuant de dévorer sa bouche.

Il s'écarta pourtant pour la regarder dans les yeux, comme s'il voulait s'assurer de l'effet que ses caresses avaient sur elle. Sans rompre le contact visuel, il commença à la toucher. Elle sursauta presque quand elle le sentit près de son pubis. Du bout des doigts d'abord, Nash partit à la découverte de ce joyau jusque-là inaccessible. Puis, il introduisit son index en haut de sa fente, trouvant immédiatement son clitoris enflé.

Il sourit tandis que les yeux de Tyna se révulsaient. Ses genoux se tordaient à mesure qu'il l'enfonçait plus loin dans sa chair brûlante. Il prenait un plaisir presque machiavélique à la sentir prête à vaciller pendant qu'il titillait d'un doigt le centre nerveux de son désir. Elle s'accrochait à ses épaules, piétinait d'impatience. Elle refermait les cuisses et les rouvrait la seconde suivante. C'était le spectacle le plus érotique auquel il avait assisté jusqu'alors, et quand elle ferma les yeux et laissa dodeliner sa tête, il sut qu'il voulait la combler comme jamais elle ne l'avait été.

Il retira son doigt au moment où elle entrouvrait les lèvres. Surprise, Tyna le regarda à nouveau.

— Pourquoi tu t'arrêtes ? lui demanda-t-elle, confuse.

— Parce que ça ne me suffit pas.

Elle lui sourit, ravie qu'ils soient enfin sur la même longueur d'onde. Il se leva ensuite mais c'était une manœuvre visant à la faire basculer sur le lit.

— Tricheur ! s'offusqua la jeune femme, souriante. Je me vengerai.

— J'espère bien. Mais avant ça… laisse-moi prendre les choses en main.

Il recouvrit bientôt son corps du sien. Les genoux enfoncés dans le matelas, il la laissa nouer ses jambes autour de sa taille. Contre son intimité, elle sentait son sexe pulser. Pressée de l'avoir en elle,

elle ondula des hanches pour lui montrer qu'elle n'en pouvait plus d'attendre. Amusé, Nash choisit de retarder le moment en continuant de la torturer. Il fit glisser sa bouche dans son cou, léchant la zone douce derrière son lobe et descendant lentement jusqu'à ses seins.

— Nash... susurra la jeune femme, je t'en prie...

Il secoua la tête et continua son exploration, ravi de la sentir si fébrile entre ses bras. Il jouait tour à tour avec ses tétons durcis. Pendant qu'il suçait l'un d'eux, il caressait le second en accentuant progressivement la pression qu'il exerçait sur lui.

C'était divin. Tyna se sentait prête à lâcher prise, totalement soumise à son bon plaisir. Il était partout, sauf là où elle le voulait plus que tout. Nash faisait son maximum pour la rendre folle, et ça fonctionnait à merveille. Le souffle court, elle s'accrocha à ses cheveux lorsqu'il mordilla son téton. Bordel... Elle perdait le contrôle de son corps malmené, impuissant face à ce plaisir qu'il découvrait.

— Nash... répéta Tyna. S'il te plaît... Je...

Il s'arrêta pour la regarder dans les yeux. Ils étaient voilés mais brillaient d'effervescence. Les cheveux épars tout autour d'elle, encore humides de sa douche, elle n'avait jamais été aussi magnifique. Vulnérable. Et diaboliquement sexy.

— Laisse-toi faire, lui dit-il en passant sa langue sur ses lèvres. Fais-moi confiance.

Elle acquiesça, se demandant ce qu'il avait en tête. Pourtant, elle s'en remettait à lui. Elle savait qu'avec lui, le sexe ne serait que pur délice. Et elle avait raison, même s'il s'apparentait aussi à une torture.

Il lui écarta brusquement les jambes pour exposer sa vulve à son regard enfiévré. Rose, délicate, elle luisait d'excitation. Quand il posa son pouce sur son clitoris, il l'écouta soupirer d'aise et de soulagement. Il voulait la toucher, lui montrer qu'il n'avait aucune intention de lui faire du mal. Et l'amener aussi loin que possible dans la jouissance

La jeune femme s'abandonnait à ses caresses sans éprouver de pudeur, même quand elle sentit un liquide chaud couler entre ses jambes. Ses doigts étaient à la fois légers et oppressants, ils frôlaient, appuyaient, puis elle sentit sa bouche se poser en haut de sa fente. Il embrassa cette partie de son corps qu'elle gardait lisse en toutes circonstances, puis il descendit doucement. Son souffle chaud la surprit, puis sa langue prit le relais de ses doigts. Elle poussa un râle tellement cette sensation était enivrante.

Il prit son temps pour la guider jusqu'au paroxysme du plaisir. À coups de langue et grâce au va-et-vient de ses doigts, la pression s'accentuait à l'intérieur de son ventre. Presque incandescents, les replis de son vagin se contractaient par intermittence autour de ses doigts. Et plus elle se rapprochait de la délivrance, plus son cœur tambourinait. Dans sa poitrine, à ses tempes, dans la chair à vif de son clitoris. Jusqu'à l'explosion. Elle se tordit sur le lit, le poing serré et mordant son oreiller pour ne pas hurler. Nash accompagnait sa jouissance en continuant de caresser l'intérieur de sa féminité et de la lécher. Il formait des cercles plus lents tout autour de son clitoris, s'accordant au rythme de son orgasme. Il ne s'arrêta qu'au moment où son corps se relâcha, repu.

Quand elle retomba sur les draps, en sueur et comblée, Tyna éclata d'un rire triomphal.

— *Por el amor de Dios*[5] ! geignit-elle.

C'était la première fois qu'il l'entendait parler dans sa langue maternelle. Il n'avait jamais appris l'espagnol mais son ton ne laissait aucun doute : elle avait pris son pied.

---

[5] Pour l'amour de Dieu

Il remonta près d'elle pour s'étendre à ses côtés pendant qu'elle reprenait ses esprits. La jeune femme ne tarda pas à venir se caler contre lui, la tête sur son torse.

— Tu regrettes ? osa-t-il demander.

— Quoi ? Pas un seul instant. T'avais raison, pour une fois, DeWitt. C'était génial.

Fier de sa réussite mais n'ayant jamais douté de ses performances, il prit sa main et embrassa ses doigts. Il était toujours serré dans son boxer, et bien que l'idée de la prendre sans ménagement lui plaisait, il avait autre chose en tête.

Il se remit sur pieds et ramassa ses vêtements. Quand il fit mine de quitter la chambre, la jeune joueuse se redressa sur son lit, abasourdie.

— Qu'est-ce que tu fais ? s'étonna Tyna.

— C'était un avant-goût, expliqua-t-il en passant son polo. Pour la suite, il faudra que tu reviennes.

Elle s'enroula dans le drap avant de le rejoindre près de la porte, furieuse.

— Si j'avais su que tu me ferais un coup pareil…

— De quoi tu te plains ? T'as pris ton pied, non ? Ç'aurait été dommage de s'en priver.

— T'es vraiment qu'un… qu'un connard !

— C'est ma marque de fabrique, non ? Allez, sois pas fâchée. Ma queue t'attendra. J'aurais au moins pu goûter à quel point tu es délicieuse.

Il se lécha furtivement la commissure des lèvres avant de lui adresser un sourire de voyou.

— Je te laisse faire de beaux rêves. Fais attention à toi, OK ?

— Va te faire foutre !

Chapitre 28

♪ – The Weeknd – *In Your Eyes*

Cela faisait plus d'une semaine que Nash faisait la gueule. Ronchon, lunatique, à côté de ses pompes, l'entraîneur-chef passait le plus clair de son temps à gueuler à travers le terrain, sans même prendre de gants. Fatoumata le connaissait suffisamment pour savoir que l'absence de la joueuse vedette y était pour quelque chose.

Tout le monde cherchait à savoir pourquoi Tyna avait disparu de la circulation. D'aucuns racontaient qu'elle avait été sanctionnée sévèrement après l'organisation de la fête clandestine, mais pour Fatou, ce n'était qu'un prétexte. La ride d'inquiétude qui barrait le front de Nash n'était pas là par hasard.

La veille, après une journée bien chargée, la jeune Française avait rendu visite à son ami dans sa nouvelle maison de Conway Street. Par un curieux coup de chance, elle avait appris que Tyna habitait quelques maisons plus loin, et elle était persuadée qu'il le savait très bien. Ces deux-là cachaient bien leur jeu, de toute évidence, même si elle était certaine qu'ils ne couchaient pas ensemble. Pas encore, en tout cas.

Ce soir-là, il l'avait accueillie à bras ouverts. Il avait commandé un dîner hors de prix chez un traiteur gastronomique français et pendant qu'il préparait les plats, elle était assise en tailleur derrière Clara à qui elle faisait des tresses.

— Tu me dis si je tire trop, ma puce, d'accord ?
— Nan nan, ça va.

Elle était d'une patience d'ange lorsqu'il s'agissait de sa coiffure. Rien à voir avec celle qui lui manquait quand il fallait attendre un nouveau jouet ou un goûter d'anniversaire. Mais Fatou adorait Clara. Elle était même un peu déçue qu'il ne lui parle pas de son arrivée tout de suite. Ce n'était pas comme si elle n'était pas au courant de son existence, elle devait même être sa seule amie dans la confidence. Cela dit, elle n'aurait pas été en mesure de les aider ou de les loger.

— Ça sent super bon, Nash ! cria-t-elle depuis le salon.
— J'espère bien, avec tout le mal que je me donne.

Ses papilles s'étaient ensuite régalées d'un rôti de veau accompagné de carottes jaunes et d'une sauce tomate légèrement relevée. Quand Clara fut endormie, il la rejoignit sur le canapé.

— Elle te remercie encore pour ses tresses, elle adore.
— Avec plaisir, tu sais que je ferais n'importe quoi pour elle.
— Je sais.

De nouveau, l'air soucieux prit la place de sa bonne humeur. Il assombrissait son regard en chassant la joie qui brillait d'ordinaire au fond de ses prunelles. Que pouvait-il bien dissimuler ?

— Nash... tu sais aussi que tu peux tout me dire.

Cette fois, il lui adressa un sourire narquois.

— Ouais... mais tu es quand même sacrément bavarde !
— Pas quand c'est important et encore moins quand ça te concerne. On se connait depuis un moment, ai-je déjà trahi ta confiance ?

Il secoua la tête mais ne s'épancha pas pour autant. Il se servit un verre, puis un deuxième.

— Tu as eu des nouvelles de Tyna ? demanda-t-elle, l'air de rien. Les filles commencent à se poser des questions.

Il fit tourner légèrement le liquide ambré dans son verre, ne sachant quoi répondre. Car non, il n'avait pas reçu de nouvelles, et ce n'était pas faute d'avoir envoyé des messages ! Même Philip Moore semblait avoir disparu, laissant son compagnon dans un état de stress très inconfortable.

— Tu sais au moins pourquoi elle est absente ?
— J'en sais rien, lâcha-t-il. On peut parler d'autre chose ?

Son humeur ne s'était pas améliorée depuis cette soirée, elle avait même empiré. Impuissante, Fatou cherchait comment obtenir des réponses, et elle était prête à beaucoup de choses pour trouver ce qui affectait son ami.

— Putain, Georgia, mais apprends à viser ! cria-t-il devant tout le monde le lendemain matin. C'est pas possible d'être aussi nulle !

Jeff l'entraîna à part pendant que les autres filles allaient trouver leur camarade pour la réconforter. Elle était sur le point de se mettre à pleurer.

— T'inquiète pas, la rassura Fatou, il a juste besoin de tirer un coup.

Elle provoqua l'hilarité générale et elles reprirent l'entraînement avec Jeff et son assistant. Un peu plus tard, alors qu'elle se rhabillait, elle décida de demander une entrevue à Victor, en espérant qu'il en saurait davantage.

***

Après sa journée de boulot, une fois sûr que Kélya pouvait encore s'occuper de Clara une heure ou deux, il se rendit chez Phil dans l'espoir de parler avec Kyle en face à face. Tyna avait dit au club que son absence ne durerait pas plus d'une semaine, et le délai touchait à sa fin sans que personne n'en sache plus. Il s'était certes comporté comme un abruti la veille de son départ, mais il avait de bonnes raisons pour ça. Il espérait que la perspective de se venger ou d'aller plus loin dans leur relation serait un motif suffisamment fort pour la pousser à revenir. Elle lui avait semblé tellement résignée à l'idée d'un non-retour qu'il avait trouvé cette idée excellente, avant de comprendre quelques jours plus tard qu'elle était stupide.

Il se gara devant la maison lorsqu'il vit les deux voitures stationnées. Kyle devait donc être rentré. À peine eût-il claqué sa portière qu'un type en blouson de cuir sortit par la porte d'entrée. Lunettes noires sur le nez, cheveux très courts et tatouage à la base du cou, il avait tout d'un bandit, mais il avait appris à ne pas juger à la première impression. Surtout quand il lui adressa un « bonjour » enjoué avant de monter dans sa voiture.

Il remarqua néanmoins que Kyle guettait le type derrière sa fenêtre. Ce n'était pas l'attitude de quelqu'un qui avait reçu une visite amicale.

Nash lui adressa un signe et il parut soulagé de le voir. Il lui ouvrit avec le sourire.

— Nash ! Quel bon vent t'amène ? Un problème avec la maison ?

— C'était qui ce mec ? questionna-t-il sans prendre de pincettes.

— Oh, un vieil ami de Phil. Il était dans la région et voulait prendre de ses nouvelles.

— Et tu lui as dit quoi ?

Kyle eut un mouvement de recul presque imperceptible, comme s'il le soupçonnait parce qu'il posait trop de questions. Mais c'était plutôt de ce type qu'il aurait dû se méfier, au lieu de lui dérouler le tapis rouge. Il ne le sentait pas du tout.

— Rien que des banalités. Il est en voyage d'affaires, qu'est-ce que j'y connais moi ? Je pensais qu'il décrocherait un peu lorsqu'il serait à la retraite… ça a pris moins d'un mois avant qu'il replonge. Je te sers quelque chose ?

Il accepta une limonade fraîche et s'installa avec lui dans la cuisine briquée comme un sou neuf. Il allait peut-être en profiter pour lui demander le nom de leur femme de ménage…

— Tu as eu de ses nouvelles depuis qu'on s'est parlé au téléphone ?

— Rien du tout. J'ai même appelé l'ambassade et le consulat, au cas où. Mais ils n'ont reçu aucun signalement.

Toute cette histoire était de plus en plus étrange. Ça puait les magouilles à plein nez. Dans quoi étaient-ils impliqués, tous les deux ? Cela pouvait-il avoir un rapport avec l'arrivée de la jeune femme aux États-Unis ?

— T'étais déjà avec Phil quand il a ramené Tyna d'Argentine ?

— On faisait une pause à ce moment-là. Mais il me l'a vite présentée. Selon lui, c'était une virtuose du ballon rond. Il a toujours eu de l'instinct.

— Ça t'a pas paru bizarre qu'il la fasse venir ?

— Non, elle était orpheline. Il l'a prise sous son aile, que voulais-tu qu'il fasse d'autre ?

Nash commençait à se demander s'il avait utilisé des moyens légaux pour la faire sortir de son pays d'origine. Peut-être était-ce cela qu'ils étaient allés régler sur place. Kyle devenant nerveux, il ne poussa pas plus loin son questionnement. Il termina son verre en le remerciant encore d'avoir trouvé sa jolie maison aussi rapidement et rentra chez lui.

Avant de se coucher, il tenta de l'appeler puisqu'elle ne répondait pas aux textos.

— Le numéro que vous demandez n'est plus attribué…

La voix qui tournait en boucle lui glaça le sang. Il était désormais évident qu'il était arrivé quelque chose, mais que pouvait-il faire ? Prévenir les flics ? Pour leur dire quoi ?

N'arrivant pas à dormir, il descendit les escaliers sans faire de bruit pour rejoindre la cuisine. Plongée dans l'obscurité totale, la maison était calme, tranquille. Mais en entrant dans la pièce, une lumière à l'extérieur attira son attention. Les spots de la piscine étaient allumés. Par la fenêtre, il vit Kélya faire quelques brasses dans le bassin.

Il ouvrit le frigo dont il sortit la brique de lait pour s'en servir un grand verre. Quand il était petit, sa mère réchauffait toujours le lait quand il ne trouvait pas le sommeil, elle y ajoutait ensuite sa touche personnelle : cannelle moulue, tranche de banane ou cuillère de miel.

Il buvait, assis devant l'îlot central, lorsque la jeune fille au pair de Clara rentra par la porte donnant sur le jardin. Dans un bikini rouge vif, elle s'essuyait les cheveux avec une serviette.

— Désolée, je ne voulais pas vous réveiller, dit-elle.
— Je ne dormais pas.
— Insomnie ?
— On dirait bien.
— Chez moi mes parents me préparaient un chocolat magique quand ça arrivait. Je n'ai jamais su ce qu'ils y mettaient mais ça marchait.

Il s'efforça à lui sourire, bien qu'il ressente une gêne en sa présence depuis qu'elle l'avait embrassé. Elle semblait vouloir se faire pardonner et passer à autre chose, mais elle ne parvenait pas à cacher son trouble quand elle était près de lui. Il avait tout sauf besoin de gérer cette situation incongrue en ce moment.

— Vous voulez que je vous en prépare un ?
— Quoi donc ?
— Un chocolat. J'en ai fait un à Clara cet après-midi, avec du vrai cacao. Elle a eu l'air d'aimer ça.

Pour ça, il n'avait aucun doute. Sa fille aimait tout ce qui était sucré. Quand il s'agissait de manger « du vert », c'était bien différent.

— C'est gentil mais ça va aller. Je vais monter me recoucher.
— D'accord, bonne nuit.

L'ancien lui, célibataire et *serial fucker*, ou même celui qu'il s'évertuait de paraître dans les magazines, aurait sans nul doute profité de la candeur de la jeune femme. Il l'aurait penchée sur le plan de travail pour la baiser avant de trouver enfin le sommeil.

Mais depuis son arrivée dans cette ville, tout avait changé. Il aspirait à autre chose, comme si le sourire et les courbes de la star locale avaient éclipsé tout le reste. Il ne prêtait même plus attention aux minettes.

Le lendemain matin, en arrivant au club, il essaya de se montrer plus clément, affichant un sourire forcé sur son visage toujours contrarié. Dans son bureau, il reçut l'entraîneur-adjoint et son assistant pour répartir les groupes d'entraînement du jour, et adapter la stratégie de jeu du match à venir. Portland était une équipe redoutable, dotée d'attaquantes de taille. Et puisque Tyna ne pourrait de toute façon pas jouer – même si elle revenait à temps –, il fallait trouver des solutions et orienter le système de jeu autour de Fatou.

Son amie était d'ailleurs aux anges de pouvoir toucher la balle sans devoir prouver qu'elle avait sa place dans l'équipe. Le climat était plus serein, les filles se concentraient plus facilement. Mais le dynamisme de Tyna et son esprit de compétition manquaient à l'appel.

— Alors, j'étais comment ? lui demanda Fatou après l'entraînement.

— Très bien. Mais n'oublie pas de faire des passes quand c'est nécessaire, OK ? Je vais devoir remplacer Tyna par Kelly au prochain match, dès demain tu seras en binôme avec elle.

— Toujours pas de nouvelles, si je comprends bien.

— Non. Mais de toute façon elle est suspendue jusqu'à nouvel ordre.

— Qui a décidé ça ?

— Le patron.

— Et tu ne trouves pas ça bizarre de s'acharner sur sa meilleure joueuse – après moi cela va sans dire – pour une simple histoire de fête ?

— À croire que tu la défends. C'est nouveau ?

— Qu'on aime ou pas cette nana, faut être logique deux minutes. Sans elle, on a peu de chance de l'emporter face à Portland.

N'importe quel président digne de ce nom le saurait. Il nous a condamnés à nous rétamer.

Il ne pouvait malheureusement pas lui dévoiler les intentions véritables de Vargas sans se trahir lui aussi. Fatou avait raison, bien entendu. Elle avait toujours eu une bonne intuition. Néanmoins, il admit que son vieil ami poussait les choses à l'extrême. Condamner l'ensemble de l'équipe juste parce qu'il voulait se débarrasser de Tyna, c'était dangereux pour tout le monde. De plus, quand on possédait un tel talent comme atout, pourquoi vouloir l'écarter à tout prix ? Elle était certes caractérielle, mais elle était brillante, intelligente et maniait le ballon comme personne.

Victor lui devait des explications, qu'il le veuille ou non. Il était déterminé à les obtenir, sans attendre. Il fila jusqu'à son bureau, retira ses vêtements et alluma l'eau de la douche. Alors qu'il se rinçait à l'eau claire, il sentit soudain le corps mouillé d'une femme se plaquer contre lui et l'entourer de ses bras.

Chapitre 29

♪ - Samu Braids - *Argentina*

Huit jours plus tôt

Après plus de dix heures d'avion, le jet privé atterrit à Ezeiza, petite ville située à une vingtaine de kilomètres de Buenos Aires, la capitale du pays. D'après Phil, une voiture de location les attendait à l'aéroport, ils n'auraient plus qu'à rejoindre Quilmes par la route pour la dernière partie du trajet.

Dès qu'elle s'installa sur le siège passager de la berline allemande, Tyna sentit une vague de stress l'envahir. Plus les kilomètres défilaient, plus elle grossissait dans son ventre et menaçait de lui couper le souffle.

— Tout va bien ? s'enquit Phil en posant sa main sur la sienne.

— J'ai peur, avoua-t-elle, la gorge serrée. Il est toujours temps de rentrer, non ?

— Écoute… commença-t-il alors qu'il gardait l'œil sur la route. On n'a pas fait tout ce voyage pour renoncer maintenant. Tu étais plutôt déterminée, alors qu'est-ce qui a changé ?

Le paysage défilait sous ses yeux mais elle ne le voyait pas. Trop accaparée par les souvenirs qui affluaient dans sa mémoire, elle préférait se refermer sur elle-même pour ne pas montrer à quel point ils l'affectaient encore malgré toutes les années passées à les refouler. C'était peut-être une mauvaise idée, après tout. Qu'est-ce qui lui était passé par la tête ?

Une demi-heure après leur départ de l'aéroport, Phil quitta la route menant à Quilmes pour emprunter un autre itinéraire.

— On va où ?

— J'ai réservé un hôtel à Buenos Aires. Je pensais que ce ne serait pas judicieux de loger sur place.

Il avança la voiture devant l'hôtel Holton quelques minutes plus tard. Un voiturier ouvrit sa portière en moins de trois secondes.

— Bienvenue à l'hôtel Holton, mademoiselle.

Il contourna ensuite le véhicule et prit la place de son père adoptif pour aller le stationner au parking réservé à la clientèle. Habitué au grand luxe, elle aurait dû se douter que Phil ne pourrait pas renoncer à son confort le temps d'une escapade. Il fallait également souligner que le prix des suites dans ce pays n'était pas celui de celles aux États-Unis et qu'il avait largement les moyens de leur en offrir une.

Le hall de l'hôtel était abrité par un impressionnant atrium de verre. À l'intérieur, alors qu'elle faisait rouler sa valise derrière elle, Tyna se retenait de se tordre le cou pour admirer toute sa splendeur. Après tout, elle se trouvait dans un palace ! Néanmoins, elle se rappelait des directives de Phil avant d'atterrir.

— Nous voyageons entre père et fille. Nous devons assister à plusieurs séminaires en ville. Tu travailles dans mon entreprise.

— Dans quel domaine ?

— L'informatique.

— Mais je n'y connais rien du tout !

— On improvisera, ne t'inquiète pas.

Mal à l'aise en se présentant à la réception, elle laissa Phil discuter avec les membres du personnel. Il avait laissé une impressionnante liasse de billets consignée par une hôtesse. Ici, aligner les dollars était un gage de richesse, mais il fallait quand même faire le change. Heureusement, l'hôtel disposait de son propre bureau.

— Un agent vous apportera directement votre change dans votre suite, Monsieur Morris. Désirez-vous un repas léger en arrivant ? Nous pouvons vous le faire monter dans un instant.

— Vous seriez adorable, merci. Ma fille et moi sommes un peu fatigués par notre voyage.

— Juan, l'un de nos grooms, va vous accompagner et porter vos bagages. Toute notre équipe vous souhaite un excellent séjour et se tient à votre disposition.

Plus lèche-cul, elle n'avait jamais vu. Mais c'était leur politique et ils avaient certainement l'habitude de recevoir des personnalités.

La suite qui leur était attribuée offrait une vue panoramique sur la ville, et plus particulièrement sur le meilleur quartier, à quelques pas du bord de l'eau. Elle possédait une salle de bains en marbre avec douche et baignoire, ainsi que deux grands lits doubles dans une grande pièce spacieuse et confortable.

— Alors ? lui demanda-t-il. Qu'est-ce que tu en dis ?

— On est venus en vacances ?

— Oh arrête de faire ta rabat-joie et profite un peu. On n'a pas souvent l'occasion de passer du temps tous les deux.

— C'est vrai, excuse-moi. Je suis nerveuse.

Et pour cause, le lendemain, ils se rendraient à Quilmes, là où elle était née, où elle avait vécu les premières années de sa vie en subissant les pires atrocités. Elle réprimait un frisson lorsqu'on frappa à leur porte. Juan revenait avec une desserte sur laquelle étaient posées deux assiettes sous des cloches en argent.

— Bon appétit ! N'hésitez pas à me demander si vous avez besoin de quoi que ce soit.

— Merci, dit-elle, lui glissant un pourboire dans la main.

Le jeune groom avait à peu près son âge. Teint bronzé, des cheveux noirs épais et coiffés en arrière, des yeux d'ébène, il avait une allure folle dans son costume bleu nuit. Dans d'autres circonstances, elle aurait pu répondre à son sourire discret et son œillade soutenue. Mais elle n'était pas venue pour flirter. Cela dit, dans cet hôtel cinq étoiles, elle ne craignait rien à part quelques papillons dans le ventre.

Ce soir-là, toutefois, elle préféra se mettre au lit et ne penser à rien d'autre qu'à ce qui l'attendait en retournant chez elle.

***

Phil avait décidé de prendre la route le ventre plein. Ils prirent un copieux petit-déjeuner dans leur suite, une douche et quittèrent l'hôtel avant neuf heures du matin, prêts pour leur investigation. Avec un peu de chance, ils la trouveraient au même endroit qu'au moment de leur départ et pourraient rentrer fissa.

Mais le quartier de son enfance avait subi de grands changements lors de la dernière décennie. En lieu et place de leur taudis, de nouvelles résidences avaient poussé du sol.

— Merde ! s'exclama Tyna. Ça n'a plus rien à voir avec le bidonville que j'ai connu. Et ils ont refait le terrain de football, regarde ! Ils ont des cages et un filet !

Phil l'observait, telle une enfant découvrant un arbre rempli de jouets le matin de Noël. Mais ce devait être difficile à encaisser, surtout quand on n'avait pas assisté aux constructions qui avaient déformé le paysage.

— Tu le savais ? lui demanda la jeune femme.

— J'avais entendu dire que la nouvelle municipalité voulait faire quelques aménagements, mais j'étais loin de me douter que ce serait d'une telle ampleur.

Ça n'allait pas favoriser leurs recherches. La seule façon d'avoir plus d'informations était de se déplacer en mairie.

— Ils ont peut-être relogé les habitants du quartier, spécula Phil.

— C'est pas le genre de la maison.

— Ça coûte rien d'essayer.

Ils se rendirent à l'annexe de la mairie située dans le quartier. Totalement rénové, il était propre, fleuri et bien approvisionné en boutiques. Un épicier bio, un coiffeur et un bureau de poste se disputaient un long trottoir à côté du bâtiment municipal. Elle se croyait dans une dimension parallèle et ne reconnaissait plus rien. Seuls les noms des rues avaient été conservés.

Elle entra accompagnée de Phil, ses cheveux blonds très remarquables dissimulés sous une perruque plus basique. Une tignasse comme la sienne, naturelle de surcroît, aurait trop éveillé l'attention. Elle avait également choisi une large monture sans correction pour compléter son nouveau look.

— Bonjour, salua-t-elle l'employée dans sa langue maternelle. Désolée de vous déranger, je voudrais quelques renseignements.

— À quel sujet ?

— Je cherche un membre de ma famille qui habitait le quartier il y a une dizaine d'années. J'ai été surprise de voir que tout avait été modifié. Les habitants ont été relogés pendant les travaux ?

— La plupart, oui. Ou dirigés vers des centres sociaux. Vous cherchez qui ?

— Isabella Scalabrini.

— Connais pas.

Ce n'était pourtant pas un nom très répandu contrairement aux Fernandez et autres Lopez du même acabit. Ou alors elle était morte, depuis le temps !

— Ou bien peut-être… Isabella Flores.

Elle secoua la tête en jetant des coups d'œil à son ordinateur.

— Vous avez sûrement des archives ou des registres sur lesquels vous consignez les…

— Tout a brûlé dans un incendie. Il reste très peu de traces et à l'époque, on n'avait pas encore tout mis sur informatique.

— D'accord. Merci quand même.

Phil n'avait pas bougé durant tout l'entretien. Il était resté à côté, à étudier le regard et l'attitude revêche de la quarantenaire assise derrière son bureau. Sans rien dire, il sortit une liasse de billets qu'il déposa devant elle. Tout de suite, ses yeux s'illuminèrent comme un sapin de Noël.

— Qui pourrait nous renseigner ? la questionna-t-il. Vous gardez forcément des infos lorsque vous attribuez de nouveaux logements. Regardez.

Sans même lui répondre, elle commença à pianoter sur son écran. L'employée ne trouva rien aux deux noms dans les archives des logements, mais elle consulta le registre d'État civil où apparaissait le nom Scalabrini.

— Un certain Sergio Scalabrini a été retrouvé assassiné à son domicile il y a neuf ans. Il habitait le quartier.

Philip passa son bras autour de Tyna à l'évocation de ce nom.

— En revanche, pas d'Isabella. Quel est son lien avec la victime ?

— C'était sa femme, précisa Phil. Nous sommes des cousins d'Isabella, cela fait très longtemps que nous la cherchons mais nous ne vivons plus dans la région. Merci en tout cas.

Il fit glisser les billets jusqu'à la femme qui s'empressa de les cacher sous son clavier.

— J'ai une autre personne à ce nom, lança-t-elle alors qu'ils allaient s'en aller.

Faisant volte-face, Tyna porta son attention sur l'employée, le cœur battant.

— Une jeune fille. Une certaine… Agustina. Elle est portée disparue et il y a toujours un mandat d'arrêt à son nom.

— Ah bon ? Et pour quel motif ?

— Pour le meurtre de son père.

Chapitre 30

♪ Sara Bareilles - *Between the Lines*

Tyna faisait les cent pas dans la suite de l'hôtel, impatiente. À leur retour de Quilmes, Phil avait jugé préférable de la laisser là pendant qu'il retournait en ville poser quelques questions discrètes.

Cependant, elle avait le plus grand mal à garder son calme. Dix ans étaient passés et les autorités n'avaient pas lâché l'affaire. Pire, ils la pensaient responsable de la mort de son géniteur. Le seul coupable, en définitive, c'était lui-même. Mais elle n'était plus en mesure de le prouver. À l'époque, elle préférait se taire pour éviter d'être battue ou... plus atroce encore. Alors forcément, qui allait croire en son innocence ?

Et Phil qui ne revenait pas...

Elle n'arrêtait pas de regarder l'écran de son téléphone, nerveuse à l'idée qu'il lui soit arrivé quelque chose. Elle avait changé d'avis : plus tôt ils rentreraient aux États-Unis, mieux ce serait pour tout le monde.

Le vibreur interrompit ses pensées. Elle avait reçu un message de son entraîneur.

> *Salut, est-ce que tout va bien ? Tu es bien arrivée ? -Nash*

C'était plus fort que lui. Il passait son temps à souffler le chaud et froid en s'attendant à ce qu'elle s'adapte à ses humeurs... Qu'il aille se faire voir ! Elle avait d'autres choses plus importantes en tête que de s'occuper de ce mec lunatique.

Lorsqu'on frappa à sa porte, elle sursauta et se précipita au judas en espérant que Phil soit derrière, sain et sauf. Elle souffla quand elle vit qu'il s'agissait de Juan, le groom à leur service. Bordel, il ne dormait jamais ?

Elle ne répondit pas pour qu'il s'en aille. Mais il inséra une carte magnétique dans le lecteur afin d'entrer dans la suite. Néanmoins, elle avait enclenché le loquet depuis l'intérieur, rendant impossible l'ouverture de la porte.

Elle déglutit, soulagée d'y avoir pensé. Qu'est-ce qu'il venait faire là ? La femme de chambre s'était déjà chargée du ménage et les lits étaient impeccables. Son instinct tira soudain la sonnette d'alarme.

Il insista une deuxième fois avec la carte avant de glisser une clé dans la serrure. Merde, elle n'avait pas pensé à ça !

Elle courut dans la salle de bains où elle fit couler l'eau de la douche en gardant la porte légèrement entrebâillée, prête à se défendre s'il le fallait. Elle avisa le sèche-cheveux et s'en saisit.

— Il y a quelqu'un ? demanda le garçon d'étage. Monsieur Morris ? Mademoiselle Morris ?

Il s'approcha de la salle de bains. Dissimulée derrière la porte, elle contractait ses muscles abdominaux au maximum en espérant que cela l'aiderait à devenir invisible. Sans doute parce qu'il avait entendu le bruit de l'eau, il s'éloigna. À travers le pan, elle l'observa en train de passer la suite au peigne fin. Il inspecta sous les meubles, le dessous du matelas, la valise ouverte, le minibar et même les rideaux. Heureusement qu'ils n'étaient pas stupides au point de laisser des informations compromettantes au vu et au su de tout le monde. Mais il était évident qu'il cherchait quelque chose.

De l'argent ? Avait-il décelé en eux le potentiel d'une poule aux œufs d'or ?

Armée du sèche-cheveux, elle ouvrit brusquement la porte et se positionna entre lui et la porte de la suite.

— Qu'est-ce que vous cherchez ?

Pris en faute, il leva les mains puis remarqua l'électroménager. Néanmoins, plutôt que de se moquer d'elle, il conserva un air grave sur le visage.

— Je suis désolé, s'excusa-t-il. Je... je ne voulais pas vous faire de mal !

— Alors que voulez-vous ? De l'argent ?

Il fit non de la tête, les yeux baissés. Elle comprit vite qu'il avait juste pour mission de fouiller la suite et qu'il s'était fait pincer par manque de jugeote et d'expérience.

— Qui t'envoie ?

Il ne l'affrontait toujours pas du regard mais gardait le silence.

— Si tu ne dis rien, je préviens le directeur de l'hôtel.

Cette fois, il leva le menton, affolé.

— Non je vous en prie, j'ai besoin de ce boulot !

— Alors raconte-moi tout, sinon je te balance.

— J'ai reçu un mail ce matin. Je devais fouiller votre suite et en échange... ils laissaient ma femme et mon fils tranquilles.

— Qui ça, « ils » ?

— J'en sais rien, c'était pas signé. Tenez !

Après avoir cherché dans son téléphone, il lui tendit l'appareil et lui montra le mail en question. En pièce jointe, une photo de sa femme certainement. Elle tenait leur bébé de quelques mois entre les bras.

Tyna déglutit avec difficulté. Le pauvre se retrouvait enlisé dans un bourbier juste parce qu'elle foulait le sol argentin. Bordel, mais comment avaient-ils été repérés ? La compagnie à qui ils avaient loué le jet, peut-être...

Elle le laissa repartir et s'enferma à double tour pendant qu'elle continuait d'attendre Phil. Malheureusement, il ne réapparut pas. Son téléphone ne répondait pas, elle tombait chaque fois sur sa messagerie. Elle commençait à s'inquiéter sérieusement de cette absence prolongée.

Tout en marchant sur la moquette épaisse de la suite, elle s'arrêta devant la baie vitrée pour réfléchir. Les yeux perdus au loin vers l'océan, elle échafaudait un plan pour partir à la recherche de son père adoptif si cela tournait au vinaigre. Elle n'avait pas ses relations, mais elle trouverait bien quelqu'un pour la guider en échange de quelques milliers de dollars. Du moins, elle l'espérait.

***

Il pleuvait tandis que le jour se levait sur Buenos Aires. Ce temps gris et humide ne lui avait pas manqué. À Atlanta, de l'autre côté de l'équateur, le climat était plus clément. Et moins déprimant.

Malheureusement, elle n'avait pas fermé l'œil de la nuit, se tenant prête à bondir si Phil apparaissait pour lui ordonner de boucler sa valise. Allongée sur le lit qu'elle n'avait même pas défait, Tyna se laissa encore une heure avant de quitter l'hôtel et partir à sa recherche.

Du bout des lèvres, elle grignota un bout de croissant tout en buvant un café. Elle se doucha ensuite et rassembla ses affaires. Au terme du délai qu'elle s'était imposée, elle appela la réception de l'hôtel pour qu'on lui appelle un taxi, puis quitta la chambre. Elle préféra garder la réservation pour le moment, au cas où ils rentreraient, même si elle avait l'impression étrange qu'elle allait se jeter tout droit dans la gueule du loup.

— Bonjour mademoiselle Morris, la salua la réceptionniste quand elle se présenta au comptoir du hall. Votre taxi vous attend devant.

— Merci beaucoup. Pouvez-vous laisser cette enveloppe à mon père s'il rentre avant mon retour ?

— Bien entendu. Passez une bonne journée !

L'employée devait sûrement penser qu'elle allait s'octroyer une virée shopping façon fille à papa, mais elle était loin du compte. Avant de sortir de l'hôtel, elle s'enferma dans les toilettes du hall.

Dans une cabine, à l'abri des regards, elle se changea et mit les accessoires qui servaient à transformer son apparence. Comme le lui avait dit la jeune femme à l'accueil, une voiture privée l'attendait. Le chauffeur, un homme d'une quarantaine d'années, brandissait une tablette portant son nom.

Il était debout près de son véhicule, droit comme un piquet, arborant un costume bleu marine très élégant qui contrastait avec les tatouages qui recouvraient ses deux mains : des têtes de mort, des inscriptions en espagnol et même le dessin d'une vulve grossière.

En revanche, elle ne pouvait discerner ses yeux dissimulés derrière des lunettes aux verres fumés. Ce détail la fit tiquer, son instinct tenta de l'alerter mais elle n'eut pas le temps de se retourner. Deux personnes qu'elle n'avait pas encore vues la tenaient par les bras, l'empêchant ainsi de s'enfuir.

Au moment où elle ouvrait la bouche pour hurler, le tatoué leva la main.

— Ne t'avise pas de crier si tu veux le revoir vivant.

Elle faillit s'écrouler sur le sol à cette annonce. Mais elle choisit de coopérer si cela pouvait maintenir Phil en vie. Elle les laissa l'installer en voiture, coincée entre les deux muets. Le tatoué prit le volant et roula durant vingt minutes avant de franchir le panneau annonçant qu'ils entraient dans Quilmes. En plein centre-ville, il avança le véhicule jusqu'à un parking souterrain et descendit à l'étage le plus bas. Là, ils changèrent de voiture.

Avant qu'elle ne monte dedans, le conducteur retira sa perruque et ses lunettes.

— Tu croyais vraiment qu'on n'allait pas te reconnaître, Agustina ?

— Laissez-moi partir.

— Impossible. Le patron veut te voir.

— Vous voulez de l'argent ? Je peux vous donner huit mille dollars chacun et on n'en parle plus !

Il éclata d'un rire tonitruant dont l'écho se répercuta dans le parking vide. Si les deux mecs à côté d'elle n'avaient pas été armés, elle aurait sans nul doute foutu un coup de genou dans les couilles du tatoué. Mais les flingues à leur ceinture étaient quand même dissuasifs. Finir en passoire en Argentine ne faisait pas partie de ses rêves d'avenir.

— Rien de ce que tu pourrais proposer ne nous fera changer d'avis, *chica* !

Elle aurait au moins essayé. Maintenant, elle voulait juste retrouver Phil et s'assurer qu'il était sain et sauf.

Tyna leur obéit en grimpant à l'arrière de la fourgonnette blanche avec les cerbères. Au bout de ce qui lui sembla une éternité, elle s'arrêta. Les fesses endolories par les routes cahoteuses et l'inconfort de son carrosse, la jeune femme avait hâte d'en sortir malgré l'incertitude qui se tenait au dehors. Où l'avaient-ils emmenée ? Qu'allait leur faire « le patron » ? Et surtout, pour quelle raison ?

Le conducteur mit du temps à leur ouvrir après l'arrêt. Ses gardes du corps ne semblaient pas nerveux mais ils étaient sûrement payés pour se sentir bien même s'ils avaient le cul posé sur une bombe, donc elle ne se fiait pas à eux. À la vérité, elle crevait de trouille.

Finalement, le tatoué finit par ouvrir la double-porte de la camionnette. Il était entouré d'autres types du même acabit : teint hâlé, lunettes de soleil, costume griffé impeccable et beaucoup de tatouages un peu partout. L'un d'eux en avait sur le haut du crâne ainsi qu'autour des orbites.

Celui-ci lui tendit la main pour l'aider à descendre. Elle refusa en marmonnant, puis posa le pied sur le sol. Elle faillit émettre un long sifflement quand elle découvrit la superbe villa où elle avait atterri. Elle aurait pu faire pâlir d'envie la résidence d'été d'un couple glamour de Hollywood avec ses colonnes, ses façades blanchies aux multiples fenêtres, ses huisseries design et ses plantes luxuriantes.

L'allée menant à la terrasse, à l'arrière de la propriété, se composait de mosaïques dans divers tons de couleurs formant de magnifiques dessins.

Avec un peu de chance, le maître des lieux avait autant de gentillesse que de goût.

Le conducteur la fit asseoir dans un large fauteuil devant une table bien garnie. Elle détailla des jus pressés de plusieurs sortes, des paniers débordant de fruits et des plats en abondance tellement beaux que leur cuisinier sortait sans doute d'une grande école.

— Bon, et maintenant ? Vous me gavez et vous me bouffez dans trois mois quand je serai suffisamment grasse pour vous ?

— Elle ne manque pas d'humour, celle-là ! rétorqua l'un des cerbères. Elle va plaire au patron.

— Ouais bah dites-lui de se ramener, j'ai deux mots à lui dire.

À l'intérieur, elle perçut soudain un bruit reconnaissable de talons hauts. Le grand manitou lui envoyait maintenant sa secrétaire. De mieux en mieux…

Pourtant, la silhouette de la femme en tailleur lui apparut étrangement familière. Mince et altière, elle portait un pantalon beige bien coupé qui mettait en valeur ses jambes. Son haut sans manches était retenu dans sa nuque par un nœud soigné et ses cheveux coupés en un carré blond cendré brillaient à la lumière du jour. Lorsqu'elle retira ses lunettes de soleil, bien que les traits de son visage aient changé avec le temps – et après le passage sous le bistouri –, elle reconnut immédiatement son regard perçant.

— Maman ?

Chapitre 31

♪ The xx - *Intro*

Nash sentit une bouche se frotter sur sa peau, puis le bout d'une langue lécher les gouttes d'eau dévalant son dos. Les mains pétrissaient les muscles de ses abdominaux, les ongles le griffaient délicatement. Bordel, qui était cette diablesse ?
Il se tourna très vite pour découvrir Tyna dans le plus simple appareil, les cheveux dégoulinants et le visage fouetté par le jet. Cette vision échauffa instantanément son corps déjà excité par sa présence. Mais merde ! Qu'est-ce qu'elle foutait là ? Pourquoi personne ne l'avait vue rentrer ?
Saisissant ses poignets fermement, il la plaqua contre le mur carrelé derrière elle. Elle tenta de se dégager mais il les maintenait près de sa tête, son corps fébrile contre le sien.
— Bah alors, on ne dit pas « bonjour » ? s'esclaffa la jeune femme.
— Quand tu sauras frapper aux portes... qu'est-ce que tu fais ici ?
— T'es pas content de me voir ? Pourtant...
Elle baissa les yeux vers son sexe dressé contre son bas-ventre. Il recula d'un pas en essayant de penser à quelque chose de moins excitant que son corps nu exposé devant lui.
— Ne te méprends pas, savoir que tu es saine et sauve me rassure. J'ai essayé de t'appeler, je t'ai envoyé des messages...
— Je sais. J'ai eu quelques... contretemps. Je suis là maintenant, alors qu'est-ce que tu attends ? Je croyais que tu attendais mon retour avec impatience ? Alors vas-y, prends-moi qu'on en finisse.

Bien que tentante, cette proposition sonnait faux dans sa bouche. Sa voix la trahissait. Tremblante, Tyna fermait les yeux et attendait un geste qu'il n'était pas certain de pouvoir faire. Pas dans ces conditions, pas comme ça... Bordel, depuis quand avait-il autant de scrupules ?

Il coupa l'arrivée d'eau puis entoura la jeune femme d'une grande serviette. Touchée par sa sollicitude, la joueuse prononça le mot « merci » avant de se tourner, soudain mal à l'aise.

— Tyna... qu'est-ce qui s'est passé ?

— Plus tard, OK ? Je suis crevée, j'ai à peine dormi ces derniers jours.

Il frotta ses mains sur ses bras avant de déposer un baiser sur le haut de sa tête. Mais avant qu'elle n'ait pu s'en aller, ils entendirent la porte du bureau s'ouvrir prestement.

— DeWitt, t'es là ? l'interpella le coach assistant.

Il intima l'ordre de se taire à Tyna, peu désireux de s'attirer des ennuis alors qu'il avait eu toutes les peines du monde à la repousser une énième fois.

— Euh... ouais, attends je sors dans cinq minutes !

Il se drapa les hanches d'une autre serviette, prêt à se montrer – seul – à son collègue de boulot.

— C'était juste pour te dire que je me taille. À ce soir !

— Ouais, à tout à l'heure.

Quand la porte claqua à nouveau, Tyna rejoignit le bureau où elle se rhabilla en toute hâte. Sous-vêtements, jean, t-shirt et paire de Stan Smith, elle n'oublia rien et repartit sans un mot.

La seule chose dont il était certain, c'est que plus rien ne tournait rond. Elle avait installé le chaos dans son quotidien et ce n'était pas près de changer.

Une fois habillé et ses plans de jeu bien rangés dans son tiroir, il sortit du gymnase, sac sur l'épaule. En tant qu'entraîneur en chef, il avait de multiples responsabilités, à commencer par s'assurer que les joueuses se trouvaient dans de bonnes dispositions pour faire leur boulot. Aussi, quand il vit Tyna sur le terrain, debout avec la balle au pied et sans bouger, il comprit qu'elle avait besoin d'aide.

Fouler la pelouse était difficile pour lui, même à son poste. Quand il avait le privilège d'y courir et de marquer des buts, sa relation avec le terrain était particulière, presque magique. Il ne faisait qu'un avec l'herbe et n'aimait rien de plus au monde que lui faire embrasser ses crampons.

Il se posta à côté d'elle, face au but. Libre après les entraînements de la matinée, il n'attendait qu'un tir de sa part. Mais elle demeurait là, le regard vide et inexpressif.

— Qu'est-ce qui s'est passé ? l'interrogea-t-il encore sans avoir peur de mettre les pieds dans le plat.

— Tu as mes clés ?

— Euh… oui, dit-il en ouvrant son sac.

Il lui tendit le trousseau qu'elle fourra dans sa poche.

— Merci. Le prochain match est mercredi, j'imagine que Victor n'a pas levé la sanction ?

Il secoua la tête, désolé de lui apprendre cette nouvelle. D'autant qu'en son absence, ils avaient fait match nul contre Portland. Le début de saison était très serré entre les deux équipes. Il était primordial qu'Atlanta ne perde aucun de leurs prochains matchs s'ils voulaient avoir une chance de remporter le championnat. Et en l'absence de sa joueuse vedette, l'équipe avait du pain sur la planche.

— Je dois y aller, j'ai des trucs à faire. À demain !

Elle s'éclipsa au pas de course sans lui laisser le temps de lui emboîter le pas. Au loin, il la vit sortir du club dans une voiture flamboyante qu'il ne connaissait pas.

***

En moins d'une heure, elle était rentrée chez elle pour récupérer quelques affaires et venait d'arriver devant chez Phil. Elle claqua la portière côté passager, puis le chauffeur annonça :
— Je t'accompagne ?
— Si vous voulez.

Le tatoué lui adressa un fin sourire et sortit lui aussi du véhicule. Devant la porte, il retira ses lunettes de soleil, chose qu'il faisait rarement. Tyna s'était vite rendu compte que son regard pouvait être une faiblesse et que les verres fumés l'aidaient à conserver une attitude et un air de voyou, ce qu'il n'était pas du tout, en définitive. Mais il fallait apprendre à le connaître pour le savoir...

Kyle leur ouvrit en affichant sa tête des mauvais jours, encore sous le coup des émotions. Ce matin-là, quand ils avaient ramené Phil dans un sale état, il s'était emporté et l'avait obligée à quitter la maison. Depuis qu'elle le connaissait, jamais elle ne s'était disputée avec lui, pas même quand il avait décidé d'emménager avec eux. Et cela l'avait profondément affectée, même si elle ne l'en blâmait pas. Elle était entièrement responsable de ce qu'il s'était passé. Sans son idée stupide d'aller en Argentine, Phil serait encore au mieux de sa forme, et non cloué dans un lit avec infirmière et soins à domicile.

— Comment va-t-il ? s'enquit-elle, penaude.
— On fait aller. L'infirmière vient de partir.

Elle grimpa les marches menant à leur chambre. Pendant son absence, l'espace avait été chamboulé pour installer un équipement médical adapté. En Argentine, il avait été soigné par un chirurgien et son équipe dans une chambre comme celle-ci, à bonne distance des autorités pour ne pas éveiller les soupçons. Une fois stable, ils avaient pu rentrer aux États-Unis pour continuer les soins.

D'après les dires de sa mère, l'enquête de l'inspectrice Shaw avait fait remonter leur ancienne affaire. En arrivant sur le territoire argentin, pris en chasse, Phil était tombé sur les mauvaises personnes. Retrouvé pendu par les pieds dans un hangar désaffecté, une balle dans la cuisse et de graves blessures internes, il s'en était fallu de peu avant qu'il ne succombe à ses mauvais traitements.

Il était désormais en sécurité, loin de tous ces putains de tarés ! Avec l'aide de sa mère, ils avaient même un ange gardien attitré collé à leurs basques. Le tatoué, de son vrai nom Emilio, avait juré de la suivre partout pour veiller à sa sécurité depuis qu'ils avaient eu vent de la tentative de meurtre au MBS. Et même si ça ne lui plaisait pas de le traîner derrière elle, elle devait une fière chandelle à ce boulet.

Elle s'assit près de Phil qui sourit en la voyant.

— Comment tu vas ? lui demanda-t-il.

— C'est plutôt à moi de te...

— T'inquiète pas, je survivrai. Au moins ici on ne craint rien. Tiens, passe-moi un verre, je crève de soif.

Elle lui tendit un gobelet en plastique dans lequel on avait laissé de l'eau.

— Tu veux pas aller me chercher un truc plus fort ? Dans un verre en cristal, si tu vois ce que je veux dire...

Elle leva les yeux au ciel, plus pour se moquer de lui que se fâcher. Elle aimait qu'il ait retrouvé son sens de l'humour.

— Quand tu seras en meilleure forme, je te donnerai tout le whisky que tu veux, mais en attendant, laisse-moi prendre soin de toi.

— Tyna...

Tandis qu'elle faisait mine de border sa couverture sur le côté du lit, elle tentait désespérément de chasser les larmes qui montaient. Dire qu'elle avait failli le perdre ! Tout ça par sa faute !

— Tu n'es pas responsable...

— Bien sûr que si ! le coupa-t-elle avec véhémence. Si je n'avais pas voulu...

— Arrête. Si tu n'avais pas cherché ta mère, tu ne l'aurais pas retrouvée. Ça aurait été dommage, non ?

Cette fois, elle acquiesça. Elle avait passé plusieurs jours près d'elle, et bien qu'elle soit fort occupée avec ses nouvelles activités « professionnelles », elles avaient pu briser la glace.

— Je t'interdis de me lâcher, OK ?

— Ça marche, je ferai ce que je peux. L'infirmière dit que je me porte comme un charme.

— Mouais, je vais faire comme si je te croyais.

— Bon, c'est pas le tout mais je m'ennuie sévère ! Tu pourrais aller me chercher un magazine dans le troisième tiroir de la commode ?

Elle s'exécuta, tirant du fameux rangement une pile de magazines pour adultes dédiés aux amateurs de gros calibres.

— La vache ! Ils sont quand même balèzes !

— Tssss ! Pas touche !

Tyna l'embrassa sur les deux joues en lui promettant de repasser le lendemain après sa journée.

Elle retrouva le tatoué en bas de l'escalier, délaissé par Kyle qui faisait toujours la gueule. Près de la voiture de son nouveau garde du corps, la jeune femme s'arrêta, sous le coup de l'émotion. C'était une chose de rester forte en présence de celui qu'elle considérait comme son père. Mais une fois à l'extérieur, elle était de nouveau cette petite fille meurtrie qui avait besoin d'être rassurée.

— Je suis désolée, s'excusa-t-elle alors qu'Emilio lui tendait un mouchoir en papier. C'est juste que… sans vous, il serait mort !

Par réflexe, elle se laissa tomber dans ses bras. Ce grand gaillard n'avait pas forcément l'habitude de ce type de comportement, mais il accepta de bonne grâce d'être utilisé comme une épaule réconfortante.

Trop submergée par les événements des derniers jours, Tyna ne remarqua pas qu'ils étaient épiés à seulement quelques mètres de là. Et que le trouble-fête se préparait doucement pour le clou du spectacle…

Chapitre 32

♪ Zach Bryan - *Snow*

Trois mois plus tard

Dans la chambre d'un hôtel en plein cœur de Chicago, Tyna restait scotchée à la fenêtre, la tête passée derrière le rideau. Il neigeait à gros flocons dans l'Illinois depuis leur arrivée, et cette scène irréelle la subjuguait. Pendant que Fatou écoutait de la musique sur son lit, casques sur les oreilles, la jeune joueuse ne décollait pas son regard de la ville silencieuse, ensevelie sous une épaisse couche de neige cotonneuse.

Le match qu'elles devaient disputer contre les filles locales avait été reporté au lendemain en attendant que le stade, pris de court par la tempête, prenne ses dispositions pour rendre le terrain praticable. Le sourire aux lèvres, Tyna décida d'enfiler ses baskets montantes et son anorak molletonné pour sortir quelques minutes. Elle était tout excitée à l'idée de marcher sur ce tapis de poudreuse fraîche.

— Tu veux venir avec moi ? proposa-t-elle à sa camarade de chambre.

Comme elle ne lui répondait pas – le volume sonore était sûrement au maximum –, elle retira le casque.

— Eh !!! Queen, qu'est-ce que tu fous ?
— Je vais marcher un peu, tu m'accompagnes ?
— Dans ce froid polaire ? Brrrr je préfère rester sous ma couette.

Ce faisant, elle la remonta jusqu'à son menton et replaça le casque sur ses oreilles. Elle continua son jeu sur tablette pendant que Tyna quittait la chambre.

Il était dix-huit heures, le soleil s'était couché de bonne heure, ce qui annonçait la venue prochaine de l'hiver. Dans une région comme celle-ci, il pouvait se montrer rude et durait plusieurs mois. Mais apparemment, il était même en avance cette année-là.

Dans le hall de l'hôtel, quelques clients discutaient assis dans de larges fauteuils en cuir, l'un en buvant de l'eau, un autre tout en feuilletant un magazine automobile.

Elle remarqua Jeff en train de jouer avec un vieux flipper, encouragé par deux joueuses de l'équipe. Marie prenait son rôle de groupie très au sérieux tandis qu'Ashley riait chaque fois qu'il mimait une figure humoristique.

Depuis quelque temps, l'ambiance au sein de l'équipe avait évolué. Plus légère tout en restant sérieuse lors des entraînements, un réel esprit de camaraderie régnait dans l'air. Même Fatou avait changé d'attitude, et si elles continuaient de se crêper le chignon, c'était plus par plaisanterie qu'une vraie mésentente.

Tyna appréciait cette pause après ce qui était arrivé en Argentine. Trois mois étaient passés au cours desquels Phil avait pansé ses plaies. Quant à elle, elle avait veillé sur lui et s'était assurée qu'ils étaient en sécurité. Émilio avait élu domicile chez elle et le réseau de sa mère investiguait depuis qu'ils étaient rentrés.

À l'extérieur, elle ferma la fermeture éclair de son manteau et enfonça ses mains dans ses poches, puis elle marcha dans l'allée menant au parking. Il était déjà tombé une dizaine de centimètres de neige et même si ce n'était pas la première fois qu'elle pouvait admirer un tel spectacle, elle éprouvait toujours un plaisir indicible à évoluer dedans. Les bras en croix, la tête vers le ciel, elle ouvrit la bouche en espérant y recueillir un flocon. Avant d'y parvenir, son visage fut balayé par une bourrasque et un flocon s'engouffra dans une narine. Elle ricana, puis continua sa promenade.

Une terrasse surmontée d'une galerie entourait le bâtiment. Derrière l'hôtel, Nash était assis sur un banc, un gobelet fumant entre les mains.

— Salut, lui dit-il.

Elle répondit d'un seul signe de tête. Au cours des derniers mois, comme s'ils s'étaient donné le mot, ils s'étaient évités l'un et l'autre. Chaque fois qu'ils se retrouvaient seuls dans une même pièce, ils s'arrangeaient pour ne pas s'éterniser. Tyna se sentait presque honteuse de s'être jetée sur lui à son retour de voyage. Elle avait mis ça sur le compte d'un moment de faiblesse alors qu'elle était censée demeurer folle de rage. Il l'avait quand même rejetée à plusieurs reprises, merde !

Mais il suffisait d'un seul regard pour faire taire la petite voix alarmiste dans sa tête. Il avait une façon de la regarder qui ne la laissait jamais indifférente. Comme s'il voyait ce qu'elle cachait sous ses vêtements.

Il a déjà tout vu, lui rappela sa conscience. *Et pas qu'une fois...*

— Bon app' ! s'exclama-t-il alors qu'elle grimpait les marches de la galerie.

Elle resta une minute devant les portes de l'hôtel, désireuse de briser la glace. Les occasions de se retrouver ainsi, juste tous les deux, étaient minces. Et encore plus lorsqu'il amorçait la conversation. Elle choisit donc de lui tenir compagnie, tout en gardant une distance raisonnable entre eux.

— T'es prête pour demain ? l'interrogea-t-il. Pas trop stressée ?

— Ça va. L'attente a été longue depuis le dernier match que j'ai joué. J'imagine que tu as dû supplier Victor ?

Il acquiesça et prit une nouvelle gorgée de son breuvage.

— Ce sera plié, t'inquiète ! Je vais lui faire regretter de m'avoir écartée du jeu.

— J'espère bien.

Il lui adressa un clin d'œil de connivence, parfaitement détendu. Elle se retourna pour admirer le paysage de plus en plus blanc. On n'entendait même plus la circulation et la cacophonie urbaines, comme si la neige étouffait les bruits parasites.

— J'aime la neige, avoua la jeune femme. Il n'y a qu'aux États-Unis que j'ai connu ça. Bien sûr j'en avais déjà vu dans des livres ou à la télé, mais en vrai ça n'a rien à voir. J'ai passé des jours et des nuits à l'imaginer, à me demander quel effet elle aurait sur mes cheveux, sur ma peau... La réalité a décuplé mon admiration. Je pourrais rester des heures à la contempler.

Elle perçut un mouvement derrière son dos, puis il vint s'installer près d'elle, les coudes posés sur la rambarde.

— Clara aussi adore ça. Elle sera verte quand je lui dirai qu'on en a eue.

— T'as pris des photos ?

— Quelques-unes.

— Tu lui passeras le bonjour, quand tu rentreras.

— Tu peux venir la voir quand tu veux, tu sais. Ça lui fera plaisir.

Une alarme sonna instinctivement dans son crâne. Cette proposition, bien que touchante, la renvoyait en début de saison quand ils se tournaient autour. Elle en avait fini avec ça, non ?

— Qu'en penserait Monica ?

Il se renfrogna, le regard perdu devant lui. Cette nana s'affichait avec lui dans les journaux depuis près de deux mois déjà. Gaby les avait présentés et ils avaient posé pour une ligne de vêtements de fitness. Elle était belle comme le jour : brune, très fine, des yeux sombres et une peau laiteuse de bébé. Son exact opposé.

— Pourquoi dirait-elle quoi que ce soit ?

— Elle a son mot à dire sur vos visites, je suppose.

Il ne répondit rien. Nash semblait mal à l'aise d'aborder ce sujet avec elle. Pourtant, elle aurait aimé en savoir plus. Elle éprouvait une sorte de curiosité malsaine à l'égard de leur nouvelle relation. Et pourtant, elle avait clôturé le chapitre Nash depuis longtemps.

C'est ça...

— Tu fais quoi pour Thanksgiving ? s'enquit-il soudain.

— Depuis quand tu suis cette tradition ?

— Clara a découvert ça au jardin d'enfants. Maintenant qu'elle y va, elle se passionne pour les us et coutumes américains. Je ne pourrai pas y échapper.

— Je pense que je serai chez Kyle et Phil, comme tous les ans.

— Ce sera sûrement chouette...

Il avait dit ça avec un soupçon d'envie dans le timbre de sa voix. Attendait-il une invitation de sa part ? Eh bien il pouvait toujours courir !

— Ça le sera. Kyle va sûrement nous régaler avec sa dinde et sa purée de patates douces. Et sa sauce aux airelles est juste... à tomber par terre !

— Profites-en bien.

Il lui fit de la peine. Sa nouvelle fiancée n'avait-elle pas projeté de passer ce jour de fête avec eux ?

— Toi aussi. J'imagine que Monica...

— Lâche-moi avec elle, OK ?

Houla, quelle mouche l'avait piqué ? Cette nana semblait parfaite sur le papier, mais qu'en était-il vraiment ?

— Désolé, s'excusa-t-il en se tournant vers elle. C'est juste que... ça ne se passe pas très bien entre elle et Clara. Pour moi il est important que ma fille se sente en confiance et à l'aise avec la personne qui partage ma vie. Alors... on fait un break.

Tyna comprenait ce qu'il désirait. Il n'avait jamais caché que sa fille représentait tout à ses yeux. Mais comment ne pas s'attacher à cette gamine ? Elle était drôle, intelligente, vive d'esprit et pleine d'imagination. Il fallait être sacrément à côté de ses pompes pour ne pas l'apprécier.

— Vous n'aurez qu'à... venir chez nous. Je suis sûre que Phil sera ravi de vous avoir.

— Je ne voudrais pas...

— Tu les connais ! Ils prévoient toujours pour dix. Il y aura de quoi manger pour vous, ne t'en fais pas.

Une fois de plus, elle avait baissé sa garde. Tout ça pour ses beaux yeux. Elle n'était décidément pas aussi forte qu'elle le croyait.

— Merci beaucoup. Tu es... vraiment extra.

Ce compliment la toucha, mais pour éviter de le montrer, elle sourit largement.

— Pardon ? Je n'ai pas bien entendu.

— Oh arrête, ne me fais pas répéter. C'est pas bon pour tes chevilles.

Pendant qu'il reprenait la contemplation du paysage hivernal, elle ramassa de la neige et la lança en plein sur sa joue.

Offusqué, il lui courut après sur le parking pour des représailles musclées entre deux éclats de rire. Durant de longues minutes, les rires percèrent le silence et la neige vola dans tous les sens. Tyna se retrouva vite trempée jusqu'aux os mais elle était aux anges. Cet instant récréatif lui faisait un bien fou.

Elle tentait de façonner la boule la plus grosse possible quand il bondit sur elle et réussit à la faire tomber dans un carré d'herbe à l'abri des regards. Nash la coinça sous lui, entre ses jambes, pour venir écraser deux énormes boules de neige dans ses cheveux.

— T'es un homme mort, DeWitt !

Elle gigotait pour se dégager mais il n'esquissait aucun mouvement. Il se contentait de la dévisager, le regard brillant.

— J'ai gagné ! lança-t-il, fier de lui.

— Ah ouais ? Et qu'est-ce que tu veux ?

Il se pencha vers elle, posant ses mains de part et d'autre de sa tête. Elle était trempée par la neige fondue. Elle aurait dû mourir de froid et grelotter, mais ses yeux et son corps annihilaient ces sensations désagréables. À la place, elle avait une furieuse envie de l'embrasser. Elle s'octroya une gifle mentale pour ne pas succomber à ce désir inacceptable.

— T'embrasser, et ne jamais m'arrêter...
— Nash...
— J'ai tout fait pour t'éviter, admit-il dans un souffle. Mais t'es toujours là, bordel ! Dans mes pensées. Dans mes rêves. Tout mon corps me rappelle constamment que tu es tout près mais si loin à la fois. Même ma queue n'attend plus que toi...

Leurs souffles mêlés, Tyna déglutit avec difficulté. Il ne s'était jamais livré avec autant de sincérité. Toutefois, elle avait peur qu'il change d'avis ou la jette une fois qu'il aurait eu ce qu'il attendait.

— Dis-le-moi, supplia-t-elle, en pleine reddition.
— Quoi ?
— Dis-moi que cette fois... c'est pour de bon.

Chapitre 33

♪ The Cure - *Lullaby*

Pour illustrer sa décision, Nash déposa ses lèvres sur les siennes. Tyna ferma les yeux pour savourer cette délicieuse sensation. Malheureusement, il ne fit pas durer leur baiser et se remit debout. Il lui tendit ensuite la main pour l'aider à se relever.

— Cette nuit, souffla-t-il contre sa bouche, tu dors dans mon lit.

Les jambes tremblantes, la jeune femme essayait de calmer les battements de son cœur. Ce petit traître s'était laissé berner par sa belle gueule, et elle n'avait rien fait pour l'en empêcher. Cela dit, sa patience était largement récompensée. Ils allaient enfin pouvoir se jeter à corps perdus dans une nuit de folie furieuse. Et tant pis si elle se réveillait avec les muscles endoloris ou si elle dormait à moitié durant la journée du lendemain. Elle allait enfin goûter aux multiples plaisirs prodigués par Nash DeWitt. Les quelques avant-goûts qu'ils avaient partagés décuplaient son envie de lui.

Devant les portes de l'hôtel, il la laissa entrer la première. Ils avaient convenu de se retrouver dans sa chambre après le repas. Elle comptait l'expédier en cinq minutes et le rejoindre en catimini. Restait à trouver une solution concernant Fatou.

Cette dernière n'avait pas bougé depuis qu'elle était sortie. Elle regardait un film, totalement absorbée par l'écran de sa tablette. Tyna se sentait tout à coup nerveuse. On était loin de la spontanéité de leurs précédents rapprochements, alors elle cogitait. Et s'ils faisaient une erreur ? Et si c'était nul, finalement ?

Impossible, songea la jeune femme. Elle était déjà au bord de l'orgasme rien qu'en se rappelant sa bouche en train de malmener son clitoris. Au contraire, elle était effrayée de ne plus pouvoir se passer de lui...

Pour se détendre et se préparer à la soirée qui l'attendait, elle s'enferma dans la salle de bains pour se doucher. Elle prit son temps, lava ses cheveux ainsi que chaque parcelle de son corps en feu. Quand elle sortit, Fatou s'était changée et était sur le point de quitter la chambre.

— Tu en as mis, du temps !

— J'avais froid, je me suis roulée dans la neige.

— T'es cinglée ! s'esclaffa la Française. T'avais jamais vu ça ?

— Si mais... pas autant. J'ai rarement eu l'occasion de m'amuser comme ça.

— Ah ouais ? Avec qui ?

Elle se mordit la lèvre et rougit en se rendant compte qu'elle avait été trop bavarde.

— Toute seule, mentit la jeune femme. J'ai fait des anges des neiges. C'était marrant. T'as déjà fait du ski ?

Elle espérait que la lancer sur un autre sujet de conversation la détournerait de son mensonge. Elle lui raconta sa première colonie dans les Alpes du Sud, à l'âge de douze ans, et comment elle s'était cassé le tibia dès le deuxième jour.

— Après ça, j'ai toujours préféré éviter la neige. Je l'aime bien mais de loin.

— Je comprends... Je vais sûrement aller nager après le dîner, alors ne m'attends pas si tu veux te coucher.

— Oh t'inquiète, j'ai prévu de rejoindre Francesca, elle a une chambre solo.

Pour une chance, c'en était une. Elle n'avait même pas besoin d'inventer une excuse.

— Génial ! s'exclama-t-elle un peu trop vivement.

Sa camarade fronça les sourcils.

— Je veux dire... ça a l'air de marcher entre vous.

— On peut dire ça. Bon, tu ferais mieux de t'habiller si tu ne veux pas être en retard.

Sur ce, elle sortit et la laissa plus nerveuse que jamais dans la chambre. Bordel, ça ne lui ressemblait tellement pas ! Elle était d'ordinaire pleine d'assurance, que ce soit dans sa vie personnelle ou professionnelle. Pourquoi ce mec lui faisait autant d'effet ? Pourquoi lui, d'ailleurs ?

Parce qu'il a un sourire irrésistible et une langue très agile...

Il y avait un peu de ça, mais surtout, elle fondait quand il la regardait.

Elle enfila des vêtements secs et entreprit de sécher ses cheveux en écoutant un peu de musique. Avec l'épaisseur qu'elle avait, il lui fallait toujours un peu de temps.

Quand elle eut fini, elle remarqua que Nash lui avait envoyé un SMS. Curieuse et excitée à l'idée qu'il soit aussi impatient qu'elle, elle l'ouvrit sans attendre.

Désolé je dois changer les plans. Un imprévu. -Nash

De toute évidence, il ne ressentait pas le même besoin urgent qu'elle !

Elle se laissa tomber sur son lit, dépitée et incroyablement déçue. Son cœur brûlait de douleur et elle en avait perdu l'appétit. Si ça continuait, ce type allait la mettre au tapis.

***

En regagnant sa chambre, Nash sifflotait un petit air enjoué de son invention, fier des perspectives qui se profilaient à l'horizon. Il avait bien failli lui faire l'amour dehors, dans la neige, tellement il la voulait. Mais il avait réussi à garder le contrôle. Au point où ils en étaient, il pouvait bien patienter une heure de plus.

Devant la porte de sa chambre, il sortit la carte magnétique et l'inséra dans le lecteur avant d'ouvrir.

— Surpriiiiiiiiiiiiiiise ! cria Monica. Avoue, tu ne t'y attendais pas !

Il était clair que non, étant donné ses projets pour la soirée.

— Euh… qu'est-ce que tu fais là ?

— Je sais qu'on avait dit qu'on faisait un petit break, mais j'avais trop de mal à rester loin de toi. Je me suis dit que je pouvais venir te voir, histoire qu'on passe une soirée rien que tous les deux. C'est si rare !

Elle avait fait le déplacement exprès d'Atlanta, il n'allait peut-être pas la renvoyer chez elle, même pour les beaux yeux d'une autre jolie femme ? Ou bien… ?

— Chouette ! dit-il en espérant qu'elle n'y verrait que du feu.

— Oh super, je savais que ça te ferait plaisir !

Elle se jeta dans ses bras et l'embrassa avec un entrain propre à sa personnalité surexcitée. Au début de leur rencontre, il l'avait trouvée plutôt amusante et aux antipodes de celle qu'il voulait oublier. Il avait donc sauté sur l'occasion d'apprendre à la connaître. Ils étaient sortis dans les meilleurs restaurants, il lui avait fait de beaux cadeaux, tout ça pour offrir un nouveau sujet aux journaux à scandales.

Mais elle avait vite pris ses aises dans leur relation, sans parvenir toutefois à apprivoiser Clara. Sa fille ne l'appréciait pas du tout et ne manquait pas de lui rappeler.

— Il va être l'heure de descendre pour le repas, lui dit-il.

— Oh… dis, tu préfères pas qu'on mange ici ? On pourrait commander quelque chose au room service, et manger au lit…

Ce programme aurait été parfait avec une autre, mais là, il cherchait surtout un moyen d'échapper à la partie de jambes en l'air qu'elle réclamait.

Au bout d'un trop long moment, elle finit par aller dans la salle de bains. Il en profita pour s'excuser rapidement auprès de Tyna, priant pour qu'elle ne l'envoie pas balader. Il lui expliquerait de vive voix. Par message, il craignait de provoquer l'effet inverse, alors qu'il était déterminé à la combler, d'une façon ou d'une autre.

***

Plutôt que de pleurer au fond de son lit, Tyna mit à profit son temps libre pour travailler. Elle visionna le dernier match disputé par l'équipe de Chicago, étudia son jeu à fond et programma ses déplacements pour contrer les défenseurs une fois qu'elle serait devant eux.

Elle se leva aux aurores, se prépara et prit un petit-déjeuner en compagnie de Marie, comme souvent. Son amie savait comment la dérider et la mettre de bonne humeur.

— La prochaine fois je demanderai une chambre très loin de celle de Francesca, lui dit la jeune joueuse. Franchement, je ne comprends même pas pourquoi on ne lui dit rien.

— Parce que c'est sa vie privée ?

— Pas si privée que ça… puisqu'on entend tout.

— Elle est comme ça… Investis dans des bouchons d'oreilles.

Peu à peu, la salle du restaurant se remplit des derniers retardataires, mais Nash demeurait aux abonnés absents. L'espace d'un instant, elle se demanda s'il n'était pas malade. Elle avait été tellement blessée dans son orgueil qu'elle ne l'avait pas envisagé un seul instant. Ce qu'elle pouvait être bête !

Elle se leva de table en prétextant avoir oublié quelque chose, puis elle monta au troisième étage. Elle frappa doucement mais personne ne vint lui ouvrir. Elle recommença un peu plus fort.

Au bout de quelques secondes, elle se retrouva face à la brune qui posait à côté de Nash dans les magazines. Et une chose était sûre, les photos ne lui rendaient pas justice. Elle était aussi grande qu'elle mais d'une minceur à faire pâlir les autres mannequins. Elle devait pouvoir faire deux fois le tour de sa taille avec la ceinture de son peignoir.

— Oui ?

— Euh... désolée, je voulais voir... M. DeWitt.

— Oh... il est sous la douche ! On a un peu traîné au lit ce matin, mais je vous le rends très vite, c'est promis !

Déterminée à ne pas montrer à quel point elle était déçue par son attitude méprisable, Tyna s'éclipsa et participa à l'entraînement comme c'était prévu. Elle lutta contre son ressentiment, et aussi contre ce qu'elle éprouvait pour lui. Elle n'était jamais tombée amoureuse, aussi avait-elle toutes les difficultés du monde à identifier avec précision ce qu'elle ressentait, mais ça faisait trop mal. Elle ne voulait plus souffrir à cause d'un mec qui n'en valait décidément pas la peine.

Le soir venu, dans un stade rempli malgré la météo toujours glaciale, elle décida que ce match serait son dernier dans l'équipe d'Atlanta.

Chapitre 34

♪ Train - *Play That Song*

Les filles de Chicago leur avaient mené la vie dure durant la première mi-temps. Après avoir obtenu un coup franc très limite – mais on ne contestait pas les décisions des arbitres –, elles avaient ouvert le score à la vingtième minute de jeu. Puis, bien décidées à conserver leur avantage, elles avaient défendu leur partie du terrain comme des lionnes. Tyna avait tout essayé pour briser leur défense, mais elle s'était heurtée à un mur.

Dépitée, elle esquiva les questions des journalistes et suivit les autres au vestiaire. Nash était déjà en train de leur passer un savon.

— Vous jouez à quoi, là ? Faut vous réveiller, on n'est pas là pour faire de la figuration !

À côté de lui, Jeff et son assistant le regardaient en dansant d'un pied sur l'autre. Il était rouge, presque hors de lui.

Tyna claqua la porte du vestiaire un peu trop brusquement, ce qui le fit sursauter.

— Qu'est-ce que tu foutais ? aboya-t-il.

— Jeff m'a mise dans les pattes de ces abrutis de journalistes.

— Ouais… bah j'espère pour toi que tu es restée à ta place parce que t'as vraiment rien foutu dans cette mi-temps !

Les épaules tendues, elle ne chercha pas à épiloguer, il était trop nerveux pour rebondir. Elle s'assit à sa place et commença à se réhydrater tout en l'écoutant.

— Vous avez intérêt à vous reprendre, vous êtes prêtes, vous êtes là parce qu'on a estimé que vous étiez capables de nous faire gagner, alors vous vous sortez les doigts du cul et vous faites ce pour quoi vous êtes payées !

Autour d'elle, les filles baissaient les yeux et ne la ramenaient pas. En même temps, elles avaient été minables, elle y compris. Sur sept tirs, aucun n'était cadré. Échec cuisant. Loin d'elle l'idée de jeter la pierre à ses coéquipières, elles n'étaient pas suffisamment concentrées.

Et pour cause : l'entraîneur était sur les nerfs. À croire que sa Monica n'avait pas bien astiqué la tuyauterie.

Elle ne put réprimer un petit rire nerveux qui lui valut une remarque.

— Tu te fous de ma gueule, en plus ?

— Non… enfin pas exactement.

Fatou émit un sifflement gêné et les autres échangèrent des regards mal à l'aise. Elle avait beau partager son tempérament de feu avec tout le monde, cet affrontement en public, le soir d'un match de surcroît, était une nouveauté dont elles se seraient bien passées.

— Je compte sur vous pour reprendre l'avantage, OK ? Il ne s'agit pas seulement du championnat, mais aussi de vos carrières. N'oubliez jamais que vous êtes observées en toutes circonstances. Allez, on y retourne dans cinq minutes !

Les coachs sortirent pour les laisser se changer. Tyna passa un t-shirt propre et se remit debout très vite pour ne pas laisser à ses muscles le temps de refroidir.

— Tu y as été un peu fort, lui fit remarquer Fatou. C'est le coach, c'est normal qu'il nous hurle dessus.

— Au contraire, je me suis retenue. Je n'ai pas rigolé pour ça.

Lorsqu'elle sortit à son tour, Nash l'attendait près de la porte.

— J'ai à te parler, dit-il à voix basse.

Il désigna un recoin tranquille où il la coinça dans le but de lui imposer une conversation dont elle se fichait.

— Qu'est-ce qui te prend ?

— Moi ? Tu te fiches de moi ?
— Baisse d'un ton, je ne tiens pas à ce que notre échange finisse à la télé.
— Fallait y penser avant que la greluche débarque.
— Je l'ignorais, d'accord ?
— Bah ça ne t'a pas gêné de la garder près de toi pour la nuit !
— Tu ne comprends décidément rien.
— Alors explique-moi ! s'exclama la jeune femme. Trois minutes avant qu'elle se pointe, t'étais sur moi à bander comme un taureau. Et pourtant elle est toujours là.

Les bras croisés sur sa poitrine, il se surprit à sourire. Les joues roses, les yeux assombris par la colère, elle n'avait pas son pareil pour rendre sexy une situation pareille. N'y tenant plus, il la plaqua contre le mur et força le rempart de ses lèvres pour lui montrer à quel point il se fichait de la présence de Monica. C'était Tyna qu'il voulait. Et plus ils se repoussaient, plus son désir enflait.

Elle eut toutes les peines du monde à interrompre leur baiser. Elle était furieuse, mais pas au point de se passer d'une telle chose. Elle l'avait savouré, les jambes tremblantes et les mains accrochées à ses cheveux.

— T'es décidément trop sexy quand tu es jalouse… susurra Nash contre sa bouche. Je vais peut-être la garder sous le coude !
— Va te f...

Offusquée, Tyna leva la main pour le gifler mais il anticipa son geste. Il lui sourit et déposa un baiser dans le creux de sa paume. Elle s'empressa de récupérer sa main et rejoignit le groupe au pas de course.

Sous le coup de la colère, elle offrit au public une prestation quasi parfaite. Lorsque le milieu de terrain lui fit une passe décisive cinq minutes après leur entrée, elle égalisa le score sans laisser la moindre chance d'arrêt au gardien adverse. Tel un missile, le ballon s'enfonça dans le filet.

Après ce but, l'équipe reprit confiance et les filles se placèrent sur le terrain de manière à occuper l'espace intelligemment. Elles enchaînèrent les passes, reprirent la balle aux adversaires aussi vite que possible jusqu'à l'amener entre les pieds de leur meneuse qui réussit à reprendre l'avantage.

Quand l'arbitre siffla la fin du temps additionnel, les filles hurlèrent de joie sur le terrain et se rassemblèrent pour se féliciter. Seule Tyna s'écarta, fatiguée et pressée de s'asseoir au vestiaire. Sous le coup de ses émotions, elle déclina les demandes des journalistes mais leur offrit quelques photos, même si elle n'y serait pas affichée à son avantage. En sueur et sûrement rouge après l'effort colossal qu'elle avait fourni, elle ne rêvait que d'un litre d'eau et d'un fauteuil.

— Bien joué, Tyna, la congratula Jeff. T'as assuré !
— Merci Jeff. Nash est dans le coin ?
— Il est dans le vestiaire, il vous attend.

Elle laissa l'entraîneur-adjoint serrer quelques poignées de mains pendant qu'elle rejoignait son coach. Debout au milieu de la pièce aux relents de transpiration, il tapait sur l'écran de son smartphone. Quand il l'entendit, il leva la tête.

Tyna s'attendait à des félicitations ou, à la rigueur, un remerciement pour ses performances qui permettaient à l'équipe de rester dans la course au titre. Mais au lieu de ça, il choisit de l'ignorer.

— T'es vraiment qu'un…

Elle ne finit pas sa phrase par choix. Après tout, à quoi ça servirait ? Il n'était visiblement pas prêt à faire évoluer leur relation.

— Tyna…

Avant qu'il n'ait pu rajouter quoi que ce soit, le reste de l'équipe entra dans le vestiaire, réduisant à néant ses chances de s'expliquer.

***

Le lendemain matin, l'équipe quitta Chicago pour rentrer à Atlanta. Après un vol secoué par des turbulences, le jet se posa sur le tarmac en fin de matinée. Le bus les attendait comme toujours et les ramena au club. Elles étaient officiellement en « congés » pour quelques jours. Certaines filles en profitaient pour rentrer chez elles le temps des festivités de Thanksgiving, d'autres comme Tyna restaient au club.

— Tu rentres chez toi ? demanda la jeune femme à sa camarade de chambre.

— On ne fête pas Thanksgiving en France, alors je me réserve plutôt le déplacement pour Noël.

— T'as raison.

— Et toi, qu'est-ce que tu fais ?

— Je vais passer la journée à cuisiner et manger chez Phil.

Fatoumata soupira d'envie mais ne chercha pas à en savoir plus. Elle se plongea dans un magazine *people* acheté à l'aéroport.

— Est-ce que ça te dit... de venir ?

Elle crut s'écorcher les lèvres en prononçant ces mots, mais s'il y avait bien un truc de rigueur pour cette fête à venir, c'était le partage. Et le pardon était également une bonne option.

Surprise par sa proposition, la Française resta quelques secondes hébétée.

— Moi ? Bah c'est que...

— T'es pas obligée, hein ! À moins d'avoir un goût prononcé pour les indigestions.

— Je... je crois que je vais prendre le risque.

Elle semblait touchée par l'invitation. Tyna entrevit des sentiments en elle pour la première fois, c'était inespéré. Elle nota son adresse sur son billet d'avion et lui tendit.

— Tu peux venir à l'heure que tu veux. En général, on mange à treize heures.

— Merci Tyna. Qu'est-ce que j'apporte ?
— Rien du tout.
— Ça c'est impossible ! Si ma famille apprend que je m'incruste sans rien ramener, je serai maudite jusqu'à la fin de ma vie et peut-être même dans la prochaine.

Tyna gloussa avant de rétorquer :
— Tu n'auras qu'à rien dire.
— Ma mère le saura, elle sait toujours tout.
— Dans ce cas… prends avec toi ce qui te fait envie. Ce sera la surprise.

Satisfaite de sa réponse, Fatou commença à énumérer la liste de ses friandises préférées – et il y en avait des tonnes ! Elle commença à évoquer toutes les spécialités françaises qui lui manquaient ainsi que les gourmandises sucrées dont elle raffolait.

— Tu ne connais pas les Kinder Bueno ? Bordel, c'est le meilleur truc qu'on a inventé. Je t'en ramènerai après les vacances de Noël.
— Il y a des trucs sensationnels ici. Le cheddar en spray, t'as goûté ? C'est inutile mais délicieux. J'en mets dans les hot-dogs, même si Phil pourrait me renvoyer d'où je viens quand il me voit faire ça.
— Il a l'air chouette, ce Phil.
— C'est le meilleur.

Plus tard ce soir-là, Tyna s'endormit avec le sourire, impatiente de passer une journée de fête en famille. Mais quand le vibreur de son téléphone la réveilla au beau milieu de la nuit, son corps se tendit d'appréhension. Elle avait appris que le caractère urgent de ces appels ne présageait rien de bon…

Chapitre 35

♪ - Rachel Platten – Fight Song

Quand elle découvrit un numéro inconnu, Tyna sentit son sang geler dans ses veines. La peur au ventre, elle décrocha.
— Allô ?
— Tyna...
Elle reconnut la voix de son entraîneur, mais elle ne l'entendait pas très bien. La liaison semblait mauvaise et détériorée par des bruits parasites.
— Nash ? chuchota-t-elle en espérant ne pas réveiller sa camarade de chambre. Qu'est-ce que tu veux ?
— Écoute... j'ai besoin que tu me rendes un service.
— J'ai déjà entendu ça quelque part...
— S'il te plaît, écoute-moi. Je n'ai que trois minutes.
Intriguée, elle sortit de son lit et s'enferma dans la salle de bains pour gêner Fatou le moins possible.
— OK, accouche !
— J'ai besoin que tu viennes me chercher.
— Où ça ?
— Chez les flics.
— Bordel, qu'est-ce que t'as fait ?
Il se racla la gorge, mal à l'aise.
— Je t'expliquerai. Est-ce que tu pourrais... régler la caution ? Je te rembourse demain, ne t'inquiète pas.
— D'accord. Elle est fixée à combien ?
— Cinq mille dollars.

Merde, c'était une sacrée somme ! Que pouvait-il avoir fait pour être placé en garde en vue ? Était-ce grave ?

— T'as intérêt à tout me raconter ! T'es où ? J'arrive.

Elle raccrocha et s'habilla en silence pour quitter les lieux en catimini. Alors qu'elle se rapprochait du poste de sécurité à l'entrée du club, elle commanda un taxi et l'attendit près du vigile.

— Merci de me laisser y aller, lui dit-elle. C'est vraiment important.

— Je m'en doute. En revanche, je vais devoir en toucher un mot à Nash.

Elle acquiesça, consciente qu'elle ne risquait rien du tout. Il avait sûrement plus à perdre dans cette histoire.

Quelques minutes plus tard, elle embarquait dans une voiture et le chauffeur la déposa au pied du commissariat. Par chance, il était situé tout près d'un distributeur automatique de billets.

— Restez-là, s'il vous plaît. Vous pouvez laisser tourner le compteur, je reviens.

Dans le bâtiment désert, il fallut un instant avant qu'elle voie débarquer le veilleur de nuit. Le flic semblait fatigué.

— C'est pour quoi ?

— Nash DeWitt. Je suis là pour sa caution.

— OK, j'ai des papiers à vous faire remplir.

Elle s'exécuta sans faire d'histoire, apposant sa signature sur les documents sans exprimer son impatience ou encore son besoin de sommeil.

— Je peux le voir ? demanda-t-elle lorsque le policier eut rangé la paperasse.

— Seulement quand vous aurez payé la caution.

— Mais j'ai décidé de ne la payer que s'il le mérite… donc il va devoir s'expliquer s'il veut sortir de là.

Il essayait de le cacher, pourtant elle discernait un sourire en coin sur le visage de l'officier. Sans rien ajouter, il sortit un trousseau de clés d'un tiroir et la précéda dans le dédale du commissariat. Il frappa à une porte métallique, un autre flic à l'intérieur la déverrouilla et les autorisa à entrer.

— C'est pour DeWitt ? s'enquit-il.

Après un hochement de tête, on la conduisit jusqu'à la cellule où elle retrouva Nash, assis sur une sorte de paillasse en béton recouverte de graffitis en tout genre et de toutes les couleurs. Elle lut « Poppy la pro des turlutes était là » et d'autres petits poèmes exotiques. Les joies de la prison...

— DeWitt, t'as de la visite !

Il sursauta et se leva en l'apercevant derrière les barreaux.

— Merci d'être venue, tu me sauves ! Ils m'ont confisqué mon téléphone, tu peux envoyer un message à Kélya ? Elle doit s'inquiéter de ne pas me voir revenir.

— OK.

Elle prévint la jeune fille au pair que tout allait bien et qu'il avait eu un contretemps, puis elle l'interrogea du regard, suspicieuse.

— Crache le morceau ! dit-elle en croisant les bras sous sa poitrine.

— On peut en parler... au calme ?

Il ne semblait pas fier de lui. Qu'avait-il à se reprocher ? Conduite en état d'ivresse ? Insulte à agent ?

— J'ai bien peur que tu ne sois coincé ici...

— Merde, Tyna ! T'as pas pu régler la caution ? Si tu t'inquiètes pour l'argent...

— Oh non, ça n'a rien à voir... Simple vengeance personnelle.

Avec la fatigue, il ne réalisa pas tout de suite où elle voulait en venir. Il la dévisagea pour tenter de deviner ce qu'elle avait en tête. Lorsqu'elle vit une flamme danser dans ses prunelles, elle sut qu'il avait compris de quoi il retournait. Elle lui en voulait toujours et paraissait déterminée à lui faire payer.

— Tu regrettes d'avoir utilisé ton seul coup de fil en m'appelant ?

Il émit un ricanement. S'il n'avait pas été aussi crevé et qu'il ne rêvait pas d'une douche, il se serait sûrement amusé un peu plus avec elle. Mais il avait trop envie de rentrer chez lui, et surtout de la prendre dans ses bras.

— Je me suis pris la tête avec Monica, avoua-t-il. Je suis allé chez elle pour mettre un terme à notre semblant de relation, mais… elle ne l'a pas supporté. Elle s'est tellement emportée que les voisins ont appelé les flics.

— Alors… c'est fini entre vous deux ?

— Ah ça ouais ! Je ne sais même pas pourquoi je l'ai laissée faire partie de ma vie si longtemps. Clara ne l'a jamais aimée.

— Les enfants ont un radar à la place du cœur, tu devrais le savoir !

— Elle t'adore par contre.

— Elle a bon goût, que veux-tu !

— Tyna…

— Oui ?

— Tu me laisses sortir ? Ou t'as besoin de plus ?

Elle fit signe au gardien de le libérer.

— J'ai bien l'intention de te demander beaucoup plus. Mais ça attendra que tu prennes une douche ! Tu pues, DeWitt !

***

Quand ils arrivèrent devant chez lui, Nash lui proposa de rester pour la nuit étant donné l'heure tardive. Elle hésita, ne sachant pas si elle réussirait à dormir dans cette maison qu'elle ne connaissait pas. Et comme elle n'avait pas l'intention de lui céder dans un lieu où il avait tous les avantages, rester seule ne l'enchantait guère.

Allez, t'es plus une gamine ! se fustigea-t-elle.

Il se conduisit comme un gentleman. Il lui proposa une jolie chambre qui possédait sa propre salle de bains, tout en précisant qu'elle était juste à côté de la sienne. Rassurée de pouvoir l'appeler en cas de besoin, elle ferma la porte et se mit au lit dans lequel elle s'endormit en quelques secondes à peine.

Lorsqu'elle ouvrit les yeux le lendemain matin, une délicieuse odeur de café et de toasts grillés se répandait à l'étage. Elle s'étira, resta confortablement allongée sur le matelas et observa la pièce où elle s'était reposée sans aucune gêne. Spacieuse et décorée dans les tons beiges, elle donnait sur le jardin, si elle en jugeait par la végétation qu'elle devinait derrière les volets roulants pas tout à fait fermés et les oiseaux qui gazouillaient.

Ce furent les pas pressés de Clara dans le couloir qui l'incitèrent à quitter la chambre. Elle en sortit vêtue de ses vêtements de la veille et la petite fille débarla pour s'accrocher à elle dès qu'elle la vit.

— Tynaaaaaaaaaa !
— Bonjour ma puce, ça va ?
— Oui, mais qu'est-ce que tu fais là ?
— Ton papa m'a laissée dormir ici.

Apparemment satisfaite de cette vérité transformée, elle la tira par la main pour descendre l'escalier menant au rez-de-chaussée. Dans la cuisine, Nash se dandinait derrière les fourneaux en maniant une poêle à frire. Tyna se retint de rire.

Il se tourna très vite et les trouva sur le pas de la porte en train de l'observer, aussi continua-t-il à danser en exagérant son déhanché.

— Papaaaaaaaaa ! s'exclama sa fille. Arrête, tu sais pas danser !
— Alors assieds-toi et goûte-moi ça !

Il déposa du pain perdu dans une assiette, ainsi que du bacon et des œufs brouillés. Le rêve de toute femme gourmande habituée aux petits-déjeuners des grands hôtels. Mais pour Tyna qui devait contrôler son poids et ses apports glucidiques, c'était le repas de toutes les tentations.

— Tu veux que je sois au régime pendant six mois ? se moqua-t-elle.

— Oh allez, c'est jour de fête aujourd'hui, pas vrai ?

Clara acquiesça, les yeux brillants et les joues pleines. Elle passa l'heure suivante à leur demander comment avait commencé le premier Thanksgiving et pourquoi tous les pays du monde ne le célébraient pas.

— Je vais y aller, annonça-t-elle à Nash. Je dois passer me changer au club. On se retrouve chez Phil ?

— Je t'y emmène, si tu veux.

— C'est gentil mais je préfère vous rejoindre là-bas, OK ?

De guerre lasse, il la laissa partir. Il profita de la matinée avec Clara, lui donna un bain et l'aida à s'habiller. Kélya finissait de se préparer lorsque la fillette passa la porte de sa chambre pour s'exhiber dans sa robe.

— Oh mais tu es sublime, Clara ! Tu vas être la reine de la fête !

— Qu'est-ce que tu fais ? demanda-t-elle à sa nounou.

— Je te l'ai dit, je pars quelques jours chez des amis. Je reviens très vite, ne t'inquiète pas !

D'un commun accord, puisqu'il avait cinq jours de congés d'affilée, Nash lui permettait de fêter Thanksgiving avec des amis de Savannah. Il allait ainsi pouvoir profiter de sa fille en cette période compliquée. La journée s'annonçait sous les meilleurs auspices, ils seraient entourés d'amis pour célébrer cette fête visant à rendre grâce aux bienfaits de la vie. Si celle-ci lui avait repris bien des choses ces dernières années, elle avait mis Tyna sur sa route. Elle ne le savait pas encore, mais malgré son tempérament exécrable, la jeune joueuse était son rayon de soleil depuis son arrivée à Atlanta. Et il regrettait d'autant plus le fait de ne jamais pouvoir la laisser s'accrocher à lui…

Chapitre 36

♪ Miley Cyrus – *Climb*

Phil et Kyle avaient mis les petits plats dans les grands. Dans le patio, une longue table était dressée. Elle regorgeait de plats garnis de mets délicats et de tartes plus appétissantes les unes que les autres : viande séchée, tarte au potiron, airelles, canneberges, purées de légumes, et bien entendu, une énorme dinde s'apprêtait à sortir du four.

— Tyna, tu peux l'arroser une dernière fois ? lui demanda Kyle.

Chaque année c'était le même rituel. Kyle faisait d'elle son assistante chef cuisinière, ce qui lui permettait de voler dans les récipients avant qu'ils n'arrivent sur la table. En échange, elle devait lui rendre quelques services à sa portée : arroser la dinde à intervalles réguliers, assaisonner la salade ou encore passer les patates douces au moulin à légumes. Elle avait peu de points communs avec Kyle, ces moments-là lui permettaient donc de passer un peu de temps avec lui.

Elle retira le gant et continua de mettre les épluchures des légumes dans le bac allant au compost. Nash entra dans la cuisine à ce moment-là.

— Besoin d'un peu d'aide ? demanda-t-il à Kyle. Ou je peux peut-être apporter quelque chose à table ?

— Tyna semble avoir les choses bien en main...

Son beau-père quitta la pièce avec un plat garni d'épis de maïs.

— Où est Clara ? questionna Tyna en retirant le tablier prêté par Kyle.

— Tu devrais le garder, ça te donne un petit côté... femme d'intérieur !

— Tu aimerais bien, hein ! Désolée de te décevoir, mais je ne serai jamais ce genre de femme.

— Je n'espère rien du tout, trancha son entraîneur.

Elle leva le menton vers lui, déçue. Ils n'avaient pas eu l'occasion de discuter de leur baiser échangé le soir du match, et elle doutait que le moment soit bien choisi. Pourtant, ça la démangeait.

Il avait fait un réel effort vestimentaire ce jour-là. Il portait un jean noir slim, une chemise blanche et un gilet noir très classe, le tout assorti à une paire de chaussures noires. Il avait troqué ses baskets pour la première fois depuis qu'elle le connaissait. Il était magnifique.

— T'as eu des nouvelles de Monica ?

Il secoua la tête et prit une poignée de noix de pécan dans un bol.

— Pas depuis qu'ils m'ont embarqué. Mais la connaissant... je m'attends à la voir bientôt.

— Je ne comprends pas les nanas qui refusent de lâcher l'affaire ou qui s'accrochent. C'est encore plus humiliant que de se faire larguer, non ?

— Apparemment c'est encore plus tendance d'user de chantage et de manigances...

Tyna haussa les épaules et déposa des bâtons de céleri dans un ramequin. Sur un plateau en métal, elle disposa un ensemble de crudités et une sauce au fromage et aux fines herbes.

— Pour ma part, je préfère qu'on me dise les choses simplement, évoqua-t-elle en espérant lui faire passer un message. Même si ça risque de me blesser sur le coup. Ce n'est pas comme si on pouvait maîtriser ses sentiments, n'est-ce pas ?

En le regardant dans les yeux, elle s'aperçut qu'il ne perdait pas une miette de ses gestes. Sans détourner le regard, il prononça à voix basse :

— Malheureusement... et pourtant ce serait tellement plus facile...

Tyna déglutit difficilement, sentant son corps se réchauffer malgré elle. Ce sous-entendu la rendait même nerveuse. La tension sexuelle était à son comble depuis des semaines. Elle n'était pas certaine de tenir longtemps à ce rythme. Surtout quand elle avait sous les yeux ses mains, sa bouche, son corps mis en valeur...

— Qu'est-ce que tu regardes ? s'enquit-il en inspectant sa chemise. J'ai une tache ?

— Non. Je me disais juste que... ça t'allait bien.

— Merci. Tu es vraiment très belle toi aussi.

Gênée par son compliment, elle replaça une mèche de cheveux derrière son oreille.

— Bah alors ? les interrompit Fatou en arrivant. Qu'est-ce qui se passe ici ?

— Rien, on discute, lui dit Tyna.

— Hum hum... je vais faire comme si je vous croyais ! Y'a un truc qui se passe...

— De quoi tu parles ?

— Allez, me la faites pas à moi ! Je vous ai vus en plus...

— Fatou, dit Nash, ce n'est pas du tout ce que tu crois.

— Ah ? C'était pas elle que tu étais prêt à culbuter dans la neige, l'autre jour ?

Piquée au vif, Tyna se rembrunit, rouge de honte.

— Ça va, je ne dirai rien, je ne suis pas une balance. C'est vous que ça regarde, du reste. Mais attention, les murs ont des oreilles. Kyle voudrait un mélange de sels et plantes aromatiques, tu sais de quoi il parle ?

Tyna lui tendit le petit sachet renfermant les épices spéciales de son beau-père. Quand Fatou eut rejoint les autres convives, elle soutint son regard, curieuse de savoir ce qu'il pensait de tout ça. La Française avait beau être une amie proche de lui, elle doutait qu'il apprécie d'être épié ou jugé sur son comportement envers les filles de l'équipe.

— J'imagine que ça te dérange qu'elle soit au courant, supposa-t-elle.

— J'ai confiance en elle. Fatou saura garder sa langue. J'espère simplement que personne d'autre ne nous a vus.

— Ce sont les risques de la fougue du moment...

Elle tenta une boutade qui le fit tiquer.

— Ça n'aurait pas dû arriver. Merde, Tyna ! Je suis ton entraîneur, et tu es...

— Quoi ?

— Tu es jeune. Talentueuse, magnifique, mais encore naïve.

— Et toi tu es con ! s'emporta-t-elle. Je suis fatiguée de jouer au chat et à la souris. Si tu ne veux pas de moi, abrège nos souffrances.

Il contourna l'îlot central pour se placer devant elle. Les mains placées sur ses épaules, il soupira tout en cherchant les mots adéquats.

— La question n'est pas de savoir si je te veux, mais si j'en ai le droit.

— C'est comme cette mousse au chocolat, expliqua Tyna en tirant vers elle le saladier qu'elle devait replacer au réfrigérateur. J'en ai terriblement envie.

Elle trempa son doigt sur le dessus et le lécha ensuite sans lâcher ses yeux. Elle prit son temps pour le sucer, et tandis qu'elle allait replonger son doigt, Nash l'en empêcha en saisissant son poignet.

— Tu vois, j'aime tellement ça que je ne peux pas m'arrêter. Pourtant je sais que je ne devrais pas, que ce n'est pas bon pour moi. Mais c'est plus fort que moi.

— Tyna... même si je rêve de lécher toute cette mousse au chocolat aux endroits les plus fous de ton corps, je refuse d'être celui qui profitera de toi.

Elle ne put retenir un éclat de rire. Pour illustrer cette plaisanterie, elle lui mit de la mousse sur la bouche. Elle s'approchait pour l'embrasser quand il l'arrêta.

— Tu n'as rien compris.

— Au contraire. Je te montre juste lequel de nous deux profite vraiment de l'autre. En l'occurrence, c'est moi qui te réclame depuis des semaines.

Elle posa ses mains sur ses seins, puis les guida plus bas.

— Alors maintenant, tu as le choix. Soit tu assumes, soit je trouve quelqu'un d'autre pour m'amuser.

Nash la contempla durant quelques instants, désirable dans sa robe noire au décolleté plongeant. Ses seins ronds pointaient contre l'étoffe et l'invitaient à une dégustation très privée. Cette femme était une dangereuse tentatrice, et il savait qu'en répondant à l'appel du sexe, il se perdrait en elle sans pouvoir en réchapper. Alors que devait-il faire ? Céder ? Ou tenter le tout pour le tout afin d'éviter les ennuis ?

— Je te laisse jusqu'à ce soir pour te décider, lui dit-elle avec un sourire espiègle. Maintenant, apportons le reste ou ça va être froid.

***

Il avait tout prévu ou presque. Tyna prit place à côté de lui à table et ne manqua aucune occasion de le frôler ou de frotter son corps contre lui. Tout était prétexte à un rapprochement et il commençait à se sentir très à l'étroit dans son jean. Même couper un morceau de dinde à Clara s'avérait compliqué. Heureusement, Fatou faisait la conversation à leurs hôtes en leur racontant où elle avait grandi et comment elle avait commencé à toucher le ballon.

— Mes frères passaient leur temps sur le terrain. De là où je viens, soit on arrive à devenir quelqu'un grâce au sport, soit on finit mal.

— Comment ça ? demanda Kyle, ahuri.

— Trafic de drogue, réseaux du banditisme, et j'en passe !
— Même les filles ? s'étonna Philip.
— À peu de choses près. Ou alors on finit avec un marmot à quinze piges à peine. Heureusement je ne me suis jamais intéressée aux garçons. Pas de cette façon en tout cas. Juste à leurs techniques de jeu.
— Tyna et toi avez ça en commun, raconta l'ancien entraîneur. C'est comme ça que je l'ai repérée. Elle mettait la pâtée à tous les merdeux de son quartier ! Pas vrai, ma puce ?

Trop occupée à faire les yeux doux à Nash, la jeune femme n'entendit pas qu'on l'interpellait. Un coup de coude la sortit de ses pensées.
— Pardon ?
— Je disais que tu avais toi aussi torpillé quelques filets en te mesurant aux garçons de ton quartier.
— C'était il y a longtemps, éluda-t-elle en se levant pour attraper un plat. Quelqu'un reprend de la purée ? Clara, tu en veux encore ?

Comme elle déclinait, elle se rassit près du coach qui avait décalé sa chaise. Merde ! Elle y allait peut-être un peu fort... et elle s'en voulut au point de ne pas comprendre ce qui lui arrivait. Elle était généralement subtile avec les hommes, elle en avait certes peu connu, néanmoins elle s'y prenait mieux que ça.

C'est le seul qui te fait cet effet, c'est pour ça...

La petite voix voyait juste. Nash exerçait un pouvoir sur elle qu'elle ne maîtrisait pas, et qui l'effrayait un peu aussi. Durant le reste du repas, elle choisit de se mettre en retrait. Elle dégusta les mets délicieux, écouta de la musique avec les autres invités et répondit à leur soif d'anecdotes.

Quand Clara le lui réclama, elle lui lut une histoire. La petite fille ne sortait jamais sans un livre. Ce jour-là, elle avait apporté un recueil des contes de Grimm. Alors qu'elle lui faisait la lecture dans le salon, elle sentit la présence de Nash. Sa peau la picotait et elle s'efforçait de ne pas relever la tête au cas où il aurait pris sa décision. C'était sa faute s'ils en étaient là. Il avait commencé en l'embrassant dans son bureau, juste après son arrivée. Puis, ils avaient entamé un jeu de séduction qui arrivait à son paroxysme, si bien qu'elle ne supportait plus l'idée de se passer de lui. Du moins, pas tant que son corps n'obtiendrait pas son dû...

À la fin de la soirée, après un digestif et une part de tarte, Philip l'embrassa sur la joue en les raccompagnant sur le pas de la porte.

— Merci pour cette super journée !

Fatou le prit dans ses bras, visiblement conquise elle aussi par ce jour de fête.

— Merci pour votre accueil ! Si vous ne savez pas quoi faire, un jour prochain, appelez-moi ! Ou même si vous voulez adopter une autre fille !

Kyle l'embrassa, puis la Française sortit. Un taxi les attendait pour les ramener au club.

— On s'appelle vite, OK ? dit-elle à ses deux papas. C'est bientôt la cérémonie de naturalisation, commencez à regarder pour vos smokings.

Elle descendit ensuite les marches pour retrouver les autres devant la maison. Clara était déjà endormie dans la voiture, bien installée dans son siège auto. Elle n'était pas encore arrivée au taxi que celui-ci démarra.

— Eh !!! protesta Tyna. Mais...

Nash lui prit la main, puis il la plaqua contre la voiture sans préambule. Juste avant de poser ses lèvres sur les siennes, il annonça :

— Tu rentres avec moi.

Chapitre 37

♪ The Script - *For the First Time*

Il n'y avait pas de meilleure façon de terminer cette journée. Rien n'aurait pu ternir le sourire de Tyna, assise côté passager près de Nash. Une station de radio diffusait des airs latino pendant qu'ils échangeaient quelques regards en coin. Et plus ils se rapprochaient du quartier de Buckhead, plus elle sentait la température de son corps croître.

Un peu avant d'arriver, Nash s'arrêta à un feu rouge et se pencha vers la jeune femme pour l'embrasser à la base du cou.

— Nash... murmura-t-elle. S'il te plaît...

Il s'interrompit pour redémarrer, impatient d'arriver à destination.

— Attends de voir ce que je te réserve en rentrant.

Trois minutes plus tard, ils se garaient devant la maison victorienne de Nash. L'éclairage se déclencha quand la voiture s'arrêta sur sa place de parking.

— Je vais coucher Clara, tu peux boire quelque chose en attendant.

— D'accord.

Elle le regarda monter avec sa fille endormie sur son épaule, puis elle l'attendit dans le salon. Maintenant que le fameux moment était sur le point de se produire, des semaines après leur premier baiser, elle ressentait autant d'excitation que d'appréhension. Qu'allait-il se passer ensuite, lorsqu'il aurait ce qu'il voulait ? La reconduirait-il chez elle en lui recommandant de ne pas ouvrir la bouche ? Ou bien la prendrait-il dans ses bras pour lui proposer de rester ?

Elle se détestait de penser à ce genre de choses. Tyna Queen ne se laissait pas mener par le bout du nez par un homme normalement, et encore moins par celui-ci. Pourtant, pour une raison qui lui était encore étrangère, il exerçait sur elle un pouvoir au-dessus des mots. Il pouvait la faire ployer sous ses baisers et l'énerver la minute suivante, la faire rire et pleurer en même temps. Et même si son arrivée au sein du club lui avait déplu, désormais elle ne pourrait plus se passer de lui...

Jugeant qu'il mettait un peu de temps à redescendre, elle fit quelques pas jusqu'au hall d'entrée. Au bas de l'escalier, elle s'assit sur la première marche, le cœur bombardant sa cage thoracique. Elle le savait, il ne retrouverait un rythme normal qu'au moment où il prendrait enfin possession de son corps.

Soudain, elle perçut des bruits de pas. Elle leva la tête pour le voir appuyé sur la rambarde du palier.

— Qu'est-ce que tu fais ? l'interrogea-t-il, le sourire aux lèvres.

— Bah, tu vois, comme d'habitude je poireaute. À croire que ça t'amuse.

— T'as pas idée !

Dans son regard brillait une lueur de défi. Il voulait la faire mariner encore un peu et elle lui avait jusqu'à maintenant concédé l'avantage. Néanmoins, elle était déterminée à lui montrer qu'elle ne s'avouait pas vaincue si vite.

— Tu peux m'appeler un taxi, s'il te plaît ?

Comme il descendait l'escalier, la mine défaite, elle s'emmitoufla dans son manteau.

— T'es fatiguée ?

— Un peu, oui.

— Si tu as changé d'avis...

— Moi ? Tu es sérieux ? Ça fait plus de trois mois que j'attends ça !

— Bah quoi ? Tu viens de te rhabiller.

Sur ces paroles, elle laissa retomber le manteau à ses pieds. Devant lui, elle se retrouvait dans sa robe noire, et il ignorait pour le moment ce qu'elle cachait en dessous. Mais elle était prête à lui dévoiler ses petits secrets.

Nouant ses bras autour de son cou, Tyna colla sa poitrine contre lui. Dans le regard, il partageait la même excitation qu'elle, ainsi qu'une certaine audace.

Tandis qu'elle se demandait ce qu'il allait lui réserver, il la surprit en la soulevant dans ses bras. Il écarta ses jambes pour la guider autour de ses hanches et entreprit de monter l'escalier.

— Si tu nous fais tomber, DeWitt, je te tue !

— Pas avant que ma queue fourre ta jolie petite chatte, OK ?

Faussement choquée, elle lui frappa l'épaule avant de se rappeler qu'elle n'était pas en territoire stable. Tyna s'accrocha à lui de toutes ses forces, puis le laissa l'emmener dans sa chambre. Avant d'ouvrir la porte, il la plaqua contre le pan et se rua sur sa bouche entrouverte. Tout en retirant les épingles qui retenaient ses cheveux, il dévorait sa bouche. Avec sa langue, il fouillait chaque recoin de sa cavité humide, comme un conquérant décidé à imposer ses volontés. Tremblante, la jeune femme s'abandonnait à lui et à sa fougue. Ils y étaient enfin.

Et c'était encore meilleur que tout ce qu'elle avait pu imaginer. À tâtons, elle chercha la poignée de la porte et la tourna, décidée à arriver jusqu'au lit où elle comptait subir les divines tortures de son assaillant.

Après avoir allumé, il la reposa par terre et la libéra un instant. Son lit, immense et recouvert de trois rangées de coussins, leur tendait les bras.

— Tu comptes me déshabiller ou tu préfères que je le fasse ?

— J'ai un faible pour les stripteases.

— Le contraire m'aurait étonnée !

Elle le poussa jusqu'au matelas où il s'assit, attentif à chacun de ses mouvements. Elle était assez près pour qu'il sente la chaleur qui couvait sous sa peau, mais il se promit de ne pas la toucher. Enfin, il essaierait.

Elle commença par se débarrasser de ses escarpins, puis elle posa un pied sur le matelas, tout près de lui. Lorsqu'elle fit mine de tirer lentement sur l'ourlet de sa robe, elle dévoila la couture de ses bas à un Nash à bout de souffle.

— Bordel, j'ai failli manquer ça...
— Ç'aurait été dommage, n'est-ce pas ?

Il acquiesça et posa sa main droite sur sa jambe. Avec beaucoup de délicatesse, il la remonta jusqu'à sa cuisse, puis tritura le tissu du bout des doigts. C'était à la fois trop et pas assez. Elle voulait plus mais désirait conserver un semblant de contrôle, suffisamment longtemps pour garder les pieds sur terre. En d'autres termes, il maîtrisait l'art de la rendre folle de lui.

Sa bouche prit ensuite le relais et sa langue se joignit à la danse. Alors que ses mains faisaient glisser la soie sur sa jambe, elle sentait ses lèvres remonter sur sa cuisse et lécher sa peau nue. Il n'était qu'à quelques centimètres du brasier.

— N... Nash... chuchota-t-elle, la voix chevrotante.
— Tu veux que j'arrête ?
— Surtout pas !
— Alors qu'est-ce que tu veux ?
— Tu le sais...

Il lui sourit, l'air tellement fier qu'elle hésitait entre le gifler et l'embrasser. Ce type ne manquait décidément aucune occasion d'afficher ses victoires.

— Dis-le.
— Plutôt crever.
— Dans ce cas...

Il s'étala sur le matelas, les mains derrière la nuque.

— Je t'en prie... susurra-t-elle. Je n'en peux plus...

Si elle voyait qu'il était bien serré dans son jean, il avait plus de contrôle sur la situation. Mais contrairement à lui, elle avait déjà goûté à ce qu'il pouvait offrir. Et son corps avait une très bonne mémoire.

Soudain, celui-ci se rappela à son bon souvenir et lui suggéra une tactique pour le faire plier. Et tant pis si elle se liquéfiait, elle avait hâte de savoir si elle pouvait exercer la même emprise.

Elle finit donc par se mettre à genoux et entreprit de dégrafer son pantalon. Il se redressa aussi sec, à la fois contrarié et excité.

— Qu'est-ce que tu fais ?
— Je suis une grande fille, je me sers, dit-elle en tirant sur le jean.

Elle eut l'immense satisfaction de découvrir qu'il était d'une très belle taille, au-delà de ses espérances, même si le boxer entravait ses mouvements.

— Lève-toi.

Il s'exécuta sans broncher. Son ton ne laissait aucune place à la protestation. Elle en profita pour baisser le dernier rempart la séparant de son sexe.

Elle avait conscience que la position appuyait la supériorité de Nash sur elle, mais dans son regard, elle comprit au contraire que tout son pouvoir résidait en cette simple pratique. Il était à sa merci, impatient, suspendu à sa volonté. Et ça la ravissait.

Elle approcha sa bouche mais la posa sur sa cuisse. Pendant quelques minutes, elle l'embrassa, le lécha et le caressa sans jamais toucher son membre. Pourtant, il bougeait chaque fois qu'elle se trouvait à quelques millimètres de lui. Nash grognait dès qu'elle reprenait sa torture partout ailleurs.

— Bordel... marmonna-t-il, les dents serrées. T'es la pire des tentatrices...

— Et t'as encore rien vu !

Elle releva le menton pour affronter son regard brûlant.

— Je te veux, lui avoua-t-il en caressant ses cheveux.
— Redis-le.
— Pas question, tu m'as très bien entendu.
— Tu l'auras voulu...

Cette fois, elle fit glisser sa langue sur son gland dur et bien rose. Il tressauta à chacun de ses coups de langue et durcit encore quand elle le prit en bouche. À mesure sur ses lèvres l'aspiraient, les mains de Nash se crispaient dans ses cheveux. Elle sentit même ses jambes trembler. Elle l'écoutait respirer tout en le suçant, accélérant la cadence quand elle le jugeait opportun ou ralentissant s'il s'emballait.

Jamais elle ne s'était sentie aussi à l'aise et puissante qu'en cet instant. Il lui faisait confiance au point de se laisser aller, de lui montrer ce qu'il ressentait, et cela l'excitait encore plus.

Juste avant de le libérer, elle le fit rasseoir sur le lit et prit place entre ses jambes. Mais au moment où elle le sentit sur le point de craquer, prête à lui offrir le coup de grâce, il se retira.

— Désolé, s'excusa-t-il en roulant sur le lit.

Incrédule, elle le regarda se relever et ouvrir la porte de la salle de bains. Il la repoussa derrière lui et Tyna resta assise sur le sol.

— C'était nul ?
— Quoi ? Qu'est-ce que tu racontes ?

Il revint comme s'il ne s'était rien passé, toujours – de nouveau ? – en érection. Il lui tendit la main et l'invita à se remettre debout. Elle fut agréablement surprise de se retrouver bercée dans ses bras.

— Tu n'as pas à te sentir nulle, c'était incroyablement bon.
— Alors pourquoi tu... ?
— Je suis quand même bien élevé.
— Ah bon ? J'avais pas remarqué !

Sur ce, il captura une nouvelle fois sa bouche et la libéra de ses derniers vêtements avant de la faire basculer sur le lit.

— À mon tour de te torturer...

Chapitre 38

♪ Skylar Grey - *Everything I Need*

Désormais nue et alanguie sur le lit, Tyna savourait les baisers et les caresses qu'elle avait longtemps désirés. Nash, contrairement à ce qu'elle pensait, prenait un malin plaisir à faire durer les choses. Ses mains la parcouraient, ses lèvres les relayaient. Elle avait l'impression qu'il était partout à la fois.

Il cajola ses seins, en suça les pointes dressées, puis s'aventura plus bas, sous sa poitrine. Après avoir tracé des sillons de feu avec sa langue sur son ventre, il continua sa progression. Avec ses doigts tout d'abord, il écarta les plis de son intimité rosée et luisante. Avec un certain ravissement, il constata qu'elle était aussi excitée que lui. Il introduisit deux doigts dans sa fente et plaça son pouce sur son clitoris gonflé.

Quand elle exhala un soupir d'aise, il comprit que la caresse produisait son effet. Elle tenta d'ailleurs de refermer les cuisses, mais il les maintint ouvertes de sa main libre. Plus il faisait aller et venir sa main entre ses jambes, plus elle se tortillait en poussant des gémissements plaintifs. Elle serrait les poings, cambrait le dos et accompagnait son mouvement en bougeant ses hanches au même rythme.

— Ne... t'arrête... pas... murmura-t-elle entre deux respirations.
— Ne t'inquiète pas pour ça.

Sur ces mots, il commença par donner quelques coups de langue à son clitoris pour tester ses réactions. Tyna haleta plus fort. Et quand sa bouche entière entreprit de flatter sa vulve incandescente, il ne lui fallut que quelques secondes pour imploser. Il sentit avec exactitude l'instant où elle bascula : elle intensifia les mouvements de son bassin, puis un râle rauque et sexy sortit de sa gorge tandis que son vagin se contractait autour de ses doigts.

— Putain de merde... prononça-t-elle, les bras en croix sur le matelas.

Elle ne bougeait plus depuis plusieurs secondes lorsqu'il grimpa à nouveau sur le lit pour s'étendre près d'elle.

— Tu crois qu'on sera encore vivants demain ? demanda-t-elle avec le sourire.

— Non seulement on le sera, mais en plus on recommencera...

Sa main sur sa joue, elle l'embrassa avec avidité et sans aucune retenue. Le fait qu'il ne soit pas effrayé par le lendemain décupla son envie de lui. Malgré l'orgasme fulgurant qu'il venait de provoquer, elle était prête à l'accueillir en elle cette fois. Il reprit son exploration jusqu'à la soulever par les hanches pour la positionner au-dessus de lui.

D'abord incrédule qu'il se laisse dominer de la sorte, elle comprit qu'il rendait les armes et lui montrait qu'ils avaient perdu l'un comme l'autre à leur jeu stupide.

Penchée sur lui, Tyna embrassa ses joues, son cou, puis revint à sa bouche.

— Tu as... des préservatifs ?

— Dans la salle de bains.

Alors qu'elle s'apprêtait à descendre du lit, il la retint par la main.

— Tu prends la pilule ?

— J'ai un stérilet, mais...

— Je n'ai jamais voulu une femme comme je te veux toi, Tyna. J'aimerais me fondre en toi, jouir en toi, que tu prennes ce qu'aucune autre n'aura jamais.

Elle déglutit, incapable de lui répondre. Elle avait la conviction profonde qu'il se livrait corps et âme. Bien sûr cela lui faisait peur, mais sa sincérité la toucha plus que tout.

Prête à s'ouvrir à lui, elle se rua sur sa bouche en signe d'acceptation. Quand son corps trouva le sien pour la première fois, elle cambra le dos pour le guider au plus intime d'elle.

— Bordel... chuchota-t-il en plaçant ses mains sur ses hanches.

En un coup de reins, il se nicha au creux d'elle-même. Tyna ne comprit pas tout de suite ce qu'elle ressentait, un mélange de tension et de chaleur qui se propageait dans tous ses membres.

Mu par un réflexe, son corps imprima le rythme de leurs hanches. Inlassablement, sans jamais lâcher son regard, elle le chevaucha pour les mener au plaisir. Il dut percevoir le moment où elle se trouvait près de l'orgasme, car il la retint plus fermement et accentua ses mouvements jusqu'à la faire trembler. La jeune femme se retrouva traversée par une vague de jouissance intense qui la paralysa au-dessus de lui. La bouche entrouverte, elle cria son nom en attrapant ses mains.

Nash choisit ce moment pour la faire basculer sur le matelas. Après l'avoir laissée aux commandes une première fois, il était déterminé à la propulser plus loin encore.

Tout en augmentant la cadence de ses coups de reins, il restait attentif aux réactions de son corps. Rougie par l'émoi et couverte d'une fine pellicule de sueur, elle semblait sur le point de jouir à nouveau. Abandonnée à lui, Tyna était d'une beauté à couper le souffle. Cette vision eut raison de lui et de sa maîtrise. Se serrant contre elle, il se laissa lui aussi emporter par le tourbillon qu'elle avait fait naître en lui.

***

Dès qu'elle reprit contenance, Tyna se sentit absurde. Elle était là, dans le lit de Nash, et elle n'avait rien à dire. Sa tête lui dictait des tas de clichés du genre « c'était génial » ou encore « merci pour cette baise mémorable », alors que c'était au-delà de tout ce qu'elle avait imaginé. Non seulement il était loin de l'amant qu'elle croyait, mais en plus il avait fait un sans-faute. Attentif, aux petits soins, altruiste, il avait tout fait pour elle avant de succomber lui aussi.

Et elle demeurait près de lui, gênée de n'avoir rien d'extraordinaire à dire.

— Tout va bien ? brisa-t-il le silence.
— Parfaitement bien.
— Si tu as besoin d'aller dans la salle de bains...
— Oui. J'y vais, merci.

Elle se précipita dans la pièce à côté en se sentant idiote. Voilà qu'elle ignorait tout bonnement comment se comporter. Pour se rafraîchir les idées, elle décida de prendre une douche. Elle était en train de se rincer les cheveux quand il entra pour se laver les mains.

— Je t'ai pris une serviette propre.

Il la suspendit au-dessus de la paroi de la douche. Bien qu'embuée, elle le devina derrière et se sentit rougir. Ils avaient partagé ce qu'il y a de plus intime et elle était gênée qu'il puisse la voir sous l'eau... De mieux en mieux.

Une fois propre, elle sortit pour le trouver assis sur le rebord de la baignoire.

— Qu'est-ce que tu fais ? s'enquit-elle.
— Je t'attendais. Je voulais juste m'assurer que tout était... OK.

Elle acquiesça en se rapprochant de lui. Il posa son menton au-dessus de sa poitrine, là où était retenue la serviette.

— Tu restes ou... ?
— Tu veux déjà te débarrasser de moi ?
— Promis, ce n'est pas le cas. Je préfère te garder encore un peu, au cas où j'ai une fringale cette nuit.

Elle lui asséna une tape sur l'épaule avant de l'entraîner dans la chambre. Elle crevait de fatigue après leurs ébats plutôt fiévreux. Il avait ouvert le lit, retiré les coussins pour ne laisser que deux oreillers pour chacun et une couette moelleuse.

— Tu as... un t-shirt à me prêter ?

Il la regarda ensuite passer un vieux truc qu'il avait déjà imaginé sur elle, et le résultat était prodigieux. S'il n'avait pas été aussi rincé par leur partie de jambes en l'air précédente, il aurait pu remettre ça tellement elle était... bandante dans cette tenue.

Instinctivement, ils se calèrent l'un contre l'autre et Nash passa son bras autour d'elle. Il embrassa son épaule avant d'éteindre la lumière et de lui dire :

— Bonne nuit, *belleza*[6].

***

Elle n'avait pas dormi aussi bien depuis... des lustres, sinon jamais. Tyna ne se rappelait pas une nuit pareille, à commencer par l'appétit dont Nash faisait preuve. Après l'avoir réveillée au milieu de la nuit pour se glisser en elle, il l'avait de nouveau clouée au matelas pour la combler avant le petit-déjeuner. Au-dessus d'elle, les yeux dans les yeux, il maintenait un rythme effréné qu'elle n'était pas certaine de pouvoir suivre sur le long terme. Pourtant, il savait exactement comment lui faire plaisir. Ce matin-là, il avait glissé sa main entre eux pour caresser son clitoris en même temps qu'il allait et venait en elle.

En quelques minutes à peine, l'orgasme naquit dans son ventre et implosa jusque dans son crâne.

— Nash... Hmmmmm... Oooooooooooh...

— Je... je vais...

Sans l'avoir anticipé un seul instant, ils sursautèrent en même temps quand la poignée de la porte s'abaissa soudain. Nash eut juste le temps de se coucher près d'elle avant de voir Clara entrer dans la chambre.

---

[6] Beauté en espagnol

Mal à l'aise, Tyna tira la couverture sur eux.

— Bonjour Papa ! s'exclama la fillette en sautant sur le lit. Tyna ? Bah qu'est-ce que tu fais là dans le lit de Papa ?

— Euh... eh bien...

— Clara, et si on allait préparer le petit-déjeuner ? Tyna nous rejoindra dans un instant.

— D'accord, accepta sa fille en se précipitant sur le palier.

Nash émit un grognement de protestation avant de se jeter sur la jeune femme qu'il couvrit de baisers.

— Putain de gosses !

Elle ricana et le repoussa, presque à contrecœur.

— Le devoir t'appelle.

Il enfila un boxer et un t-shirt, puis disparut à son tour. Tyna en profita pour se reposer et réfléchir à la tournure qu'avaient pris les événements. S'il était trop tôt pour envisager une liaison suivie avec son entraîneur, elle était certaine de tenir à lui plus qu'elle ne l'aurait dû. Et c'était ce qui lui faisait le plus peur.

Quand elle descendit dans la cuisine, Clara mangeait des céréales. Nash l'attendait, un mug vide posé en face de lui, un autre devant la place vide qui lui était destinée.

Elle n'était pas encore assise que la fillette amorça les hostilités.

— T'as encore dormi dans le même lit que Papa ?

— Euh... oui.

Elle n'avait pas l'intention de lui mentir. Après tout, c'était la vérité. Elle n'en avait d'ailleurs pas honte.

— Tu vas être ma nouvelle maman ?

— Houla, Clara, c'est quoi ces questions ?! l'interrompit son père.

— Je me renseigne, c'est tout.

— Et pourquoi ça ?

— Je fais une liste pour toi, Papa ! Tu sais, j'ai pas vraiment besoin d'une maman, mais toi tu as vraiment besoin d'une femme !

Chapitre 39

♪ Breaking Benjamin - *Give Me A Sign*

Pris au dépourvu, Nash ne sut pas quoi répondre à sa fille. Clara continua de dévorer son bol sous le regard attentif des deux adultes qu'elle avait surpris et amusés. Tyna se servit une bonne dose de caféine pour affronter la journée qui s'annonçait. C'était une chose de batifoler, c'en était une autre de planifier les semaines se profilant devant elle. Le championnat était bien entamé, elle devait se garder en forme pour passer la deuxième partie de saison sur le terrain autant que possible. Même si elle couchait avec l'entraîneur, elle savait d'emblée qu'il ne lui ferait pas de cadeau.

Après leur petit-déjeuner frugal, il ordonna à Clara d'aller se laver. Avant de la suivre, il se pencha vers Tyna :

— Désolé, je dois monter avec elle. Elle risque de mettre tellement de bain moussant qu'on sera inondé de bulles si je n'y vais pas.

— Je sais. Prends ton temps, je vais me préparer pendant que tu la surveilles.

— Tu as prévu quelque chose aujourd'hui ?

— À part aller courir, je n'ai pas de programme bien défini.

— Tu veux passer la journée avec nous ?

— Il faut que je repasse chez moi, mais... c'est d'accord. Je vous rejoins avec le déjeuner.

Le sourire de Nash fit gonfler son cœur dans sa poitrine. Bordel, cette vision était tout simplement torride ! Comment résister à ce visage viril aux joues marquées par une barbe naissante ? Il lui inspirait des tas d'activités interdites aux enfants.

Elle gravit l'escalier avec lui, puis ils se séparèrent sur le palier. Il allait l'embrasser quand Clara les interrompit.

— Papa, tu viens ou pas ?

— J'arrive...

Compréhensive, Tyna s'habilla et rassembla ses affaires avant de retourner chez elle à pied. Par un heureux hasard, Nash avait apprécié le quartier et s'était déniché une jolie maison dans la même rue que la sienne. Bien que sa demeure soit incontestablement plus luxueuse, c'était toujours un plaisir pour elle de rentrer chez elle. Quand elle était petite fille et qu'elle n'avait plus assez d'espoir en elle pour se relever, elle rêvait de posséder un jour un endroit rien qu'à elle. Un lieu où elle se sentirait en sécurité et en confiance. Au moment où elle avait signé l'acte de propriété, la jeune femme avait ainsi réalisé sa plus grande aspiration. Pourtant, elle était déterminée à atteindre ses autres objectifs.

Elle entra dans la maison, calme et ordonnée. La femme de ménage était chargée de nettoyer et ranger deux fois par semaine, y compris en cas d'absence – prolongée ou non.

Dans sa chambre, elle se changea et sortit ensuite pour faire un jogging. À son bras, elle accrocha un brassard où elle gardait son téléphone qui diffusait de la musique via ses écouteurs sans fil. Elle se fixa l'objectif de courir cinq kilomètres dans le quartier, juste pour maintenir son endurance à son maximum pendant les vacances. Elle n'avait pas l'intention de trop forcer, ni même de prouver quoi que ce soit. C'était un plaisir simple qu'elle s'octroyait pour se vider la tête, ou au contraire pour analyser une situation quand c'était nécessaire.

Ce matin-là, son esprit était accaparé par Nash bien sûr, mais elle préféra le reléguer quelque part où il ne prendrait pas trop de place. Elle augmenta sa vitesse au moment où elle arrivait à la moitié de son parcours, toutefois elle eut la désagréable impression qu'une voiture venait de la dépasser pour la troisième fois en quelques minutes. Emilio lui avait conseillé de se méfier, d'être à l'affût au moindre comportement suspect depuis l'incident du stade. Tant que le commanditaire de sa tentative d'assassinat restait dans la nature, il la pensait en danger.

Toutefois, quand la même berline noire passa au ralenti pour la quatrième fois, elle comprit que ça devenait louche. Elle regagna l'impasse où elle habitait et tant pis si elle ne terminait pas son parcours, elle préférait se mettre à l'abri au cas où. De retour chez elle, elle envoya un message de détresse à son « garde du corps » en lui expliquant ce qui venait de se passer. En le relisant, elle se demanda si elle n'était pas parano sur les bords, mais elle était formelle. La marque, la plaque... C'était bien le même véhicule.

Quelques secondes après l'avoir prévenu, Emilio l'appela pour avoir plus détails.

— Tu te souviens de la plaque ?

— Oui, je me rappelle aussi de la voiture, mais je n'ai pas vu qui conduisait.

— Bien. Je transmets au bureau, on verra si ça mène quelque part.

— Vous allez rester en Argentine ou vous comptez revenir ?

— Pour l'instant ta mère a besoin de moi, mais si elle me le demande...

Elle acquiesça sans insister. Elle savait qu'il aspirait à autre chose qu'à de la protection rapprochée. Rester inactif toute une journée, être soumis aux simples déplacements de la joueuse, ce n'était pas son boulot. Elle l'avait compris en passant quelques jours auprès d'eux.

— Pas d'imprudence, conclut-il en raccrochant. Vis ta vie normalement et préviens-moi au moindre truc suspect.

Plus facile à dire qu'à faire. Si elle ne se sentait plus en sécurité en dehors de quatre murs, ce serait vite compliqué de mener une vie normale. Et elle n'était pas certaine qu'une cohabitation avec son nouvel amant soit une bonne idée...

***

Tyna prit son courage à deux mains pour sortir acheter de quoi manger. Une fois douchée, habillée et légèrement maquillée, elle conduisit jusqu'au traiteur asiatique du centre-ville où elle avait l'habitude de s'approvisionner. Elle choisit un assortiment de plats car elle ne savait pas ce que Nash et Clara aimaient. Afin que la fillette puisse y trouver son compte, elle leur demanda des filets de poulet frits. Avec ça, elle était quasiment certaine de faire son bonheur.

Elle arriva devant chez eux à midi tout juste. Son estomac grognait famine. Nash lui ouvrit et l'attira à l'intérieur pour l'embrasser avec ferveur. Sa langue dansait dans sa bouche et ses mains la caressaient à travers ses vêtements alors qu'elle pouvait à peine bouger, chargée de mets exotiques encore chauds.

Lorsqu'il la libéra enfin, elle lui sourit et l'invita à la débarrasser de son fardeau.

— Clara n'est pas là ? demanda la jeune femme, curieuse.

— Elle joue dans sa salle de jeux au premier. Tu peux aller la voir, si tu veux. Je vais commencer à réchauffer les plats.

Elle retira son manteau et ses chaussures, puis partit en quête de la fillette. Elle la trouva derrière une porte entrebâillée en train de jouer à la poupée. Assise en tailleur au milieu d'un épais tapis rose, elle récitait une comptine qu'elle chantait à son bébé. Elle s'arrêta pourtant quand elle l'entendit approcher.

— Coucou, la salua Tyna. Je peux jouer avec toi ?

— Oui, tiens.

Elle lui tendit un autre poupon, tout nu et plutôt mal en point. Il lui manquait un bras, il avait une entaille au milieu du ventre – sans doute faite par des ciseaux – et des traits de feutre sur le visage.

Celui-ci lui parut d'autant plus étrange que ses autres jouets, neufs pour la plupart, étaient parfaitement entretenus.

— Oh bah qu'est-ce qu'il a, lui ? l'interrogea la jeune femme. Il a eu un accident ?

Elle secoua la tête et recommença à chanter. Lorsqu'elle eut terminé, elle lui donna une couche en tissu et un biberon pour s'occuper du baigneur. Pendant quelques minutes, elle resta près d'elle et fit ce que la petite fille lui demanda. Après le biberon, elles promenèrent leurs poupées en poussette et les firent jouer dans un parc imaginaire où se trouvaient de belles balançoires roses. Clara riait et semblait heureuse d'avoir une camarade de jeux.

— Tu as des copines, dans ton école ?

— Oui, Cassie et Kimberley. On est assises à la même table des « violets ».

— Et ça veut dire quoi, c'est le nom de votre groupe ?

— Hum... oui, c'est ça. On est les plus fortes avec Enzo et Parker. Mais eux ce sont des garçons alors ça compte pas.

Elle avait un sacré tempérament, pour son âge ! Mais Tyna savait que cela lui serait fort utile à l'avenir. Avec un peu de chance, elle ne se laisserait pas marcher dessus et saurait appréhender la plupart des situations. De plus, avec un père comme le sien à ses côtés, elle était armée contre le monde entier. Dommage qu'elle n'ait pas eu ce genre de père. À la place d'un type aimant qui prend soin de sa progéniture, la vie lui avait flanqué un mec aveuglé par l'ambition et assoiffé de pognon, prêt à tout pour se faire une place, y compris aux pires horreurs.

Parfois, elle se demandait comment elle avait réussi à s'en sortir, puis elle se rappelait le visage bienveillant de Phil, son sauveur.

— Les filles ! les appela Nash depuis le rez-de-chaussée. Vous venez ? Sinon ça va être froid !

— Allez, viens, championne !

— Tu me portes ?

— T'es pas un peu grande pour ça ?
— Non non, en plus je suis pas lourde.

Elle finit par céder et la prit dans ses bras pour la transporter auprès de son père.

— Clara... la rabroua Nash lorsqu'il les vit apparaître. Je t'ai déjà dit d'arrêter ça !

Elle poussa un petit ricanement et tendit les bras vers son papa qui l'accueillit avec le sourire. Le portrait des deux était ravissant, comme une publicité pour un grand hôtel de luxe voulant illustrer le bonheur. Elle ne se lassait pas de les regarder. Elle ne s'interrompit qu'au moment où son téléphone vibra dans sa poche. Curieuse de savoir si Emilio avait recueilli des indices, elle déverrouilla son écran et découvrit que Phil lui avait envoyé des photos ainsi que plusieurs articles parus ce matin-là dans la presse.

— Oh putain !

Chapitre 40

♪ Sara Bareilles – *Gravity*

Nash laissa sa fille se remettre sur ses pieds et s'approcha de Tyna qui ne décollait pas ses yeux de son téléphone.
— Qu'est-ce qui se passe ? l'interrogea-t-il, curieux.
La jeune femme rangea l'appareil dans la poche de son jean et plaqua un sourire factice sur son visage.
— Rien, t'inquiète.
Difficile à duper, l'entraîneur arqua un sourcil suspicieux mais ne releva pas. Il l'accompagna dans la cuisine où sa fille était déjà attablée, prête à savourer le repas.
Pendant qu'ils déjeunaient, il se surprit à apprécier cette scène. Voir Tyna et la petite rire ensemble lui mit du baume au cœur. Elle qui n'avait pas eu la chance de grandir avec une maman découvrait la joie d'être choyée. Mais il n'était pas certain que la jeune joueuse accepte d'endosser ce rôle. D'ailleurs, il n'était absolument pas question de se mettre une pression mutuelle.
Ils couchaient ensemble depuis quoi ? Quelques heures à peine. Pas question de s'encombrer l'esprit avec un débat sur leur avenir éventuel. Il se sentait suffisamment emmerdé avec ses responsabilités de coach. *Son* coach, au demeurant. C'était bien assez pour lui donner une sacrée migraine.
Lorsque Clara décida de remonter dans sa chambre, elle tenta d'entraîner sa nouvelle amie en la tirant par la main.
— Allez, viens ! Je voudrais te montrer un truc.
— Pas maintenant, Clara, protesta son père. Je dois parler à Tyna.

La jeune femme adressa un clin d'œil à la fillette, puis celle-ci disparut en laissant l'écho d'un rire derrière elle. Une fois assuré qu'elle était bien à l'étage, Nash se rua sur Tyna, toujours assise sur un tabouret haut. Il se cala entre ses jambes avant de l'embrasser avec autant de ferveur que sa frustration l'exigeait. Maintenant qu'il avait goûté aux délices que son corps pouvait lui prodiguer, il n'était pas certain de résister un tant soit peu à la jeune femme. Et il craignait d'ailleurs pour son boulot. Que penserait-on d'un entraîneur abusif envers l'une de ses joueuses ?

Même si techniquement ce n'était pas ce qu'il se passait entre eux, la presse et la fédération ne tarderaient pas à envenimer les choses pour brosser un portrait peu flatteur de la situation.

Soudain soucieux, il finit par la repousser doucement. Les yeux clos et les lèvres gonflées par leur baiser, Tyna mit quelques secondes à émerger de leur bulle d'intimité. À sa moue boudeuse, il comprit qu'elle en désirait plus, tout comme lui.

— Il faut qu'on parle, se força-t-il à prononcer.

— De quoi ?

— De nous, de ce qu'on va faire… J'ai bien peur d'avoir du mal à me maîtriser. Chaque fois que je te vois, je suis à l'étroit dans mon fute. On va vite le remarquer, surtout quand tu feras rouler tes fesses devant moi sur le terrain.

— Espèce de pervers ! ricana la jeune femme. Mais sache que tu n'as pas à t'en faire. Ils sont déjà au courant.

Son expression changea lorsqu'elle lui confia cette information. L'amusement fit place à l'inquiétude.

— Qui ça *ils* ? De quoi tu parles ?

— Phil m'a envoyé des coupures de presse tout à l'heure.

Elle illustra ses propos en sortant son téléphone portable de sa poche. En quelques clics, elle partagea avec lui ce que son père avait découvert en se promenant sur le net.

Nash faillit tomber à la renverse en voyant les clichés à l'écran. Le premier tabloïd avait recueilli leur bataille de boules de neige à Chicago ainsi que le baiser qui avait suivi. Le deuxième avait capturé leurs effusions de la veille devant chez Phil.

À eux deux, ils monopolisaient les gros titres de la presse à scandale et cela ne lui plaisait pas. Garder privée sa vie personnelle était son mantra depuis des années, quitte à leur proposer une vision exagérée et déformée de son quotidien pour préserver sa famille. En étant exposé ainsi, il mettait non seulement son équilibre en branle, mais sa fille risquait de courir un grave danger. Heureusement, accaparés par leur histoire naissance, les torchons ne mentionnaient pas l'existence de Clara. Plus ils les tiendraient à l'écart de la petite, mieux c'était.

— Est-ce que ça t'inquiète ? lui demanda Nash.

Tyna haussa les épaules.

— Je ne sais pas trop ce que j'en pense… à part qu'on a brisé mon intimité. Crois-tu qu'on devrait aller voir Victor à ce propos ?

Il secoua la tête fermement, déterminé à régler ça lui-même.

— J'irai le voir et lui parlerai. S'afficher ensemble serait une mauvaise idée.

— Tu as honte ? s'offusqua la jeune joueuse.

Il éclata d'un rire moqueur qui la fit sursauter. Elle ouvrit la bouche pour répliquer mais il lui cloua le bec en l'embrassant.

— T'es trop bandante quand t'es en colère.

— Et toi t'es vraiment trop con !

— Je ne le nie pas. Mais je préfère juste qu'on fasse profil bas par rapport aux filles de l'équipe. Imagine si on soupçonne du favoritisme.

— Comme si tu m'épargnais !

— Ça ne risque pas…

Elle lui asséna une tape vigoureuse sur l'épaule tandis qu'il se penchait pour quérir un autre baiser.

— Tu rêves…
— Puisque c'est comme ça, je te laisse avec Clara.

Il fit mine de quitter la cuisine mais elle le rattrapa avant qu'il se saisisse de sa veste.

— Tu vas où ?
— Au club.
— Tu penses vraiment y trouver Victor ?
— Je vais l'appeler en chemin. Je ne rentrerai pas tard.

Fâchée, Tyna croisa les bras. Elle ne sautait pas de joie à l'idée de jouer les nounous, même si Clara était adorable.

— Tu crois vraiment que je vais rester bien sagement ici ?
— Oui, sourit-il en prenant son menton entre ses doigts. Parce qu'une fois de retour et Clara endormie, je mettrai un point d'honneur à te remercier.
— Tu paies ton baby-sitting en nature, en plus ? C'est du joli !
— Si tu savais ce qui me vient en tête, tu ne ferais pas la fine bouche…

Elle explosa de rire et le poussa dehors. Pendant qu'elle rejoignait Clara dans sa chambre, Nash conduisit jusqu'au club quasiment désert. La plupart des filles américaines profitaient de leurs jours de congés pour rendre visite à leur famille, si bien que le parking et les bâtiments étaient vides. Il envoya un texto à Fatou pour lui demander si elle était dans le coin, histoire de joindre l'utile à l'agréable. Ces dernières semaines, accaparé par le boulot et son attirance pour sa rivale, il n'avait pas été très présent pour son amie. Et même si la soirée de la veille avait tissé des prémices de liens entre elles, on était encore loin de l'amitié indéfectible. Mais peut-être y avait-il moyen de continuer sur ce chemin, autour d'un dîner par exemple…

> *Dîner chez moi ce soir, ça te tente ? Pas la peine de ramener tes merdes, je me charge d'aller chez le traiteur. -Nash*

Le temps de se rendre à son bureau, elle ne lui avait pas encore répondu. Il entra dans la pièce avec sa clé. Il avait donné rendez-vous à Victor sur son terrain et réfléchissait déjà à ce qu'il lui dirait pour justifier ces photos compromettantes. À coup sûr, le président y verrait là une trahison, lui qui espérait virer son meilleur élément pour des raisons obscures. Après tout, il n'avait pas d'autre choix qu'exécuter le plan de son patron, discuter et négocier ne faisant pas partie de ses attributions. Aussi ne donnait-il pas cher de sa peau, d'autant que Vargas semblait préoccupé, ces derniers temps.

Il l'attendit quelques instants mais il ne se montra pas. Avisant l'heure sur l'horloge, il pensa qu'ils s'étaient mal compris et entreprit de le rejoindre dans son bureau à l'autre bout du couloir. La porte était restée entrebâillée. Il découvrit Victor assis dans son fauteuil, la tête reposant sur le haut du dossier, les yeux clos. Alors qu'il soupçonnait un possible malaise, son patron émit un gémissement. De douleur ?

Le son suivant dissipa ses doutes. Bordel ! Ce salaud prenait son pied en plein après-midi !

— Ouais… vas-y, ma beauté ! Prends-la bien !

Quelle fille serait assez tarée pour coucher avec ce type ? Il n'avait rien pour lui, à part peut-être le pouvoir et l'argent. Nash savait que ces deux choses faisaient de lui un roi pour beaucoup de femmes vénales et il ne doutait pas que certaines se trouvaient parmi les joueuses.

Il allait repartir lorsque la curiosité l'emporta sur le reste. Loin de lui l'idée de mater – ce spectacle répugnant n'était pas à son goût –, il voulait juste savoir laquelle mettre en garde à l'avenir…

— Putain, ce que t'es bonne… ronronna Victor. Ouais… ça vient !

Quelques secondes plus tard, il fit rouler son fauteuil en arrière et reboutonna son pantalon à la hâte. Nash crut tomber à la renverse lorsque la nana se remit debout. Incrédule, il sortit son téléphone et composa le numéro qui l'intéressait. Dans la pièce, la sonnerie retentit en un rien de temps et la jeune femme éteignit son appareil avant de s'éloigner de quelques pas.

— Tu pars déjà ? demanda le président du club. J'espérais prendre ta petite chatte avant...

— On m'attend. Avec un peu de chance, j'aurai des nouvelles pour vous demain.

En entendant ces mots, le jeune coach comprit que quelque chose de grave se jouait sous ses yeux. Il fit quelques pas dans le couloir silencieux pour l'attendre. Quand elle sortirait, il lui dirait le fond de sa pensée.

Moins d'une minute plus tard, elle déboucha sur lui et sursauta.

— Merde, tu m'as foutu une peur bleue ! grimaça la jeune femme, la main sur le cœur. Qu'est-ce que tu fais là ?

— Et toi ? C'est quoi ton manège avec Vargas ?

— De quoi tu parles ? T'es dingue !

— Arrête, Fatou, ne joue pas à ça avec moi ! Je viens de te voir le sucer.

— Et puis après ? Une queue c'est une queue.

Il la tira par le bras pour l'emmener avec lui à l'extérieur. Il désirait en savoir plus, mais pas trop près du patron. Au regard apeuré de son amie, il devinait qu'elle avait une raison légitime d'avoir pactisé avec le diable et il comptait bien lui tirer les vers du nez.

— Dans la voiture ! lui ordonna-t-il sans sommation.

Après un SMS d'excuses à Victor, il prit le volant et roula quelques kilomètres avant de s'arrêter sur le parking d'un fast-food. Là, ils n'attireraient pas l'attention. Il coupa le moteur et se tourna vers son amie avec le secret espoir qu'elle ait une bonne explication à lui fournir.

— Alors ? Tu vas parler ? Depuis quand tu couches avec des mecs ?

Le regard fuyant, elle haussa les épaules et croisa les bras. Son attitude mettait sa patience à rude épreuve.

— Fatou… dit-il d'une voix plus douce. Tu sais que tu peux me faire confiance, non ?

— Ça n'a rien à voir… Il me tient. À croire qu'il ne recrute que des nanas avec des casseroles au cul.

— Donc tu le laisses te baiser pour qu'il évite de parler ? Ça ne te ressemble pas.

— Écoute… On a beau se connaître depuis un moment, il y a des choses que tu ignores à mon sujet. Et je ne suis pas encore prête à les divulguer, d'accord ?

Il opina, compréhensif. Pour la rassurer, il lui ouvrit son bras et elle se pelotonna contre lui afin de dissimuler qu'elle était sur le point de fondre en larmes. Avant qu'ils ne reprennent la route, elle glissa à son oreille :

— Il est obsédé par Tyna. Il cherche par tous les moyens à l'anéantir. Est-ce que tu sais pourquoi ?

Chapitre 41

♪ - Nessa Barrett – Die first

— Attends... c'est toi qui rencardes Vargas ? Me dis pas que t'es derrière toute cette merde !?
— Nash... commença-t-elle, la voix éteinte. Je suis désolée, je ne voulais pas lui causer du tort, mais...
De rage, il donna un coup dans le volant au point de déclencher le son strident du klaxon. Elle sursauta, puis se cala plus près de la portière de peur qu'il ne recommence. Elle le savait incapable de s'en prendre à elle physiquement mais il était dans un état de rage qu'elle ne se sentait pas d'attaque pour se frotter à lui. Son assurance avait déguerpi en croisant son regard noir.
— Il ne s'agit pas seulement d'elle, bordel ! s'exclama son ami. Et moi dans tout ça ? Et Clara ?
— Quoi, toi ? Je n'ai jamais...
— Et ces photos dans tous les journaux ? Ça fait la Une et tu sais que je n'ai pas besoin de ça !
— Hein ? Mais de quelles photos tu parles ? Je n'y suis pour rien, je te jure !
— Quelqu'un nous a surpris à Chicago, c'est en première page de tous les tabloïds.
— Promis, je n'ai rien à voir là-dedans ! Mais... je croyais que tu voulais justement qu'on se concentre sur tes histoires de cul ?
Il soupira et se tourna à nouveau vers elle, l'air à la fois dépité et apeuré. Elle comprit alors qu'il était tombé dans le piège qu'il redoutait le plus.
— T'es amoureux d'elle, lâcha-t-elle sans prendre de gants.

— Hein ? T'as craqué !

— Je te connais, Nash.

— Écoute, Fatou... ce n'est pas parce que j'aime lui titiller les seins que ça fait de moi son mec. Et en attendant, je te conseille d'arrêter ce que ce pourri t'a demandé. D'ailleurs, c'est quoi au juste son plan ?

— Victor m'a demandé de la malmener un peu, de faire en sorte qu'elle ait envie de quitter l'équipe de son propre chef. Mais je dois admettre que cette fille est difficile à détester, même si les rapprochements sont compliqués. Elle ne se laisse pas approcher.

Il l'avait en effet constaté, sa nouvelle conquête ne se confiait pas facilement. Elle lui ressemblait beaucoup sur ce point. D'ailleurs, il n'était pas encore décidé à tout lui révéler, même s'il sentait de plus en plus qu'il pouvait lui faire confiance. Confiance sérieusement ébranlée depuis que Fatoumata s'était laissé corrompre par un type détestable. Pourquoi Tyna le gênait à ce point ? Pourquoi s'escrimait-il à vouloir la détruire ? Et surtout, que gagnait-il à mettre sa meilleure joueuse hors-jeu ?

Dans cette histoire, tout était d'une obscurité sans fin. Il pressentait qu'on se jouait d'eux, et pire, qu'on le prenait pour un con. Une entrevue avec Victor était urgente, il allait donc le lui faire savoir.

— Je te ramène au club, décida le coach. Il faut que je le voie.

— Je t'en prie, ne lui dis pas...

— C'est pas mon genre de balancer, dit-il entre ses dents alors que le moteur ronronnait à nouveau.

Aucun mot ne sortit de sa bouche durant le trajet retour. Fatou ne chercha même pas à amorcer une nouvelle discussion, sans doute trop honteuse de s'être fait démasquer aussi facilement. Cela dit, elle avait manqué de prudence.

— Je suppose que ce dîner ne tient plus, énonça son amie lorsque la voiture s'arrêta sur le parking du club.

— Et me priver d'une bonne occasion de t'avoir à l'œil ?

Elle reconnaissait bien là son ami. Elle se fichait d'ailleurs de son cynisme tant que ça lui offrait un repas gratuit.

— Merci. Je prendrai un taxi, à quelle heure tu m'attends ?

— Vers dix-neuf heures ce sera parfait. Si je ne suis pas rentré, Tyna t'accueillera.

Elle tenta de cacher sa déception derrière un acquiescement, mais au fond elle espérait passer un peu de temps rien qu'avec lui. Cela faisait longtemps qu'ils n'avaient pas partagé de soirée entre anciens copains. Cela étant, se retrouver seule avec Tyna présentait un avantage : une nouvelle occasion d'en apprendre plus sur sa rivale. Lorsqu'elle la connaîtrait suffisamment, elle saurait comment la manipuler pour la faire partir et ainsi contenter le président du club.

Apaiser Victor était sa priorité. Tant qu'il n'obtiendrait pas satisfaction, Fatou n'aurait aucun répit. Et puisqu'elle n'était vraiment pas adepte du sexe répugnant dont il raffolait, elle tenait à abréger ses souffrances au plus vite. Même si cela devait lui coûter son amitié avec Nash.

***

Alors qu'il faisait les cent pas dans le couloir en attendant que Victor daigne le recevoir, Nash réfléchissait à ses options tout en pianotant sur son téléphone. Il s'était toujours juré de garder sa fille en dehors des conflits, il avait plutôt réussi à la tenir à l'écart jusque-là, mais depuis qu'il avait foutu les pieds sur le continent américain, tout partait en vrille.

La porte s'ouvrit au moment où il élaborait sa stratégie. En voyant son patron, il décida de jouer franc-jeu et d'aviser selon ses réactions.

Une fois assis devant lui, il se lança.

— J'imagine que vous êtes déjà au courant ?

Victor acquiesça, l'air grave et contrarié. Il ouvrit son tiroir et sortit les journaux disponibles en kiosque depuis l'aube.

— Tu peux m'expliquer ? Je ne t'ai pas engagé pour que tu la sautes, mais pour que tu m'aides à la dégager.

— Ce n'était pas prémédité…

— Dommage. Je me disais que c'était peut-être une manœuvre pour qu'on se débarrasse d'elle…

Nash fronça les sourcils car il appréciait moyennement ses insinuations douteuses.

— Écoute, je ne vais pas y aller par quatre chemins. Soit tu arrêtes ça tout de suite, on fait une conférence de presse où tu présentes tes excuses et ça n'ira pas plus loin…

— Soit ?

— Soit tu prends la porte, trancha son patron. Les termes de notre deal était clair. Tu dois insuffler une nouvelle dynamique à l'équipe pour qu'on puisse se passer d'elle. Avant la fin de la saison, je la veux dehors.

— Et comment voulez-vous que je m'y prenne ? Elle est sous contrat !

— Je me charge du côté juridique, je fais déjà en sorte qu'elle veuille s'en aller d'elle-même, ne t'en fais pas pour ça.

— Vous êtes fou ! s'insurgea Nash. C'est la meilleure joueuse de l'équipe ! Sans elle, tout ce que vous avez déjà construit s'effondre.

Victor souffla et se leva de son siège pour s'approcher du jeune coach. Il le pointa du doigt.

— Compense avec les autres, change le système de jeu, recrute une nouvelle meneuse, utilise n'importe quelle option, je m'en fous. C'est ton job, non ? Fais comme tu le sens mais on doit se débarrasser de cette nana, et vite !

Nash se sentait comme au bord d'un gigantesque précipice. Quelle que soit sa décision, il y aurait forcément des dommages collatéraux. Décidément, sa vie n'était qu'une succession d'épisodes dramatiques.

— Je peux au moins savoir ce que vous lui reprochez, à part d'être une emmerdeuse, ce que je concède.

Son regard se voila. Il se remit debout pour s'éloigner en direction de la baie vitrée couvrant une partie du mur derrière son bureau. Il resta devant, les mains dans les poches de son pantalon, sans rien dire.

Puisqu'il n'obtiendrait pas de réponse claire de sa part, Nash se leva à son tour et s'apprêtait à quitter la pièce quand Victor l'arrêta sur sa lancée.

— Elle n'est pas celle que tu crois, prononça-t-il, l'air grave. Alors fais ce que je te dis.

Bien que le mystère reste entier, le jeune entraîneur était certain d'une chose concernant son patron : il craignait quelque chose… ou plutôt quelqu'un. Tyna ? Impossible. Elle avait un caractère de merde mais il ne pouvait l'imaginer tirant les ficelles ou manœuvrer pour détruire ce qui la maintenait debout. Cela étant, il n'avait pas l'intention de prendre de risques en menant une enquête de son côté. Faire profil bas était tout ce qui lui importait pour protéger sa fille. Alors il était prêt à prendre les mesures nécessaires, quitte à passer à côté d'une vie comblée à Atlanta.

***

Il était dix-huit heures lorsqu'un taxi s'arrêta devant la maison de Nash. Tyna dessinait avec Clara sur la table de la salle à manger recouverte de craies, feutres et autres accessoires de toutes les couleurs. D'après la fillette, plus ça brillait, plus c'était cool. Alors elle venait de passer deux heures à la regarder colorier des feuilles blanches, coller des gommettes et utiliser des crayons pailletés. Elle était adorable, si on faisait abstraction de son bavardage incessant.

— Et puis je vais essayer du bleu, ça fera joli, pas vrai ? Ça fera comme si les cheveux de ma sirène étaient magiques. Tu peux me donner les paillettes violettes, s'il te plaît Tyna ?

La jeune femme chercha des yeux le tube en question et le glissa près d'elle. C'est à ce moment qu'elle vit Fatou sortir du véhicule stationné devant la maison. Elle se leva pour l'accueillir.

— Tu vas où ? demanda Clara.

— Fatou vient d'arriver. Ton papa l'a invitée à dîner.

Elle acquiesça et reprit son dessin pendant que Tyna se dirigeait vers la porte d'entrée.

— Salut ! s'exclama sa collègue quand elle lui ouvrit.

Elle exhibait une bouteille de vin ainsi qu'une barquette d'un truc bien emballé qu'elle ne pouvait voir mais qui sentait divinement bon. Elle la laissa entrer et observa la jeune femme faire comme chez elle. Elle déposa le vin et les plats préparés sur le comptoir de la cuisine, puis accrocha sa veste molletonnée à une patère dans le hall.

— Salut princesse ! dit-elle à Clara. Qu'est-ce que tu fais de beau ?

— Je dessine. Regarde.

— Eh bah dis donc ! C'est drôlement beau. T'as pas pu faire ça toute seule !

— Bah si !

— Eh bien t'es super douée.

Fatou semblait vraiment à l'aise avec la petite, chose qu'elle avait déjà remarqué la veille lors de la soirée de Thanksgiving. Elle avait également constaté à quel point sa relation avec Nash était authentique. Leur amitié tenait une place importante dans sa vie, alors même si elle émettait des réserves sur sa personne, Tyna devrait s'en accommoder si cette liaison venait à s'intensifier.

Elle rit intérieurement, se demandant si on pouvait faire plus « intense » que ce qu'ils avaient déjà partagé. Et elle ne pensait pas seulement au sexe. Nash lui avait prouvé à plusieurs reprises qu'ils s'accordaient parfaitement sur ce point. Mais leur relation reposait aussi sur des tas de choses, à commencer par leur propension à s'envoyer se faire foutre mutuellement.

— Qu'est-ce qui te fait sourire ? s'enquit Fatou, les sourcils levés.
— Rien. Je repensais juste à un truc.

Sa camarade émit un gloussement moqueur.

— J'imagine que ça concernait Nash. Vous avez enfin conclu ?
— Si j'avais eu envie de te parler de ce genre de choses…
— Je sais. Mais admets qu'un sourire pareil, ça ne surgit pas sans une bonne « grosse » raison. Et même si je n'aime pas ce pain-là, je sais qu'il a de quoi combler un appétit vorace.

Tyna coula son regard vers la petite fille innocente qui continuait son activité artistique sans réagir à leur conversation. Heureusement, Fatou avait la décence de parler en langage codé.

Elle s'apprêtait à lui répondre quand deux bips se firent entendre. Le premier provenait de son téléphone, l'autre de celui de sa camarade. Tyna découvrit un message de Phil.

> *Tu vas m'ignorer longtemps ? Je pense qu'il faut qu'on parle. Ce soir ? -Phil*

Elle était sur le point de répondre mais Fatou l'interrompit.

— Nash sera là dans dix minutes.
— Oh… OK, répondit-elle, déçue de ne pas avoir eu de ses nouvelles.

Elle avait dans l'idée de passer une soirée avec lui, avec Clara d'abord, puis à deux pour continuer leur exploration commune, pourtant il paraissait avoir d'autres projets.

— Il faut que j'y aille, lâcha-t-elle brusquement.
— Quoi ? Mais…
— Je dois voir Phil, c'est urgent.
— Attends au moins que Nash revienne.

Elle secoua la tête.

— Je vous laisse entre amis, je pense que ça fait un moment que vous ne vous êtes pas retrouvés tous les deux.

Fatou acquiesça, touchée par les paroles de Tyna. Elle en avait même oublié la raison de son arrivée anticipée visant à lui soutirer des infos. Diabolisée par Victor, elle ne voyait pourtant en elle qu'une nana sympa. Pourrie gâtée, arrogante, insupportable dans certaines circonstances, mais attachante par certains aspects. Elle la laissa donc quitter la maison sans insister et reporta son attention sur Clara.

Tyna repassa par chez elle pour prendre une douche et se changer avant d'aller voir ses deux pères.

Elle avait répondu à Phil en s'invitant à dîner pour discuter des articles parus dans la presse. Elle se doutait bien qu'il voyait cette relation d'un très mauvais œil, néanmoins c'était sa vie. Du reste, elle ignorait encore si elle avait un avenir ou si elle mènerait quelque part. Nash semblait adorer la baiser mais ils n'avaient pas évoqué plus. C'était un peu prématuré d'ailleurs. Elle saurait trouver les mots pour rassurer Phil. Il le fallait, car elle détestait l'idée qu'il s'inquiète pour elle.

En sortant de la douche, elle trouva un SMS de Nash en attente de lecture :

> *Merci d'avoir veillé sur Clara. À plus. -Nash*

Bordel ! Il la prenait carrément pour la baby-sitter ! Alors qu'elle appuyait sur la touche d'appel pour lui dire sa façon de penser, la notification d'un e-mail attira son attention. Elle abandonna sa première idée pour en prendre connaissance et tomba des nues.

Putain. De. Bordel. De. Merde. Putain. De. Bordel. De. Merde.

Elle s'habilla à la hâte. Quitta la maison en fermant fébrilement. S'assit derrière le volant.

Jamais elle n'avait conduit aussi vite pour combler une distance. Elle faillit griller un stop. Écraser un piéton.

Le cœur battant, elle n'arrivait pas à faire redescendre la pression et l'adrénaline qui se disputaient son corps tremblant.

En arrivant devant chez Phil et Kyle, elle reprit son souffle, soulagée de les retrouver et de pouvoir leur annoncer. Après tout ce qu'elle avait vécu, le but de son existence était enfin atteint. Au diable Nash et ses humeurs changeantes, au diable les critiques incessantes, au diable les jalousies et les rancunes du quotidien.

Elle ouvrit la porte de la maison, prête à leur sauter dans les bras pour laisser exulter sa joie.

— Phil ? Kyle ? Vous êtes où ? Vous le croirez jamais !

Elle entendit un bruit émanant de la cuisine et s'y dirigea. Au premier abord, la maison paraissait vide. Pourtant, les deux voitures étaient dans l'allée du garage.

Elle s'avança dans la pièce.

— Bah alors ? J'ai cessé de jouer à cache-cache y'a des années !

Quand son pied buta dans quelque chose, elle posa son regard sur le sol carrelé. Elle ramassa les deux poivrons verts en constatant que d'autres légumes étaient tombés. C'est en contournant l'îlot central qu'elle les découvrit : étendus par terre, baignant dans leur sang...

À suivre...

Remerciements

Tu viens de finir le premier tome de cette duologie, et je ne peux que te remercier en premier pour ta lecture. Pour moi il n'y a rien de plus important qu'être lu quand on est un auteur, alors merci infiniment. J'espère que ça t'a plu bien sûr, et si ce n'est pas le cas, je m'efforcerai de faire mieux la prochaine fois. Sinon, eh bien... n'hésite pas à me donner ton avis, je suis tout à fait dispo pour papoter !

Merci également à toi, ma petite maman. Depuis quelques années tu me soutiens dans l'écriture et c'est très important pour moi. J'ai toujours rêvé de ce moment où mes histoires seraient enfin dévoilées au monde. Je sais que tu n'as pas toujours compris cette envie, jusqu'à ce que tu me lises il n'y a pas si longtemps. Et je suis fière d'avoir persévéré, d'ailleurs c'est un trait de caractère que je tiens de toi. Alors merci d'être présente, de parler de mes livres et de les aimer.

Je remercie aussi la meilleure des meilleures, ma bêta, ma Cindy. Tu as lu ce roman en avant-première, tu l'as dévoré et tu m'as aidée à le sublimer comme seule toi sais le faire. Alors merci d'être toujours là, merci pour ces discussions interminables et surtout, les lecteurs pourront te remercier quand ils liront la suite. Eh oui, c'est toi qui m'as persuadée de changer l'issue d'un personnage... Réponse très bientôt.

Je ne peux finir ces remerciements sans parler de ma Léti. On se connait depuis 6 ans, tu es l'une des personnes les plus importantes dans ma vie et je sais que ce n'est que le début. On a tout traversé, le pire mais aussi le meilleur. On réalise ensemble de belles choses et je suis certaine que ça va continuer. Je n'imagine pas les choses autrement. Merci d'être toi, de me soutenir dans mes projets et de les porter dans ta maison d'édition, malgré tous les risques que ça représente. J'ai trouvé en toi une amie formidable, la meilleure et la plus adorable. Crois en toi. Et je t'en supplie, écris !!! Rends ma vie encore plus belle avec ta plume merveilleuse. Elle me manque…

Rendez-vous le 22 novembre pour la suite. On sera en plein dans la coupe du monde alors préparez-vous, Tyna pourrait bien en être…

À très vite,

Caroline